W0358922

CELLE QUE JE CHERCHAIS

Cassandre
Lambert

CELLE QUE JE CHERCHAIS

ROMANS
DIDIER
JEUNESSE

Avertissement

Ce livre contient des thématiques pouvant heurter la sensibilité des lectrices et des lecteurs : maladie mentale, pensées suicidaires, automutilation.

Pour A., mon premier amour.

À tous ceux qui souffrent d'une maladie invisible ;
Je vous vois.

SEPTEMBRE

Chapitre 1

J'ai attendu de fêter mes dix-huit ans toute ma vie.

Devenir adulte.

Sur le papier, c'est un rêve éveillé : l'indépendance, la liberté, les études supérieures... Plus de restrictions de sortie, de comptes à rendre, d'obligation d'assiduité. À la fac, tu as le *droit* de sécher (ce qui gâche, à mon humble avis, une bonne partie du plaisir à le faire).

J'ai soufflé mes dix-huit bougies le 22 juillet autour d'un gâteau au chocolat acheté dans la supérette du coin, entouré de ma famille. Bizarrement, rien n'a changé. Mon acné n'avait pas disparu (même si j'en avais moins qu'à quinze ans, j'en conviens), j'étais toujours aussi complexé par la taille de mes oreilles et mon corps longiligne et maigre ne s'était pas transformé en montagne de muscles congestionnée aux veines saillantes. J'étais déçu, mais le chèque de 130 euros de ma grand-mère a contribué à me rendre le sourire. Ça, et les clefs de mon tout nouvel appartement en plein cœur de Lyon.

J'ai abordé l'année avec tout l'optimisme d'un collégien qui fait sa première rentrée des classes – c'est-à-dire avec 10 % d'enthousiasme et 90 % d'angoisse, s'exprimant par une sudation excessive. J'ai vite déchanté en voyant la tête dudit appartement. Je n'étais pas du genre à faire des manières : ma mère m'a élevé seule et, avec son salaire d'infirmière, on ne pouvait pas dire qu'on roulait sur l'or. J'ai appris à finir mon assiette, à manger des raviolis en conserve en fin de mois et à acheter mes vêtements sur Vinted. Autant dire que je ne m'attendais à rien, mais j'ai quand même grimacé devant ce

9 mètres carrés au néon grésillant et aux murs gris et défraîchis. Une chambre mortuaire aurait eu plus d'allure (non pas que j'en aie déjà vu une de l'intérieur, mais à la lumière blafarde de ce taudis, n'importe quelle pièce aurait eu plus d'allure). J'ai bien vu que ma mère aussi était déçue, mais elle a affiché son plus beau sourire forcé et a fait semblant de s'enthousiasmer sur « le formidable agencement des lieux », le « nombre important de rangements » et « la belle vue » qu'offrait la minuscule fenêtre. Je me suis contorsionné pour mettre le nez dehors. La « belle vue » consistait en un Burger King et une route à double sens noyée de véhicules bruyants. Je lui ai lancé un regard blasé, du genre : « Arrêtons de nous voiler la face. » Mais son sourire niais s'est étiré et elle a dit :

– Au moins, tu sais où aller si tu n'as pas envie de cuisiner !

Il faudrait déjà que j'aie 10 euros à claquer dans un menu, j'ai pensé. Je ne l'ai pas dit à voix haute pour ne pas la faire culpabiliser. Les parents ça a la culpabilité facile. Il faut faire attention.

En mère aimante qu'elle était, elle avait posé quelques jours de congé pour m'aider à emménager et à m'acclimater à ce nouvel environnement. Nos journées se résumaient à déambuler dans la ville, un Guide du Routard sous le bras, de Confluence jusqu'à la Croix-Rousse, expérimentant pour la toute première fois les joies des transports en commun (que j'aurais préféré ne jamais connaître).

Une semaine plus tard, grâce à mes posters *Star Wars* et à la petite guirlande à ampoules clignotantes punaisée au mur, l'appartement n'était plus aussi lugubre. Bon, je pouvais encore démouler un cake et prendre ma douche en même temps, mais ça, on ne pouvait pas le changer. Ma mère m'a dit au revoir – elle avait les larmes aux yeux, comme si j'étais en train de l'abandonner. J'ai essayé de ne pas trop laisser paraître mon exaspération quand elle m'a pris dans ses bras pour la quinzième fois, le nez dégoulinant de morve, murmurant à mon oreille : « Mon petit bébé est un adulte. » Je n'ai jamais éprouvé le besoin d'avoir un petit frère ou une petite sœur mais ce jour-là, je me suis fait la réflexion que ça aurait rendu la séparation moins brutale.

– Je reviens pour les vacances de la Toussaint, j'ai dit, d'abord pour la réconforter mais aussi parce que je me sentais à l'étroit et que j'avais déjà envie de retrouver ma chambre.

Elle est partie après de multiples recommandations – penser à éteindre les lumières en partant, ne pas oublier de me nourrir, téléphoner tous les soirs, prendre rendez-vous avec le concierge pour régler ce problème d'évier bouché.

Je suis resté seul. J'étais un tout nouvel étudiant en droit, majeur et triplement vacciné, dormant pour la première fois dans son propre appartement. Et pourtant, je ne me sentais pas adulte. Mais alors *pas du tout*.

J'ai pleuré au moment de faire à manger : les pâtes trop cuites collaient à ma fourchette, le thon était carbonisé à l'extérieur et froid à l'intérieur. Et pourtant, je savais cuisiner : ma mère travaillait la nuit et dormait la journée. De fait, j'avais appris à me débrouiller seul. Le problème ne venait donc pas de moi, mais de ces foutues plaques qui s'éteignaient et se rallumaient à leur guise, comme si elles étaient douées de leur propre volonté sadique et prenaient plaisir à torturer leurs utilisateurs. Il n'y avait personne dans les cuisines communes, alors j'en ai profité pour manger sur la grande table. Elle n'avait pas été lavée depuis un bail, comme en témoignaient les résidus de sauce bolognaise fossilisés sur le bord, et les taches jaunâtres collantes (alcool ? sirop de citron ? glaire séchée ? le mystère demeurera entier). Après ça, j'ai fait ma vaisselle (dans la douche, le seul évier étant bouché) et j'ai compris pour la première fois de mon existence à quel point un lave-vaisselle est un objet essentiel. Pour ne pas dire *vital*.

Je n'ai pas fermé l'œil de la nuit. Il se pourrait que j'aie encore pleuré un peu. On n'en parle pas, de la solitude qu'offre l'*indépendance*. C'est décidé, je haïssais ce mot.

Je me suis réveillé à l'aube et j'ai essayé d'écrire un poème sur l'angoisse, mais j'étais trop angoissé pour aligner deux mots. J'ai avalé des céréales avec du lait, et j'ai préparé mes affaires pour la rentrée. C'était vite fait : un ordinateur. J'ai pris un stylo et une feuille blanche pour la forme, mais mon cousin m'avait prévenu : en droit, personne n'écrit sur papier. C'est une règle tacite et universelle, comme le fait de ne *jamais* se curer le nez en public. Ça m'a rendu nostalgique de l'époque où j'écumais les rayons du Lidl avec ma mère, armé d'une liste de fournitures scolaires plus longue que mon avenir. Je sélectionnais avec une minutie absurde chaque stylo, chaque carnet. Mon choix se portait toujours sur des affaires aux couleurs ternes – d'abord pour ne pas attirer l'attention sur moi, mais aussi parce que les garçons n'avaient *jamais* de cahier rose à fleurs (autre règle universelle). Je me donnais un mal fou pour me rendre invisible. Exister, c'était devenir une cible pour les détracteurs du collège. Dans la vie, il n'y avait que trois options : les proies, les chasseurs, et le décor dans lequel se déroulait la chasse. À choisir, je préférais être un arbre. C'était moins risqué.

Mon premier cours ne commençait qu'à 9 heures : j'avais donc encore quelques minutes à tuer avant de me jeter dans la fosse aux lions. Alors je me suis allongé sur mon lit minuscule, mes pieds dépassant dans le vide.

Et je me suis posé une question.

Une seule.

Pourquoi avais-je tant envie de rembobiner le temps ?

Chapitre 2

Je suis arrivé avec une heure d'avance, histoire de me familiariser avec les lieux. En réalité, j'avais assisté aux portes ouvertes et ausculté chaque recoin de la fac *via* son site Internet et ses nombreuses photos. Oui, j'étais du genre anxieux. Une masse impressionnante d'étudiants grouillaient et braillaient. Ils avaient l'air si vieux. Comme si dix ans s'étaient écoulés entre la terminale et maintenant. Des tatoués, des percés, des grands, des petits, des gros, des maigres, des apprêtés, des je-m'en-foutistes. Et moi, au milieu. Complètement paumé.

Je me suis adossé à un poteau dans une position que je voulais décontractée, pour que personne ne se rende compte que j'étais totalement dépassé. Précaution inutile : tout le monde m'ignorait. À tel point que je me suis demandé si je n'étais pas *vraiment* devenu invisible pendant la nuit. Dans d'autres circonstances, j'aurais trouvé ça trop cool. Un superpouvoir, qui m'aurait permis de réaliser des rêves débiles, comme m'infiltrer dans les vestiaires des filles ou découvrir le secret du proviseur pour le faire chanter et gonfler mes notes. Mais, en ce premier jour de cours, cette indifférence générale n'a fait que m'angoisser. C'était la *rentrée*. Le début d'une nouvelle histoire. Personne n'a envie d'être invisible au premier chapitre de sa vie d'adulte.

J'ai checké mes notifications, comme si j'avais des messages importants à lire – des amis qui prennent de mes nouvelles, des vidéos de soirée qui fusent, des mails importants à gérer. Évidemment, je n'avais rien de tout ça. Juste une suggestion d'ami sur Facebook et une notification automatique de

TikTok, qui me suppliait de revenir pour regarder la dernière vidéo d'un chat en train de dégringoler un escalier la tête la première. J'ai quand même ouvert toutes mes applications une à une, en essayant d'oublier le vacarme assourdissant du hall où se pressaient tous ces jeunes qui semblaient vivre une bien meilleure rentrée que moi. Pour m'occuper les mains, et surtout l'esprit. J'ai attendu comme ça dix bonnes minutes, qui m'ont paru durer trois heures, jusqu'à ce qu'une tête familière se dégage de la masse d'étudiants.

Dario a agité la main. Il avait laissé pousser ses cheveux pendant l'été, ce qui lui donnait l'air d'un mafieux dur à cuire.

– Noah.

Il avait prononcé mon nom avec solennité, comme s'il s'apprêtait à m'annoncer une grave nouvelle. C'est ce que j'aimais le plus chez Dario : il prenait la vie très au sérieux.

– J'étais sûr de te trouver ici.

Je n'ai pas demandé pourquoi. Dario était du genre surdoué, et il lisait dans mon esprit depuis qu'on s'était rencontrés à la crèche : à force, j'étais habitué.

– Cool, ta chemise, j'ai dit.

Mon meilleur ami avait revêtu une sorte de chemisette à manches courtes aux motifs printaniers. Je ne connaissais personne capable de porter ce genre de fringues avec un tel aplomb. Encore une chose que j'aimais chez lui : il ne craignait pas les moqueries, contrairement à moi. Et puis, il dégageait une telle confiance en lui que nul n'avait jamais songé à se payer sa tête. Dario était intouchable, et je l'admirais pour ça.

– Merci, mon pote.

Il a jeté un coup d'œil à la grosse montre qui enserrait son poignet.

– Alors, j'ai l'air de quoi ?

J'avais mis une éternité à choisir mes vêtements. Il a pris le temps de m'ausculter de la tête aux pieds avant de répondre. Dario ne connaissait pas l'impulsivité. Son cerveau était incapable de délivrer une réponse du tac au tac. Quand quelqu'un lui balançait un désinvolte « ça va ? », il ne répondait pas comme l'intégralité de l'espèce humaine, à savoir le politiquement correct et vide de substance « ouais ». Non, Dario prenait le temps de peser le pour et le contre, le vrai et le faux, le sincère et l'hypocrite. Je pouvais toujours compter sur lui pour un avis franc et profond, même pour des questions aussi superficielles que mon apparence. Son sérieux ennuyait souvent, ce qui expliquait pourquoi il n'avait jamais réussi à être populaire.

Il a fini par trancher :

– Tu ressembles à la version sans gluten de Timothée Chalamet.

– Euh, merci. Je suppose ?

– Je n'ai plus que quatre minutes avant de rejoindre mon amphi.

Il a posé une main sur mon épaule, avant de lâcher :

– Bonne chance.

Toujours avec ce ton grave, comme si je m'apprêtais à pénétrer dans une fosse aux lions.

Il tournait déjà les talons, mais je l'ai rattrapé.

– On se voit à midi ?

Ma voix sonnait désespérée. J'étais pathétique.

– C'est d'accord. Rendez-vous devant la fontaine. Ne sois pas en retard.

La foule d'étudiants l'a avalé et il a disparu aussi vite qu'il était arrivé, me laissant seul. J'ai aussitôt regretté de ne pas avoir choisi la même filière que lui : je n'aurais pas eu à affronter tous ces nouveaux visages. Mais Dario était un linguiste hors pair : son père lui avait appris l'italien avant même qu'il ne sache prononcer un mot en français, et il avait étudié seul le mandarin, l'anglais, l'espagnol, le néerlandais (je n'ai jamais compris pourquoi son choix s'était porté sur cette dernière langue, mais passons). Quant à moi, j'arrivais à peine à baragouiner une pauvre phrase de présentation en anglais, alors je n'avais pas réfléchi longtemps avant d'éliminer l'option « langues » sur Parcoursup. À la place, je m'étais inscrit en droit, pour trois raisons : les yeux brillants de ma mère lorsqu'elle m'avait suggéré cette voie, l'attrait né de l'ingurgitation de six saisons de *Better Call Saul* en moins d'un mois, et l'absence totale, profonde et pathétique d'idées de carrière. Rien ne m'attirait. Toute ma scolarité, j'avais occupé le poste de l'« élève moyen » en tout. Le timide caché au fond de la classe. Celui dont le prénom n'est jamais mémorisé par les profs, même à deux mois de la fin de l'année. Celui qui reçoit une avalanche de : « Ne participe pas assez » sur le bulletin. *Un passager clandestin*. Voilà comment je m'étais senti pendant tout le lycée. Et, même si ce rôle me convenait bien, j'avais envie de changement. L'anonymat qu'offrait l'université me permettait d'être qui je voulais. Recommencer à zéro. Mais je devais me rendre à l'évidence : malgré toute la bonne volonté du monde, la peur du jugement était toujours aussi forte. Et si un exposé devant une vingtaine de camarades me filait des sueurs froides et des crampes d'estomac, prendre la parole devant un amphi entier m'apparaissait comme une épreuve insurmontable. J'avais l'impression d'être arrivé au dernier niveau d'un jeu vidéo mais que mon personnage, lui, était le même qu'au commencement. Sans équipement spécial. Armé d'une épée en bois. Affrontant un dragon trois fois centenaire qui crachait de la lave en fusion.

J'ai traîné des pieds jusqu'à l'amphi B et me suis retrouvé pressé contre des inconnus au visage souriant. Tout le monde discutait comme des vieux copains. J'avais la désagréable impression d'être l'élève qui débarque en cours d'année.

Les portes à double battant ont fini par s'ouvrir et chacun s'est engouffré à l'intérieur.

Tant d'empressement pour étudier, j'ai songé, dubitatif.

J'ai gravi l'interminable série de marches pour m'installer à une place stratégique : vers le milieu-fond, à gauche. Pas trop loin pour entendre suffisamment le cours et ne pas être dérangé par les élèves perturbateurs, et pas trop près pour ne pas avoir à croiser le regard du prof.

Dans ma précipitation à m'asseoir, je n'ai pas vu la fille qui filait comme une fusée, droit sur la rangée tant convoitée. Je l'ai percutée – ou plutôt, si je devais vraiment décrire la scène de manière objective, *elle* m'a éjecté. Ses carnets ont volé. Sa trousse est tombée, s'est ouverte dans sa chute, et une nuée de stylos de toutes les couleurs a dégringolé dans l'escalier.

Dans un élan chevaleresque, je me suis précipité pour récupérer les fournitures. Les gloussements des autres étudiants m'ont enveloppé tandis qu'ils piétinaient sans vergogne les stylos qui poursuivaient leur inexorable descente.

La fille s'est pliée en deux pour récupérer ses cahiers. Nos doigts se sont frôlés. Et là, toutes les scènes de films romantiques où les protagonistes se percutent juste avant de tomber éperdument amoureux me sont apparues sous forme de flashs lumineux. C'était trop cliché pour être vrai : pourtant, c'était en train d'arriver. Le monde tournait au ralenti autour de moi. J'ai levé la tête. Peu importait à quoi ressemblerait cette fille, j'étais persuadé qu'il s'agissait de *la* fille.

Il existe un mot pour ça. Avec Dario, j'avais commencé à rédiger en cinquième une *Encyclopédie des mots intraduisibles*. Nous nous amusions à compiler toutes les expressions qui n'avaient pas d'équivalent en français, et il nous arrivait de communiquer de cette façon. C'était un peu comme une langue secrète dont nous seuls connaissions le sens.

Et, à ce moment-là, le *koi no yokan* m'a frappé de plein fouet.

Koi no yokan (japonais, n.) : Rencontrer quelqu'un et avoir le sentiment qu'en tomber amoureux sera inévitable.

Le voilà, le miracle du premier jour de ma vie d'adulte.

Bien sûr, ça ne serait pas toujours facile. Il y aurait des disputes, de la jalousie et peut-être même une ou deux séparations – après tout, nous étions jeunes, et l'envie d'aller voir ailleurs est toujours forte à cet âge-là (du moins, c'était ce que je supposais car je n'avais jamais été en couple). Mais notre amour triompherait envers et contre tout, et nous finirions invariablement par nous marier, acheter une maison dans le centre-ville, élever nos trois enfants et notre golden retriever dans la joie et la bonne humeur, jusqu'à ce que la mort nous emporte un soir d'hiver.

Nos regards se sont croisés et je suis revenu au moment présent. J'ai failli être englouti par l'intensité de ses yeux verts. Ses lèvres se sont entrouvertes et…

– PUTAIN ! Tu peux pas faire attention où tu marches ?

La fille m'a bousculé de l'épaule et s'est assise tout au bout de la rangée. J'ai bafouillé des excuses, mais elle s'était déjà désintéressée de moi. Je me suis installé à l'autre extrémité, et mon humeur a fait les montagnes russes. Le coup de foudre ne semblait pas réciproque, à mon grand dam.

Elle a ouvert son cahier (il existait donc encore des défenseurs de la prise de notes sur papier, même en droit) pendant que je l'observais du coin de l'œil. Ses ongles étaient rongés (ça nous faisait au moins un point en commun) et elle portait une multitude de bagues à chaque doigt.

Elle dégageait une impressionnante confiance en elle, comme si le pupitre sur lequel elle était accoudée lui appartenait, et que l'amphithéâtre entier était sien. Elle s'est mise à jouer avec ses bagues, tournant l'anneau autour de son index, faisant coulisser la chevalière sur son majeur. Une fine chaîne en bronze reposait sur son décolleté où une topaze se balançait au gré de ses mouvements.

Tous les élèves se sont mis à ouvrir leur ordinateur en attendant le prof. Il a fini par arriver avec cinq minutes de retard, a balancé sa mallette en cuir sur le bureau et a réglé le micro à sa hauteur.

– Bienvenue à tous dans ce premier cours d'introduction au droit, il a lancé, avec l'enthousiasme d'un paresseux dépressif.

La fille a lâché un nouveau juron. Elle s'est tournée vers moi, et j'ai pu me perdre dans l'intensité de ses yeux émeraude.

– On n'est pas en introduction à la philosophie ?

– Euh... non.

– *Merde.*

Elle a rassemblé ses affaires dans ses bras. Je me suis levé pour la laisser passer, et j'ai pu sentir son parfum, un mélange subtil de romarin et de pamplemousse. Elle a dévalé les marches en ponctuant chacun de ses pas d'une série de jurons. Elle murmurait, mais la résonance de la pièce n'a épargné aucune oreille, et sûrement pas celles du prof.

Il l'a suivie du regard pendant qu'elle s'enfuyait. Il s'est raclé la gorge, puis a dit :

– J'espère que vous ferez preuve de davantage de persévérance que cette étudiante.

Chapitre 3

Trois heures plus tard, le prof a enfin daigné nous accorder une pause pour déjeuner. Le cerveau en ébullition et les doigts douloureux d'avoir trop frappé sur les touches de mon clavier, je me suis levé et me suis dirigé vers le hall principal avec la démarche lente et désincarnée d'un zombie en fin de vie. Mon seul réconfort : les autres étudiants semblaient aussi lessivés que moi. C'était à croire que le prof aspirait notre énergie vitale au fur et à mesure qu'il récitait son cours. En proie à un début de migraine lancinante, je me suis dirigé vers la machine à café, à la recherche de quelque chose qui puisse me remettre sur pied. Tous les étudiants avaient eu la même idée que moi, comme en témoignait l'interminable queue devant les deux seules machines du hall. J'ai dégainé mon téléphone portable pour occuper mes mains, tout en me questionnant sur mes chances de survie dans cette fac qui ressemblait trait pour trait à l'idée que je me faisais de l'enfer, les flammes en moins.

C'est là que je l'ai vue. *La* fille. Pour la seconde fois de la journée, mon cœur a fait un looping. Elle était juste devant moi dans la file d'attente et, contrairement aux autres, elle ne pianotait pas sur son portable, pas plus qu'elle ne discutait avec d'autres étudiants. J'ai toujours ressenti une admiration teintée de jalousie pour les gens qui arrivent à être à l'aise seuls. Les remarques mesquines de mes camarades du collège se sont mises à résonner dans mon crâne.

Regardez-le, c'est Noah, tout seul dans un coin !

Normal, personne n'a envie d'être ami avec lui.

Noah, le sans-ami !

Il me fait tellement pitié.

J'ai plissé les yeux pour faire disparaître les voix. Je ne les laisserais pas m'atteindre ici. Tout ça appartenait au passé. Nous étions des adultes, sur le papier du moins.

Être seul, ça n'a plus rien de bizarre, je me suis répété en essuyant mes paumes moites sur mon jean.

À en juger par la posture désinvolte de la fille, elle ne feignait pas l'indifférence. Cette assurance m'a rappelé celle de Dario.

– Désolée pour tout à l'heure.

Mon corps s'est figé. J'ai résisté à l'envie de jeter un coup d'œil derrière mon épaule pour vérifier si elle ne s'adressait pas à quelqu'un d'autre.

– Tu m'as aidée à ramasser mes affaires, pendant que moi, je...

Ses doigts ont agrippé sa chevalière. La cuticule de son index était rongée et la peau, à vif, avait rougi.

– Bref. Ça m'arrive d'être une connasse, parfois.

Je n'avais rien à répondre à ça. Pourtant, la fille semblait attendre que je réplique, alors je me suis mis à bégayer quelque chose comme :

– P... pas de problème.

Elle m'a tendu la main. J'ai louché sur ses cuticules. Elles ressemblaient comme deux gouttes d'eau aux miennes. C'était la première fois que je rencontrais quelqu'un qui faisait preuve de tant d'agressivité avec ses ongles.

Si ça, c'est pas un signe qu'on est faits pour s'entendre.

– Je m'appelle Armelle.

Qui se serre encore la main au moment des présentations ?

– Noah.

La fille a hoché la tête et a désigné l'interminable queue d'un geste de la main.

– C'est fou, tous ces idiots prêts à poireauter une heure pour un café fadasse.

J'ai trouvé la remarque un poil gonflée étant donné que nous faisions partie desdits *idiots*, mais je n'ai pas relevé.

– Au moins, il n'est pas cher.

Ses lèvres se sont étirées en un sourire et j'ai pu apercevoir ses dents du bonheur. Je n'étais même pas au courant que je trouvais cette particularité infiniment séduisante. Et, à cet instant, j'ai su que je serais prêt à faire n'importe quoi pour la voir sourire encore une fois.

Je viens vraiment de penser ça ?

– Tu as de quoi manger, chez toi ?

J'ai ouvert la bouche, interloqué. Est-ce qu'elle venait de proposer qu'on déjeune ensemble ?

Armelle a plissé les yeux, comme si elle disséquait mon âme à distance. Je cherchais une réponse tout en me maudissant de ne pas avoir fait les courses la veille. Pour la première fois de ma vie, j'aurais pu inviter une fille à déjeuner chez moi !

– Ton frigo est vide, c'est ça ?

J'ai bégayé une pauvre phrase de justification, genre que j'étais trop occupé pour aller au supermarché.

– C'est pas grave. On n'a qu'à commander McDo.

Elle a commencé à marcher pour sortir de la fac et je suis resté là, les bras ballants. Je ne savais pas comment j'étais censé me comporter. Est-ce qu'elle voulait vraiment manger avec moi ? Aujourd'hui ? J'avais sûrement mal compris. C'était probablement une blague. Une caméra cachée.

Mais Armelle s'est retournée, a rajusté son sac sur son épaule et a lâché :

– Qu'est-ce que tu fous ? T'as prévu de te fossiliser ici ?

Je n'aurais pas couru plus vite pour la rattraper si la mort avait été à mes trousses.

Sur le chemin, l'angoisse a commencé à m'étreindre. Qu'est-ce que j'allais bien pouvoir raconter ? Je n'étais pas doué pour faire la conversation. Je me suis creusé la tête pour trouver un sujet pour passer les dix minutes qui séparaient la fac de mon logement, mais je n'ai pas eu à lancer la discussion. Armelle s'est mise à me décrire dans le détail toutes ses heures d'amphithéâtre, à commencer par l'histoire des religions antiques, la philosophie morale et politique, sans oublier la philosophie des sciences et l'épistémologie. À l'entendre, les profs étaient tous inintéressants dans le meilleur des cas et dans le pire, sous antidépresseurs, ses cours, longs et vides de sens, et les autres étudiants, insipides et grotesques.

– Pourquoi as-tu choisi de t'inscrire en licence de philosophie ? j'ai demandé après sept longues minutes d'un monologue d'auto-apitoiement.

Elle a haussé les épaules. Ce geste commençait déjà à m'être familier. Ce n'était pas une attitude qui signifiait : « Je ne sais pas », mais plutôt : « Je m'en fous. » Ça m'a plu.

– Je sais plus trop. Sur le moment, ça me paraissait une bonne option. La *seule* option. Je fais beaucoup d'insomnies et j'ai tendance à me poser des questions existentielles en permanence. J'ai pensé que la philosophie pourrait m'éclairer sur quelques-unes de ces interrogations. Mais pour le moment, le seul effet que ça me procure, c'est une irrépressible envie de pioncer. C'est peut-être pas plus mal, en fait !

Sa capacité à se confier me fascinait. Avec elle, pas de faux-semblants ni de détours sinueux : seulement la vérité brute. À sa place, j'aurais eu peur d'avouer que je n'avais aucun projet concret. Autour de moi, tout le monde semblait parfaitement savoir quelle était sa place et comment y parvenir.

On est arrivés du côté de l'immeuble estampillé d'un énorme logo Crous. J'ai écrasé mon badge sur le boîtier et j'ai tenu la porte à Armelle. Sur le moment, ça m'a paru une bonne idée mais au rire narquois qu'elle m'a lancé, j'en ai vite conclu que la galanterie n'était pas dans son top 10 des comportements craquants chez un mec.

On a attendu l'ascenseur un temps interminable. Je me suis mis à me mordre l'intérieur des joues pour extérioriser mon anxiété. Pourquoi est-ce que j'étais aussi paniqué ? La situation était tout à fait normale. Deux étudiants qui viennent de se rencontrer mangent ensemble. *Merde. Dario.* Je me suis empressé d'envoyer un message à mon meilleur ami pour le prévenir de mon absence :

Changement de plan.
Je mange chez moi.
Je t'expliquerai. Bye.

– Et toi, tu habites où ? j'ai demandé.

– Chez mon beau-père, Steven. Il est proprio d'une maison à la Croix-Rousse.

J'ai eu envie de la questionner encore à ce sujet, mais l'ascenseur est arrivé. Deux personnes sont montées en même temps que nous, dont une tenant une caisse avec un gros chat qui crachait et sifflait en sortant les griffes. Une petite pancarte au-dessus des boutons indiquait : « Trois personnes maximum autorisées ».

Nous étions *quatre*. Avec un chat, en surpoids à en croire la façon dont sa maîtresse serrait les dents sous l'effort. La gorge nouée, j'ai fait une rapide recherche Internet pour connaître les potentielles conséquences dramatiques de cet excès de poids. J'ai blêmi en découvrant qu'une surcharge, même minime, augmentait drastiquement les risques de panne.

– Désolée, Roméo n'est pas très sociable. J'ai fait deux heures de train pour venir ici et il a le mal des transports, s'est excusée la fille, qui se méprenait sur la cause de mon blêmissement.

Nouveau feulement, encore plus strident que les premiers. Je me suis tourné vers Armelle et ai remarqué que sa respiration s'était accélérée. Avait-elle noté l'excédent de poids, elle aussi ?

Personne ne prend garde à ce genre de trucs à part moi, je me suis rappelé.

Pourtant, Armelle fixait un point invisible en face d'elle, avec la tête d'une personne qui a avalé de travers.

À peine étions-nous descendus au sixième étage qu'elle a expiré tout l'air de ses poumons. Ses doigts enserraient toujours la bride de son sac. Elle a surpris mon regard pendant que je la dévisageais avec curiosité.

– Je vais bien, d'accord ? J'aime pas les espaces confinés. Ça me file la gerbe.

– Tu es claustrophobe ?

– On peut dire ça comme ça… Je n'aime pas qu'on me mette dans une case.

J'ai réfléchi à sa réponse en enfonçant la clef dans la serrure de mon appartement, numéro 621. Tout le monde appartient à une catégorie, de gré ou de force. Même les anticonformistes ont la leur, peut-être un peu plus anarchique et colorée que les autres, mais ça reste une case. Moi, cette classification ne me dérangeait pas, bien au contraire. C'était rassurant, d'une certaine façon, de savoir que je n'étais pas seul au monde, que des inconnus partageaient ma case des timides, celle des rêveurs ou encore celle des lecteurs. Même si je ne les connaissais pas, je savais qu'ils existaient, et cela m'apportait un immense réconfort. Car quel être humain avait envie d'être seul ?

J'ai ouvert la porte et je l'ai laissée passer avant moi, dans une seconde tentative de galanterie. Elle a avisé la petite pièce de 9 mètres carrés, poings sur les hanches. Je me suis précipité dans la salle de bains en prétextant une envie pressante pour vérifier qu'il ne restait pas de traces de dentifrice séché dans le lavabo ou un caleçon sale sur le sol. J'ai remercié ma maniaquerie quand j'ai constaté que tout était propre et en ordre.

– Cool, ton appart.

J'ai fait volte-face, persuadé d'avoir eu une hallucination auditive. Personne ne pouvait trouver cet endroit *cool.* Sauf peut-être ma mère, en optimiste chevronnée qu'elle était.

– Il est minuscule, mal agencé, et on entend les moteurs des voitures jour et nuit, je l'ai contrée.

– C'est clair. Mais j'aime bien toutes ces piles de livres.

– Ah oui, ça...

À faire une fixette sur mes caleçons sales, j'avais presque oublié que les ouvrages s'empilaient dans mon appartement comme du lierre. Sur le minuscule pupitre, la commode vieillotte, la table de nuit bringuebalante, l'unique chaise bancale. Et surtout, sur le sol. Des amoncellements à hauteur de taille, dont la stabilité laissait à désirer. Au moment de quitter la maison familiale à Cunlhat, je n'avais pas eu le cœur de les laisser. Ça aurait été comme abandonner une partie de moi-même. Partout où j'allais, mes livres me suivaient. Même si je devais admettre qu'ils commençaient à devenir un poil encombrants.

Je me suis raclé la gorge puis accroupi en face du mini-frigo pendant qu'Armelle disséquait chaque millimètre de mon appartement avec une précision chirurgicale.

– Tu veux boire quelque chose ? j'ai proposé.

J'ai ouvert le frigidaire. Il n'y avait rien, si ce n'est un vieux YOP entamé.

– Non, ça ira, a répondu Armelle, et j'ai poussé un soupir de soulagement.

Elle fouinait dans les tiroirs, parcourant des yeux des documents de cours (ma mère avait insisté pour m'inscrire à des leçons préparatoires pendant l'été) et l'unique plante à moitié noyée (j'avais tendance à trop l'arroser par crainte qu'elle ne meure assoiffée, mais ma précaution poussée à l'extrême avait l'effet inverse).

– C'est quoi, ça ?

Elle a extirpé une liasse de feuilles que j'avais pris soin de planquer tout au fond du tiroir.

– Rien !

Je me suis précipité pour récupérer le texte mais Armelle avait déjà lu le titre en première page.

– *Confessions d'un détraqué* ?

– Juste un recueil de poésie...

– Et ça ?

Elle a tiré un second tas de pages, reliées par des anneaux gris.

– C'est... un roman, j'ai balbutié.

– Tu écris des bouquins ?! elle s'est exclamée.

J'ai profité de sa surprise pour récupérer les deux dossiers et les cacher sous une petite pile de volumes.

– Pas vraiment... c'est mon premier livre. Je fais ça comme ça, pour m'amuser...

J'avais envie de disparaître sous terre. Armelle venait de découvrir mon secret le plus inavouable en l'espace de deux minutes chrono.

– C'est génial ! Je peux lire ?

Elle a récupéré le manuscrit, l'air de rien. Je me suis décomposé.

– T... tu aimes lire ?

Arrête de bégayer, imbécile.

– Seulement des bouquins de moins de cent pages. J'ai un peu de mal à me concentrer sur la durée. Mais... je peux faire une exception pour toi.

Son regard est devenu intense. Trop intense pour que je puisse continuer à le soutenir. À la place, j'ai sorti mon téléphone pour gagner du temps. Tandis que je faisais semblant de vérifier mes messages, mon cerveau s'est mis à réfléchir à toute vitesse. L'écriture, c'était mon jardin secret. Un morceau de mon âme déposé sur le papier. Ou mes tripes régurgitées, pour une version moins poétique. Je n'avais jamais montré mes écrits à personne. Pas même à ma mère (et pourtant, ce n'était pas faute pour elle d'avoir insisté). Je n'avais aucune envie de m'exposer, de me mettre à nu. Mais... la proposition d'Armelle était tentante. J'avais l'intuition, même si je ne la connaissais que depuis quelques heures, qu'elle me donnerait un avis sincère et qu'elle ne chercherait pas à arrondir les angles, contrairement à ma famille, qui préférerait me préserver plutôt que de m'offrir un avis honnête. Il n'y a qu'à voir les parents qui s'extasient sur les dessins de leurs gosses à peine sortis du berceau. *Non, ce gribouillis n'est pas beau. Il est même objectivement et incontestablement affreux.* Mais les parents sont incapables de faire preuve de la moindre objectivité avec leurs rejetons : c'est leur drame personnel.

– Alors ? Je peux le lire ?

– C'est d'accord.

Elle s'est assise en tailleur à même le sol et a tourné la première page. Mon estomac s'est révulsé. J'ai éprouvé l'absurde envie de me cacher, comme si je venais d'être dépouillé de tous mes vêtements.

– Attends, maintenant ? Mais...

– Tu peux commander le McDo en attendant. Maxi Best Of Royal Bacon, sans moutarde et sans cornichons, avec un Ice Tea.

Elle m'a jeté son téléphone que j'ai réussi – par miracle – à attraper au vol. L'écran était déjà explosé, raison pour laquelle elle semblait n'y apporter aucun soin. J'ai commandé deux menus Maxi Best Of pendant qu'elle lisait, les sourcils froncés par la concentration.

– Je peux fumer chez toi ?

Je détestais l'odeur de la cigarette. J'ai quand même dit oui.

Elle a continué à lire. Je ne savais pas quoi faire de mes mains, ni de mon corps, alors je me suis allongé sur le lit et j'ai observé les volutes de fumée se répandre dans mon appartement. L'odeur était aussi ignoble que je m'y attendais, mais cette activité avait quelque chose de reposant, de presque hypnotique. Le téléphone d'Armelle a sonné – *Womanizer* de Britney Spears –, et je suis descendu pour récupérer notre en-cas.

Dans le couloir, j'ai croisé le chat de l'ascenseur. *Roméo*. Il tournait en rond, cherchant une issue. Et j'ai pu constater de mes yeux que le matou était *clairement* en surpoids.

– Qu'est-ce que tu fais ici ?

Quand l'ascenseur est arrivé, il s'y est engouffré avec moi, comme si sa vie en dépendait.

Merde... Voilà que j'allais me rendre responsable de la disparition d'un chat.

– Tu as envie d'être libre, pas vrai ?

La bête a miaulé. Un miaulement qui a résonné comme un assentiment total.

– Je vais quand même devoir prévenir ta maîtresse, tu le sais ?

Cette fois, il s'est mis à feuler, si fort que j'ai eu un mouvement de recul. Les portes se sont ouvertes. Je me suis penché pour immobiliser le félin, mais il m'a glissé entre les doigts et a disparu du côté des boîtes aux lettres.

J'ai récupéré la commande (tout était froid) et suis remonté, la mort dans l'âme. Je ne savais même pas à quel étage habitait la maîtresse. *Merde. Merde. Merde.* J'ai fini par laisser un petit mot dans l'ascenseur, avec le numéro de mon logement pour prévenir la propriétaire de l'animal, avant de rejoindre Armelle.

– Voilà le menu, j'ai dit en déposant le tout sur le sol. C'est froid, malheureusement...

– Remercions Dieu pour l'invention du micro-ondes, alors.

J'ai pris ça comme l'ordre d'aller réchauffer nos burgers, et me suis exécuté. On a mangé dans un silence palpable, Armelle ne décrochant pas une seconde les yeux du manuscrit. J'en ai profité pour l'observer plus en détail. Elle portait de grosses bottines, genre Dr. Martens, un pantalon large constellé de marguerites et un haut ultra-moulant vert pomme à bretelles fines. J'ai trouvé ça très osé et ça m'a plu, moi qui n'arrivais pas à acheter autre chose que du gris, du blanc et du noir. À croire que j'étais bloqué dans une *sitcom* des années 1950. Elle avait une tonne de boucles d'oreilles, longues et courtes, des anneaux, des étoiles et des perles, ainsi qu'un piercing – une sorte de clou qui transperçait son hélix. Ses cheveux bruns bouclés formaient un halo autour de son visage, et sa frange un peu trop longue lui tombait devant les yeux, lui donnant un petit air de pirate intraitable. C'était du moins l'image que je me faisais d'une pirate intraitable.

Tout en elle dégageait une assurance suprême : de sa façon de se tenir, comme si elle revendiquait la terre que foulaient ses pieds, jusqu'à ses traits incisifs et volontaires, qui lui donnaient un air constamment occupé. Contrairement à Dario, qui ne laissait rien paraître (seuls ceux qui le connaissaient vraiment pouvaient deviner que ce visage impassible dissimulait un monde bourdonnant d'idées et d'ingéniosité), les traits d'Armelle ne cachaient rien. Elle avait toujours l'air de réfléchir, peu importait où elle posait les yeux, et je m'amusais à imaginer les théories et les réflexions qui fusaient dans son esprit. Malheureusement, je n'avais aucun moyen de vérifier si mes suppositions étaient avérées, notamment parce que je ne la connaissais pas assez (voire, pas du tout) et que j'avais tendance à extrapoler et à créer des histoires sans queue ni tête à partir de rien.

J'ai ouvert le micro-ondes juste avant qu'il ne sonne. J'ignorais d'où me venait cette manie, mais laisser l'appareil biper m'apparaissait comme l'Échec Suprême. Cela laissait entrevoir, je suppose, l'étendue de l'insignifiance de mon existence d'étudiant.

Je me suis assis en face d'elle. Elle se comportait toujours comme si je n'existais pas, aussi, je me suis décidé à commencer mon burger sans l'attendre. J'en étais aux trois quarts lorsque j'ai brisé le silence. Les blancs me terrorisaient, et j'avais toujours besoin de les combler, avec ce qui me passait par la tête – à savoir, dans 99 % des cas, des banalités plus qu'inintéressantes.

– Tu ne manges pas ?

Elle a levé des yeux meurtriers sur moi, si bien que j'ai eu l'impression d'être invité chez elle et d'avoir brisé un vase d'une qualité inestimable.

– J'oublie souvent de me nourrir quand je suis en train de faire une chose qui me stimule.

Mon histoire est stimulante ? J'ai eu envie de la bombarder de questions, mais je ne voulais pas paraître trop insistant. Je me suis contenté d'un :

– Alors, qu'est-ce que tu en penses ?

Elle s'est mise à picorer dans son cornet de frites molles.

– Je ne sais pas.

– Tu veux dire que tu n'arrives pas à trancher entre « gros bide » et « passablement mauvais » ?

Elle a reposé le manuscrit à côté d'elle et a penché la tête pour m'observer comme une espèce d'insecte très rare. Ça m'a mis mal à l'aise mais d'un côté, j'ai aimé ça. Personne ne m'avait jamais regardé avec autant d'attention. Ça me donnait le sentiment d'être important. *D'être*, tout simplement.

– Je veux dire qu'il est trop tôt pour me prononcer, c'est tout. Je peux l'emporter cet après-midi ?

– Tu n'as pas cours ?

– Si, mais je ne tiens jamais les deux heures complètes... Aristote est peut-être un philosophe antique comme on n'en fait plus, mais il me donne envie de pioncer comme personne. Et c'est encore pire que l'année dernière.

– Tu... tu as redoublé ?

J'avais parlé d'une voix douce et un chouïa gênée, comme on l'aurait fait pour évoquer un proche décédé ou alité.

– Évidemment. Tout le monde redouble à l'université, Noah. Le taux de réussite en première année avoisine les 44 %. En droit, je crois qu'il est encore plus faible. Tu découvriras bien assez tôt les joies de l'échec scolaire.

– Merci pour ton optimisme.

Elle a abandonné son paquet de frites pour allumer une autre cigarette.

– Tu n'as presque rien mangé !

Je m'inquiétais sincèrement mais, à la façon dont elle a froncé les sourcils devant ma remarque, j'ai compris que c'était le dernier sujet à aborder en sa présence. Elle s'est remise à arpenter mon appartement de long en large, à la recherche de quelque chose qui soit digne d'intérêt. Elle s'est arrêtée sur un stylo rose surmonté d'un gros pompon à poils longs.

– Très original... Tu comptes l'emporter à la fac ?

J'ai entrepris de jeter les emballages vides et d'entreposer le burger d'Armelle dans le frigo (mon budget étudiant ne me permettait pas de jeter les restes, et ma conscience écologique, encore moins).

– Jamais de la vie ! Tout le monde se moquerait de moi, avec ça.

– Mais tu l'aimes bien, non ?

Pour une raison inconnue, elle semblait sincèrement préoccupée par le sort de cet objet, aussi ai-je pris le temps de réfléchir avant de répondre.

– Je crois. Je l'ai gagné à une fête foraine avec mon oncle, l'année dernière. Je visais une peluche Shrek, mais la pince a décidé d'attraper ce truc. Ça nous a bien fait marrer.

– Et donc, tu t'empêches d'écrire avec, par peur du jugement ? elle a insisté.

– Je sais que ça va être difficile à concevoir pour quelqu'un comme toi, mais je n'ai pas envie de me faire remarquer.

– *Quelqu'un comme moi ?* elle a relevé, les doigts crispés sur sa clope.

J'ai ouvert ma fenêtre pour laisser échapper la fumée qui commençait à m'asphyxier.

– C'est un compliment, j'ai assuré en agitant ma main pour dissiper les volutes.

Elle m'a décoché une œillade mortelle.

– Tu as confiance en toi, et je suis certain que les opinions des autres ne t'importent pas. Mais moi... Disons que j'ai encore beaucoup de progrès à faire de ce côté-là.

Elle n'a rien répondu, se contentant de faire tomber les cendres dans le verre à moitié vide devant elle. J'en ai profité pour consulter l'heure sur mon téléphone, et remarquer qu'il ne restait plus qu'un quart d'heure avant le début des cours. J'ai rassemblé mes affaires et vérifié le contenu de mon sac.

– C'est un jeu, elle a lâché au bout d'un long moment.

– Un jeu ?

Elle a jeté son mégot dans la poubelle, avant de se lever et de s'étirer. Elle n'était pas très grande comparé à moi (j'étais du genre *dégingandé*, même si ma mère préférait le terme *élancé*), mais son tempérament me faisait me sentir tout petit.

– La faculté. La vie tout entière, si tu préfères.

J'ai froncé les sourcils, à la fois déboussolé et intrigué.

– Il suffit que tu fasses semblant pour que les autres y croient.

J'ai dû manquer d'enthousiasme, car elle a insisté :

– Essaie, tu verras que j'ai raison. Tu t'imagines que les yeux du monde sont rivés sur toi, mais ce n'est qu'une illusion. Une illusion mégalo et égocentrée, au passage. Tu pourrais bien t'allonger dans le couloir de l'amphi ou te mettre à chanter à pleins poumons dans le métro, tous les témoins t'oublieraient en quelques heures. Peut-être même en quelques minutes. Ils ont une vie à gérer, des problèmes à régler, des horaires à respecter. Nous vivons sur une grande horloge, Noah. De toutes petites journées de vingt-quatre heures. Et je te jure que *personne* n'a le temps de s'attarder sur l'étudiant bizarre qui prend des notes avec un stylo rose à pompon.

Elle a terminé sa tirade par un long soupir. Son discours était convaincant, presque motivant. Mais si loin de moi ! Je savais que mes bonnes intentions s'envoleraient sitôt le seuil de la porte franchi. Et puis, il y avait un *couac*. Certaines personnes choisissaient délibérément de consacrer du temps dans leur journée pour se moquer des autres, parfois de façon répétée... Le harcèlement existait bel et bien. J'en avais fait la douloureuse expérience. Pas question de risquer de m'y exposer à nouveau.

– Alors, tu le prends, ton stylo ?

J'ai secoué la tête.

– Pas aujourd'hui.

Chapitre 4

L'après-midi s'est déroulé avec une lenteur exaspérante. Et pourtant, nos professeurs de cours magistraux étaient tous réglés en débit × 2.

En troisième heure, nous avons changé d'amphithéâtre, laissant un grand prof décharné du nom de M. Dauvergne pour un autre monsieur, tout aussi grand et décharné, qui semblait se mouvoir grâce au café qu'il devait ingérer en intraveineuse, à en croire les sept gobelets vides empilés en face de lui, son teint de papier mâché et ses jambes tremblantes.

– Bonjour à tous. J'espère que cette rentrée à l'université se passe pour le mieux.

Son attitude renfermée et son nez vissé sur son ordinateur contrastaient totalement avec ses propos sympathiques. Il se désintéressait de nous comme de sa première dose de caféine de la journée, qui devait remonter à longtemps.

– Maintenant, je vais vous demander d'observer votre voisin de gauche.

Nous nous sommes exécutés sans savoir pourquoi, en bons étudiants soumis. Ma voisine mâchouillait des bonbons, la tête écrasée sur son poing.

– Parfait. Maintenant, votre voisin de droite.

De ce côté, l'étudiante portait une veste de costume et un long pantalon lustré. Dos droit, ongles manucurés tapotant son clavier, l'air impatiente de prendre des notes. Elle m'a adressé un sourire gêné. J'en ai profité pour jeter un coup d'œil aux autres étudiants, qui se lorgnaient les uns les autres. Certains étaient installés sur les marches, par manque de places assises.

L'amphi était bondé et, en cette fin de journée, l'odeur de la transpiration couplée au café infect des machines nous collait à la peau.

– Dans un mois, une chaise vide remplacera un de vos voisins. Dans six mois, le second disparaîtra également.

Il a enfin pris la peine de nous regarder par-dessus ses lunettes.

– Je vous conseille de suivre mes enseignements *à la lettre* si vous ne voulez pas disparaître à votre tour.

Des murmures inquiets se sont élevés de part et d'autre de l'amphi.

– Bien. Nous pouvons commencer l'introduction. Partie 1: le droit des contrats.

Les deux heures qui ont suivi se sont résumées au son angoissant d'une myriade de doigts qui martèlent des claviers à un rythme effréné pour tenter de suivre l'allure du prof, sans jamais y parvenir. À quelques bribes de phrases saisies au vol: « Tu as la fin du paragraphe ? – Non. Il a dit quoi après "contrat synallagmatique" ? – Aucune idée. » Au goût amer du café froid sur le palais (qui devient nettement moins mauvais au fur et à mesure qu'on en boit, ce qui expliquerait pourquoi *chaque* individu de cette faculté se baladait avec un gobelet à la main).

J'ai commencé à sympathiser avec un garçon du rang arrière nommé Willan. Il portait un jogging et des baskets, et vu l'odeur de transpiration qu'il dégageait, il revenait certainement du sport. Ça m'a rassuré, de rencontrer un étudiant capable de poursuivre ses hobbies en parallèle des cours. Parce que les autres semblaient tous prêts à sacrifier leur temps sur l'autel de la réussite scolaire et à dépenser une fortune pour acquérir les nouvelles éditions du Code civil aux pages triple épaisseur. Mes échanges avec Willan se limitaient à de rapides questions-réponses pendant la prise de notes ou à de longues plaintes sur le contenu des leçons, jugé trop complexe, pendant les intercours. Rien de bien passionnant et pourtant, ces brèves discussions m'ont donné l'illusion faussée mais non moins agréable d'être parfaitement intégré.

À 20 heures, le dernier cours s'est achevé. J'étais lessivé et un peu hagard, comme après un retour à la réalité à la suite d'un long après-midi de lecture. Des crampes de ventre se sont mises à m'assaillir et mes jambes ont accéléré la cadence d'elles-mêmes. Je songeais déjà au repas que j'allais ingurgiter et au doux moment libérateur où ma tête toucherait l'oreiller. En fait, j'étais incapable de penser à quoi que ce soit d'autre.

J'ai eu l'impression d'être devenu esclave de l'horloge, exactement comme l'avait décrit Armelle ce midi. Cette sensation était à la fois terrifiante et déprimante, alors je l'ai reléguée dans un coin de ma tête, dans le tiroir « Ne pas penser au risque d'essuyer une insomnie de type *hard-core* ».

J'ai cherché des yeux Armelle parmi les étudiants qui se dispersaient, sans succès. En même temps, elle m'avait prévenu : elle ne tenait jamais jusqu'à la fin de ses cours. Sans oublier que les étudiants en droit semblaient les seuls à terminer aussi tard.

J'ai éprouvé un pincement de regret en déduisant que je devrais attendre le lendemain pour la revoir.

Et je me suis demandé comment j'allais finir cette année en un seul morceau.

Chapitre 5

Ce matin-là, j'ai programmé mon réveil à l'aube car mon premier cours commençait à 8 heures tapantes. Je me suis levé, lavé les dents, brossé les cheveux et ai préparé mes affaires avec une précision millimétrée. Cette routine commençait déjà à m'être familière. Avant de partir, j'ai lorgné le stylo rose à pompon pendant dix bonnes secondes, sans me décider à le prendre.

Pas aujourd'hui.

Dans le couloir, j'ai croisé Roméo. Il s'est précipité sur moi puis s'est mis à frotter sa tête contre mes jambes en ronronnant. Il m'était sûrement reconnaissant de l'avoir laissé sortir la veille.

Dans l'ascenseur, j'ai envoyé un SMS à ma mère pour régler un problème de la plus haute importance. Dorénavant, mes messages se limitaient à des questions existentielles et urgentes, comme quel était le produit à utiliser pour déboucher les canalisations ou à quelle fréquence il convenait de laver sa housse de couette.

> Mon paiement a été refusé, hier, et je n'ai pas pu faire les courses. Tu peux me faire un virement stp?

La réponse ne s'est pas fait attendre. Cruelle et expéditive.

> Il est temps de te trouver un job, mon lapin.

J'ai verrouillé mon téléphone et j'ai décidé de reprendre le cours de mon existence comme si je n'avais *jamais* pris connaissance de ce message, vautré dans un absolu et confortable déni.

Foutue vie d'adulte.

La matinée n'était qu'une pâle copie de celle la veille, avec des profs et étudiants encore moins énergiques, probablement parce que la caféine n'avait pas encore eu le temps de s'accumuler dans leurs veines.

Willan s'est installé à ma gauche, et j'ai pris cette migration soudaine comme la marque d'une amitié naissante. À moins que son changement de place ait un rapport avec ma vitesse de prise de notes et mon orthographe, qu'il avait qualifiée de « suspicieusement parfaite ». Quitte à choisir, je préférais encore un ami intéressé que pas d'ami du tout. Oui, ma peur de la solitude est assez pathétique, et me contraint à abandonner le peu d'amour-propre que je possède encore.

De l'autre côté, j'ai retrouvé la fille tirée à quatre épingles de la veille. Cette fois, elle portait une sorte de béret gris, savamment penché sur des boucles rousses soyeuses et bien entretenues. Elle arborait un nouveau costard à épaulettes rouge vif et des sandales en cuir à barrettes que j'ai trouvées passablement laides, mais puisqu'elles étaient accompagnées d'un logo Chanel, j'en ai déduit qu'il s'agissait d'un article de mode ultra-bien pensé que seules les personnes les plus distinguées pouvaient se permettre de porter.

Tiens, elle ferait un bon personnage pour mon nouveau bouquin...

– Un problème ?

J'ai sursauté. La fille m'observait, ses lèvres rouges pincées. *Merde.* Je venais d'être pris en flagrant délit de reluquage.

– J'aime bien ton costume, j'ai lâché très vite, car la carte « compliment » m'a semblé le seul moyen de m'échapper de ce pétrin.

Bien joué. La fille s'est détendue d'un coup et en a même profité pour rajuster son béret, déjà parfaitement en place. J'ai eu tout le loisir d'admirer ses longs ongles manucurés. Elle était si propre sur elle que c'en était terrifiant.

– Merci ! Je rêve d'être avocate, elle a expliqué. Il paraît que se vêtir conformément à ses attentes aide à manifester ce que l'on souhaite.

– Manifester ? j'ai relevé.

– C'est la loi de l'attraction. Tu ne lis jamais de développement personnel ?

En fait, non. Mais j'ai senti que ce n'était pas la chose à dire.

– Ça m'arrive, j'ai marmonné, et j'ai presque senti mon nez s'allonger sous l'effet du mensonge.

À nouveau, la fille s'est détendue, et son sourire s'est fait angélique. Comment pouvait-on changer d'humeur aussi rapidement ?

– Je m'appelle Héloïse Van Deer.

J'ai trouvé louche qu'elle se présente en donnant son nom de famille. Sûrement une autre tactique de *manifestation*, ou quelque chose dans le genre.

– Noah Moreau.

– Enchantée.

Elle a posé l'ongle de son index sur ses lèvres en m'auscultant du regard. J'ai prié pour ne pas avoir un bout de salade coincé entre les dents, avant de chasser rapidement cette inquiétude : je ne m'étais pas approché d'une seule feuille de salade depuis beaucoup plus longtemps qu'une bonne hygiène de vie ne l'aurait imposé. Alors, quel était le problème ? Une croûte au creux de l'œil ? Une marque d'oreiller sur la joue ? Un bouton d'acné sur le nez ?

– Je peux te poser une question ?

J'ai dégluti avec difficulté. Ça sentait le piège à plein nez.

– Est-ce que tu es… un garçon déconstruit ?

Je n'avais aucune idée de ce qu'il convenait de répondre. « Je suis construit » : ça sonnait bien, mais un peu prétentieux. En revanche, le mot « déconstruction » m'évoquait un cataclysme. Héloïse commençait à s'impatienter, alors j'ai tranché :

– J'essaie.

Son visage s'est illuminé et j'ai compris que je venais de réussir le test – quel qu'il soit. Elle a fouillé dans sa pochette Marc Jacobs (visiblement, elle avait déjà les moyens d'une avocate, ce qui devait l'aider considérablement dans ses exercices de *manifestation*) et en a tiré un prospectus. Elle l'a fait glisser jusqu'à moi.

– Tu devrais venir. On manque d'hommes ouverts d'esprit, au Club des Roses. Tu pourrais être utile à la cause.

Quelle cause ? a crié mon cerveau. J'ai détaillé le flyer, et j'ai fini par comprendre. Le Club des Roses était un groupement associatif féministe de la fac.

– Je suis la présidente du comité. Le local est dans la cour nord, deuxième étage, juste à côté du bureau des étudiants. Tu ne peux pas le louper.

J'ai balbutié un remerciement et elle a replongé le nez dans son écran d'ordinateur. Willan m'a assené un petit coup de coude, puis s'est penché sur mon oreille pour murmurer :

– Eh, mec, tu sais y faire, avec les filles. Bien joué.

J'ai haussé les épaules, feignant la désinvolture.

– Je te déconseille quand même d'y aller, il a ajouté. Les féministes, ce sont toutes des folles. Crois-en mon expérience.

J'aurais aimé l'interroger sur sa fameuse « expérience » mais M. Tremblotant est réapparu dans l'amphithéâtre, sonnant la fin de la pause, et a repris son monologue sur la pyramide de Kelsen.

Quand midi a enfin sonné, j'ai abandonné Willan pour me ruer dans le hall principal, à la recherche d'Armelle. Je brûlais d'envie de la revoir. C'est alors qu'une main s'est abattue sur mon épaule, m'arrachant un sursaut. J'ai fait volte-face et me suis retrouvé nez à nez avec *elle*. Cette promiscuité inattendue m'a permis d'admirer plus en détail les petites taches de rousseur qui piquaient son nez et ses pommettes.

– Tu m'as trouvé ! je me suis exclamé.

Elle a haussé un sourcil, et j'ai pris conscience que mon excitation pouvait paraître suspecte. Ne fallait-il pas que je feigne le détachement, l'indifférence ? Mais Armelle, insensible à mes tourments intérieurs, était déjà passée à autre chose.

– J'ai terminé ton roman.

– Quoi ? Déjà ?

Le manuscrit comptait plus de cinq cents pages, en police dix. Les cernes sous ses yeux témoignaient de sa courte nuit.

– Allons manger.

Elle m'a guidé jusqu'à la cafétéria, située dans les sous-sols du bâtiment. Des effluves de poivron trop cuit nous sont parvenus, et la nausée m'a retourné l'estomac. La file d'attente était si longue qu'on n'en voyait même pas le bout. Comme la veille, Armelle s'est mise à déblatérer sur son cours de la matinée. J'aimais sa façon de s'exprimer. Elle avait une voix très particulière, un peu rauque et éraillée, en un mot : *sexy*. J'aurais pu l'écouter parler pendant des heures. En même temps que j'ai formulé cette pensée, j'ai pris conscience que mon cœur battait plus vite en sa présence, et que je n'arrivais pas à soutenir son regard ombragé trop longtemps.

Merde.

Et merde.

Ça ressemblait fortement au comportement d'un type amouraché. Pour ne pas dire, *amoureux*. Note pour plus tard : consulter Dario à ce sujet. Il saurait m'éclairer sur mes sentiments naissants. Si mon meilleur ami possédait une connaissance presque infinie sur à peu près tous les sujets, il en savait davantage encore sur les affaires de cœur. Il s'apprêtait à fêter ses dix ans d'amour avec sa petite amie Erika au mois de février. Pendant toutes ces années, ils ne s'étaient disputés que deux fois. La première, en sixième, lorsque Erika lui avait préféré comme partenaire d'exposé Sylvain, un surdoué au quotient intellectuel explosant tous les records. Dario, qui occupait la seconde place sur le podium de l'intelligence, ne l'avait pas très bien vécu. Erika avait fini par s'excuser lorsqu'elle s'était rendu compte que, malgré sa vivacité d'esprit hors norme, Sylvain constituait un très mauvais compagnon d'étude, obsessionnel du contrôle et arrogant, refusant de prendre en compte ses remarques. La deuxième crise avait eu lieu à la rentrée de seconde, quand Erika et Dario avaient appris qu'ils avaient été assignés à deux classes différentes. Erika avait passé des semaines à pleurer, ce qui avait fini par inquiéter Dario, qui avait fait l'erreur de la traiter de « dépendante affective ». Erika l'avait boudé longtemps, mais s'était résolue à consulter un psychologue qui avait confirmé le diagnostic. Elle avait travaillé sur elle, puis leur amourette s'était poursuivie comme si rien ne s'était passé.

En plus de son incroyable CV amoureux, Dario était très doué pour comprendre et analyser les gens, contrairement à moi. Peut-être pourrait-il m'aider à décrypter l'énigme *Armelle*.

Auprès d'elle, les trente-sept minutes d'attente ont filé à la vitesse de la lumière. Nous nous sommes retrouvés plateau contre plateau, sur une petite table un peu à l'écart du brouhaha environnant. L'air était presque irrespirable ici et je me demandais pourquoi personne ne semblait s'en préoccuper. Par habitude, j'ai localisé les issues de secours et effectué un rapide calcul pour déterminer en combien de temps je pourrais les rejoindre.

Environ deux minutes et quatorze secondes. Pas mal.

Je me suis détendu et j'ai baissé les yeux sur le contenu de mon assiette : une poignée de petits pois durs comme du béton, des pâtes à moitié carbonisées, une salade accompagnée de sa sauce industrielle en sachet, une île flottante menacée d'effondrement et une compote. Bizarrement, ma faim s'est amenuisée au fur et à mesure de l'inventaire.

J'ai sorti de mon sac un pot de multivitamines et ai avalé une gélule avec un peu d'eau.

– C'est quoi, ça ? s'est enquise Armelle.

Elle a pointé un doigt accusateur en direction du prospectus rose dépassant de mon sac.

– Ça ? C'est une fille de ma promo qui m'a proposé de rejoindre son club féministe.

Elle a ouvert sa compote – visiblement, elle ne comptait pas avaler le reste de son repas, et je ne pouvais guère lui faire la morale, à la vue de l'apparence repoussante de notre nourriture.

– Je suis membre de ce groupe, moi aussi. Tu comptes l'intégrer ?

– Euh... je ne sais pas. Je n'y connais rien, en déconstruction personnelle. Ni en développement personnel, d'ailleurs. Je crois que je ne m'y sentirais pas à ma place.

Elle a roulé des yeux avant d'enfoncer sa cuillère dans le pot en plastique.

– Arrête de dire des conneries. Tu devrais venir.

– Je n'y connais rien, j'ai répété.

Elle s'est penchée sur la table.

– Tu veux que les femmes et les hommes aient les mêmes droits ?

– Bien sûr.

– Alors tu es féministe. Voilà, tu as déjà toutes les bases. Je t'apprendrai le reste.

Elle s'est raclé la gorge, signe que le sujet était clos.

– Bon. Passons aux choses sérieuses.

Armelle a extirpé le manuscrit de son sac et l'a jeté face à elle dans un grand BOUM.

– Avant toute chose : veux-tu la vérité ou une version édulcorée ?

Mon corps s'est crispé, et mes orteils se sont recroquevillés dans mes chaussures.

– La vérité, de préférence, j'ai articulé.

– Tu es sûr ? On dit que les écrivains sont très susceptibles.

– Je te dis que oui !

– D'accord, d'accord...

Elle a pris une grande inspiration.

– Je trouve ça... fade. Lisse. Tes personnages ne sont pas réalistes. Aucune surprise. Aucun rebondissement. Et cette Kate, qu'est-ce qu'elle est agaçante, avec ses airs de sainte-nitouche ! Ethan est un imbécile. Encore, si tu avais créé un personnage *vraiment* crétin, ça aurait pu être original. Mais là, je ne ressens rien. Ça n'a pas plus de saveur que du carton.

– Tu as déjà mangé du carton ?

L'humour était la seule chose qui pouvait encore me sauver. Et je n'avais jamais été très doué pour faire des blagues, c'est dire à quoi je me raccrochais.

– Non, mais c'est l'idée que je m'en fais. Et l'écriture... Personne ne parle comme ça au XXIe siècle, Noah. Dans un roman historique, à la rigueur...

J'ai dégluti, la gorge aussi sèche qu'un désert aride, de plus en plus mal à l'aise. Je me suis mis à jouer avec mes petits pois à l'aide de ma fourchette pour me donner une contenance.

– Et le style est... trop convenu. Des formulations toutes faites, des répétitions. Tiens, par exemple, page 57 : « Ses cheveux blonds comme le blé tombaient en cascade sur ses frêles épaules. » C'est d'un ennui ! Plus soporifique qu'une tisane au CBD. Tu as une belle plume, mais on sent que tu te retiens d'exprimer *vraiment* ce que tu veux.

– Je ne pensais pas que c'était si horrible... j'ai murmuré.

Au moins, Armelle avait répondu à mes attentes en me livrant un avis sincère. Il ne me restait plus qu'à renoncer à mes rêves d'écriture et à me trouver un autre passe-temps. Même si l'idée de me rouler en boule dans une couette le reste de ma vie pour oublier ma médiocrité me paraissait mille fois plus séduisante.

– Tu veux écrire une histoire d'amour. Pourquoi pas ? J'aurais préféré un bon polar, mais passons. Il faut de l'émotion. Là, je ne ressens rien. Indifférence totale.

Je devais faire une tête de chien battu car elle m'a demandé :

– Ça va ?

– Sincèrement ? Je ne sais pas.

– J'ai une bonne nouvelle. Je pense que tu peux devenir un formidable écrivain. En fait, c'est une certitude.

Mes doigts se sont immobilisés sur le manche de la fourchette.

– Après tout ce que tu viens de dire, ça me semble un peu compromis, j'ai marmonné.

– C'est bien le contraire ! Le texte est mauvais, mais tu as ce truc. Il faut juste que tu le travailles. Et peut-être que tu songes à changer de genre. Pourquoi la romance ?

– Et pourquoi pas ?

– Tu as déjà eu une petite copine ?

Son regard s'est fait insistant. J'ai résisté à l'envie de déverrouiller mon téléphone portable pour gagner du temps.

– J'ai embrassé une fille pendant le jeu de la bouteille, au lycée.

– Je ne te parle pas d'un bisou. Je te parle d'une vraie relation.

J'ai fouillé dans les tréfonds de ma mémoire à la recherche d'une histoire à raconter. En fait, je n'ai pas eu à chercher bien longtemps, puisque les rares événements un tant soit peu romantiques qui avaient jalonné ma vie étaient marqués au fer rouge dans mon esprit.

– Je suis resté deux mois avec Manon en seconde. Elle m'a plaqué parce qu'elle me trouvait trop ennuyeux.

– La salope !

J'ai haussé les épaules, fataliste.

– Elle n'avait pas tort. À l'époque, j'avais peur de mon ombre. Je me cachais dans les rayonnages du CDI en attendant la fin de la récréation.

J'ai sciemment omis de préciser qu'il m'arrivait encore, à l'heure actuelle, de sursauter devant mon reflet et que les bibliothèques, librairies et tout autre lieu rempli de livres constituaient *le* havre de paix suprême à mes yeux.

– Ça n'excuse rien. Mais, reprenons : ton expérience amoureuse frôle le néant. Des proches auxquels te référer, peut-être ? Des amis ?

Le couple Dario-Erika s'est imposé à moi. Mais je doutais de pouvoir m'inspirer d'eux pour écrire une histoire d'amour. Le cas échéant, elle serait d'un ennui terrible : il ne se passait jamais rien entre eux. Je ne pouvais décidément pas rédiger un livre entier sur des baisers, des câlins, des déclarations et des paroles affectueuses. Personne n'avait envie de lire ça.

J'ai secoué la tête, de plus en plus morose.

– Tu pourrais t'inspirer de tes parents ?

Là, je suis devenu cramoisi.

– Mon père s'est tiré quand ma mère est tombée enceinte. Je ne l'ai jamais vu.

Armelle s'est gratté le menton avec le pouce et l'index, en proie à une intense réflexion. Je m'attendais à ce qu'elle s'attarde sur le sujet, mais elle n'en a rien fait. Je lui en ai été reconnaissant : j'avais horreur de l'étincelle de pitié qui s'allumait dans les yeux de ceux à qui je relatais cette histoire. Tout comme de l'avalanche d'interrogations, qui ne manquait jamais de m'engloutir : Ton père ne te manque pas ? Tu n'as jamais cherché à le retrouver ? Tu ne ressens pas un vide ? Est-ce qu'il t'arrive d'être triste à cause de lui ? Les réponses se résumaient à un mot : Non. Mon père avait décidé de ne pas faire partie de ma vie, alors je ne voyais pas l'intérêt de le traquer pour l'y entraîner de force. La relation fusionnelle que j'entretenais avec ma mère me comblait. Je n'avais pas besoin de plus.

– Ton père s'est barré quand tu étais bébé, elle a résumé. Et tu as encore envie d'écrire sur l'amour ?

– C'est justement pour cette raison que j'ai besoin d'écrire sur ce sujet.

– Ton manque de réalisme vient de là. Tu idéalises complètement les relations amoureuses. Plus personne ne s'envoie des lettres enflammées pour déclarer son béguin dans la vraie vie. Aujourd'hui, un mariage sur trois se termine en divorce.

– C'est de la fiction, pas la vraie vie, je me suis défendu.

– La littérature est le miroir de notre existence ! C'est pour ça qu'on ne peut pas s'en passer. Parce qu'elle nous renvoie à des souvenirs, à des situations vécues. Il te faut du *réalisme.*

– Qu'est-ce que tu proposes, alors ?

– Je t'aurais bien incité à te trouver une petite amie sur-le-champ, mais ça semble compromis.

Comment ça, « compromis » ?

– Parce que personne ne voudra jamais de moi ? j'ai demandé en tentant de masquer la rancœur dans ma voix.

Elle a chassé ma suggestion d'un geste de la main, agacée.

– Arrête le mélodrame ! Je voulais juste dire que faire exprès de sortir avec quelqu'un en vue d'améliorer sa plume, ça craint.

Pour le coup, j'étais plutôt d'accord.

– On devrait essayer autre chose. Tu veux rédiger un bon livre ? Un truc qui révolutionnera le monde ? Il faut que tu t'inspires des meilleurs.

Je l'ai regardée avec des yeux ronds. Je ne voyais pas du tout où elle voulait en venir.

– Il te faut un mentor.

– Un mentor en écriture ?

– Non, en mécanique !

Elle s'est pincé l'arête du nez d'une façon hyper-condescendante.

– Je me porte volontaire, elle a soufflé.

J'ai marqué un temps de pause, anticipant ses éclats de rire. Mais elle ne s'est pas départie de son air sérieux, et j'ai compris qu'Armelle n'était pas le genre de personne à lancer des mots dans le vent.

– Mais tu n'écris pas, j'ai fait remarquer.

– Un coach de vie, si tu préfères. Quelqu'un qui a de l'expérience.

– On a presque le même âge...

Elle a repoussé son plateau à l'autre bout de la table.

– Ça devient vexant. Tu as une chance inouïe que j'accepte de te prendre sous mon aile, alors estime-toi heureux. Crois-moi, je suis ta dernière et seule chance de proposer autre chose qu'un navet.

J'ai trouvé ça très arrogant de sa part, venant d'une personne qui n'avait jamais rédigé autre chose que des dissertations, mais je n'ai rien dit. Armelle avait cette fougue qui donnait envie de la suivre n'importe où. Et puis, elle n'avait pas tort : j'étais un cas désespéré. Elle a attaché ses cheveux avec un crayon, comme si elle se mettait dans la peau d'une intraitable imprésario.

– J'accepte donc de t'aider...

Visiblement, mon consentement à *moi* était optionnel.

– ... à une condition...

– Oui ?

– Je veux 80 % des droits d'auteur de ta première parution.

J'ai avalé de travers. Une quinte de toux m'a secouée.

– Ce sera tout ?

– Et mon nom en premier à la page des remerciements, cela va de soi.

Elle avait l'air si sûre d'elle que, pendant un instant, je m'y suis vu. Si, malgré tous les défauts qu'elle venait de lister, elle prenait encore la peine de négocier avec moi, c'était que mon cas n'était peut-être pas si désespéré que ça. Sans compter que je n'avais rien à perdre et que mes réserves d'espoir étaient au plus bas, alors j'ai accepté son offre avec enthousiasme. On a échangé une poignée de main très sérieuse, en mode investisseurs d'une multinationale.

– Je vais devenir riche !

Elle a pris un crayon tout mâchouillé et un carnet neuf qu'elle a ouvert à la première page.

– Étape un : l'inspiration.

Je ne voulais pas passer pour un abruti complet, alors je suis intervenu :

– Je sais comment on trouve l'inspiration. On se balade, on se reconnecte avec la nature...

– Tu as tout faux. Ça, c'est ce que les écolos essaient de te faire croire.

– Quoi ?

– Tu as bien entendu. Je te propose de faire l'inverse : t'enfermer dans le noir avec un ordinateur. Je vais dresser la liste de tous les films mettant en scène la vie d'auteurs ratés qui deviennent des légendes. À force de les analyser, on percera la recette du succès, que tu pourras reproduire. Ça te va ?

– Euh, je...

– Parfait ! Rendez-vous vendredi à 17 heures chez toi. Sans ton téléphone. Prépare-toi pour le plus grand marathon filmesque de ta vie. Ça va être incroyable. J'apporte les provisions.

Elle s'est levée et a récupéré son plateau. Elle ne comptait quand même pas m'abandonner ici tout seul ?

– Et moi, qu'est-ce que je dois apporter ?

Elle m'a lancé un regard dur, du genre que les profs dardent sur toi quand ils savent que tu n'as pas fait le devoir demandé, malgré tes excuses invraisemblables, du style : « Mon chien a mangé ma copie. »

– Ta concentration. Ce sera déjà pas mal.

Et elle a disparu, me plantant là.

Chapitre 6

J'ai attendu cette soirée comme un gamin se languit de Noël. J'étais toujours étonné de constater que cette fille, qui n'était encore qu'une inconnue il y avait quelques jours, provoquait ce genre de sentiments en moi. J'avais tendance à fuir les fortes têtes (instinct de survie développé au lycée), et Armelle en était une, sans aucun doute. Mais devant elle, j'étais comme… hypnotisé. Je n'avais aucune raison de lui faire confiance et pourtant, je l'avais autorisée à lire mon manuscrit (ce qui revenait purement et simplement à lui offrir mon cœur sanguinolent sur un plateau, accompagné d'un long couteau bien aiguisé et d'une petite note : « Transperce-moi si l'envie t'en prend »).

C'est officiel : je suis piqué.

Armelle n'était pas réapparue de la semaine : c'était à croire qu'elle le faisait exprès, pour ménager son suspens. Évidemment, je n'avais pas songé à lui demander son numéro de téléphone ; je n'avais donc aucun moyen de la contacter. Le vendredi matin, mon excitation avait atteint son paroxysme, et la petite voix pernicieuse dans ma tête prenait un malin plaisir à me torturer.

Et si elle avait oublié notre rendez-vous ? Et si elle ne venait pas ?

Dans un moment de profond désespoir, entre trois heures de droit pénal et deux d'institutions publiques, je me suis mis à chercher son prénom sur tous les réseaux sociaux. Mais, sans son nom de famille, c'était peine perdue. À force d'écumer les tréfonds d'Internet, j'ai même fini par croire qu'elle n'était inscrite nulle part.

– Qui n'a pas Instagram en 2023 ? s'est insurgé Willan quand j'ai enfin consenti à lui révéler pourquoi mon téléphone était greffé à ma main depuis ce matin.

Il avait troqué ses vêtements de sport pour un ensemble sweat-jogging trop grand pour lui. Le genre de vêtements dans lesquels tu te sens si bien que l'envie de pioncer ne te quitte pas de la journée.

– Ce n'est pas commun, j'ai concédé. Elle est peut-être anti-réseaux sociaux.

– Oh, non... Ta copine, ça m'a l'air d'être une énorme plaie. Une chieuse, ni plus ni moins. Crois-en mon expérience, mec.

Décidément, Willan semblait quelqu'un de très *expérimenté*. Mais je ne comptais pas écouter ses mises en garde. Je n'avais jamais rencontré une fille comme Armelle et, pour une raison aussi improbable qu'obscure, elle paraissait s'intéresser à moi. Ou, du moins, à mes écrits.

Et je n'avais aucune intention de renoncer à ça.

J'étais tellement désespéré de ne pas la voir que j'ai fini par me rendre dans le local du Club des Roses, pendant une heure de trou, espérant l'y croiser. J'ai été accueilli par trois filles souriantes qui m'ont collé dans les mains un document à compléter avec mes informations personnelles, les raisons qui me poussaient à rejoindre la lutte et les actions dans lesquelles j'avais envie de m'investir. Évidemment, je n'ai pas osé dire que je ne comptais pas m'inscrire, mais que je cherchais simplement une de leurs membres.

Après tout, pourquoi pas ? Intégrer une association ne pourrait que m'être bénéfique. Et puis, j'avais cru comprendre que les engagements étudiants bonifiaient la moyenne, alors...

J'ai complété la première partie sans difficulté. Pour la seconde, en revanche... Je ne pouvais décemment pas noter :

« La fille pour laquelle j'ai un sacré béguin m'a convaincu. » Ni : « J'ai envie de passer plus de temps avec une fille. » J'étais presque sûr que ce genre de comportement était antiféministe. J'ai finalement opté pour un : « M'impliquer davantage pour la promotion de l'égalité hommes-femmes », ce qui m'était apparu comme une raison recevable. Je me suis ensuite intéressé aux actions proposées, multiples et variées :

- intervention dans le podcast *Tous·tes ensemble* de la fac ;
- conception des affiches pour la campagne contre les discriminations au logement envers les femmes victimes de violences ;
- participation à l'animation de la conférence du 20 décembre sur les stéréotypes de genre ;
- création de contenu digital autour d'Octobre rose ;
- participation et recrutement pour le groupe de parole mixte ;
- participation au clip de sensibilisation sur le harcèlement sexuel de rue ;
- rédaction d'un article sur le blog du Club des Roses : « Comment reconnaître du GHB dans son verre » ;
- organisation du café-débat sur la sororité à la BU ;
- distribution de tracts à l'entrée de la fac pour la conférence sur la masculinisation de la langue française à travers les siècles ;
- inscription comme volontaire pour les collages nocturnes féministes dans les rues de Lyon ;
- préparation de l'émission radio *Face à Face : pour ou contre l'écriture inclusive* ?

La liste s'étirait, encore et encore, jusqu'à me donner le tournis. Je me suis soudain senti tout petit et insignifiant face à cette énumération d'actions. Il ne m'était jamais venu à l'idée de m'investir dans l'une d'elles, et si Armelle ne m'avait pas incité à franchir la porte du local, je n'y aurais sûrement jamais mis un orteil. Une vague de honte a enflé dans ma poitrine.

– Alors, tu as terminé ? m'a pressé une fille à la peau brune et aux grands yeux noirs, qui avait l'air passablement débordée.

J'ai fini par cocher l'option « Rédaction », puisqu'il s'agissait là de ma seule compétence.

– Merci beaucoup. On te contactera si tu es accepté dans le Club des Roses. Le conseil se réunit deux fois par mois pour voter l'intégration de ses nouveaux membres. Tu peux postuler trois fois la même année, si ta candidature n'est pas retenue.

J'ai bafouillé un remerciement.

– Tu n'aurais pas vu Armelle, par hasard ? Elle fait partie du club, elle aussi.

La fille a poussé un long soupir dépité.

– Ah, Armelle...

Pourquoi le prénom de ma toute nouvelle amie suscitait-il une telle réaction ? Je m'apprêtais à le lui demander, mais elle s'est mise à héler quelqu'un.

– Héloïse ! Tu as deux minutes, s'il te plaît ?

Ma voisine d'amphithéâtre est apparue, le visage à moitié masqué par une pile de classeurs et de documents vacillants qu'elle tenait à bout de bras. Son téléphone coincé entre son épaule et sa joue, elle enchaînait des phrases à une vitesse supersonique qui aurait pu rivaliser sans mal avec le débit des profs.

– Deux minutes ? Ça risque d'être compliqué... Dis toujours !

– Ce garçon cherche Armelle... elle a lancé avec une voix traînante, comme si le poids de l'humanité reposait sur ses épaules.

Héloïse a déposé sa pile de documents sur le bureau déjà encombré.

– Je te rappelle, Faustine.

Elle a raccroché et son appareil a émis plusieurs *ting* sonores, signe qu'elle était bombardée de messages. Enfin, elle a fini par me remarquer et ses lèvres se sont ouvertes sous l'effet de la surprise.

– Noah ? Tu as décidé de te joindre à nous, finalement ?

Je me suis forcé à sourire en acquiesçant.

– Bravo, Héloïse ! Tu as un pouvoir de persuasion impressionnant. Grâce à toi, nous avons des nouvelles candidatures à la pelle chaque semaine !

La fille ne l'aurait pas contemplée autrement s'il s'était agi de Dieu lui-même.

– Je ne suis pas la présidente du Club des Roses pour rien, elle a répliqué en agitant sa queue-de-cheval parfaitement plaquée.

Comment Héloïse pouvait-elle être la présidente de quoi que ce soit alors que nous venions à peine d'entrer à l'université ? Mystère. Je me perdais toujours dans les couloirs et arrivais à peine à localiser les toilettes, tandis qu'elle semblait née ici. Comment pouvait-elle posséder tant d'assurance ? La répartition des qualités à la naissance était parfois *tellement* injuste. J'en toucherais deux mots à Dieu, une fois que j'aurais tiré ma révérence. Si tant est qu'il existe.

– Ce n'est pas trop dur de gérer une asso d'étudiants ? j'ai demandé d'une petite voix.

J'avais espéré qu'elle réponde oui. Que ce boulot était une plaie, qu'elle se sentait submergée de devoir à la fois affronter la rentrée des classes, les révisions, la vie étudiante et sa fonction de présidente. Qu'heureusement, elle pouvait compter sur ses camarades pour déléguer certaines tâches. C'était peut-être égoïste, mais ça m'aurait fait me sentir moins mal. Moins minable. Savoir que, sous cette couche de laque et de barrettes, derrière le masque de cette peau éclatante de santé, sans la moindre aspérité, bouton ou imperfection, se cachait un être humain lambda, avec ses failles et ses faiblesses.

– Le Club des Roses ? elle a lâché, avec un petit rire entendu. C'est ma récréation !

Je me suis décomposé. Héloïse n'a rien remarqué, trop occupée qu'elle était à dérouler son emploi du temps :

– Je suis également membre du Bureau des étudiants. Qui pourrait croire que planifier des soirées nécessite une telle organisation ? Marraine du projet « Lyon & co », visant à simplifier l'intégration des étudiants étrangers. Bénévole à la bibliothèque universitaire, pilote du projet « Boîte à livres »...

Elle comptait sur ses doigts au fur et à mesure.

Ting ting ting. Son téléphone commençait à me filer des sueurs froides.

– Je donne des cours particuliers de maths, d'histoire-géographie et d'anglais aux lycéens. Sans compter mes leçons de tennis et de Pilates trois fois par semaine...

– Je crois que j'ai compris, j'ai marmonné.

Bien sûr, elle ne m'a pas entendu.

Ting.

– Il me semble que j'ai fait le tour. J'ai oublié quelque chose, Stella ?

La dénommée Stella a répondu du tac au tac :

– Tu es éco-déléguée !

– Éco-déléguée ? j'ai répété, hagard.

J'ignorais jusqu'à l'existence de cette fonction.

– Mais les élections n'ont pas encore eu lieu ! j'ai continué.

Héloïse a eu une sorte de grimace qui m'a fait me sentir comme le dernier des imbéciles.

– L'élection des éco-délégués est entièrement digitalisée et se déroule pendant les vacances d'été.

Stella a ajouté un petit « c'est évident, voyons » qui a fini de m'enfoncer dans le gouffre d'ignorance et d'inutilité dans lequel j'étais déjà bien logé.

Ting.

– D'accord... et avec tout ça, il te reste du temps libre ?

Elle a tapoté sa montre avec l'ongle de son index.

– Il me reste un créneau le mardi matin et le jeudi, de 10 heures à 11 heures. Tiens ! Ça me fait penser que je ne me suis toujours pas inscrite aux cours supplémentaires de mandarin. Quelle tête en l'air !

Elle a déverrouillé son téléphone et a commencé à taper à toute vitesse, complétant probablement son interminable *to do list* de la journée. Elle n'avait pas désactivé le son du portable et celui-ci émettait un *tap* insupportable à chaque fois que son doigt entrait en contact avec l'écran. J'aurais procédé de la même manière si je voulais rendre ma vie encore plus anxiogène qu'elle ne l'était. C'était peut-être un moyen pour elle de s'accoutumer à la pression ? Les gens productifs font parfois des choses vraiment incompréhensibles. Du genre se lever à 5 heures du matin un dimanche pour méditer, boire de la purée de légumes dans un shaker, mater des conférences sur YouTube, noter les objectifs de la journée... *De la journée* ! Les seules résolutions annuelles que je prenais relevaient du calvaire. Je m'y employais pourtant toujours, cédant à la pression sociale qui te pousse à devenir une meilleure personne le 1er janvier de chaque année. Je finissais fatalement par ne tenir aucune desdites résolutions, ce qui ne faisait que renforcer mon sentiment de nullité et de dégoût de moi-même.

– Et sinon, pour Armelle ? j'ai repris.

Elle n'a pas levé les yeux de son téléphone pour me répondre.

– Armelle ? Je ne l'ai pas vue. Elle manque cruellement de régularité, si tu veux mon avis. Et de *ponctualité*.

Ting ting ting ting ting ting.

– Allô, Faustine ? Je t'ai dit que je te rappelais !

Elle a étouffé le combiné pour me souhaiter une bonne journée, puis est retournée vaquer à ses occupations.

Quelqu'un a soupiré.

– Elle est in-cro-yable, pas vrai ?

Stella l'a regardée s'éloigner, les paumes enveloppant son menton et des paillettes dans les yeux.

Je me suis raclé la gorge.

– Merci pour… le formulaire.

Elle ne m'a même pas répondu, perdue dans ses pensées. J'ai quitté le local, la boule au ventre, avec la nette impression de m'être fait rouler. J'avais environ trente-sept minutes avant le début de mon cours d'anglais juridique, alors j'ai fait la queue à la machine à café. Stratégie ultime pour tuer le temps. J'espérais croiser Dario (qui n'échappait pas à la règle de l'addiction au café), mais il demeurait introuvable.

Tout comme Armelle. Elle m'avait donné rendez-vous, pourtant. *Chez moi.* Est-ce qu'elle allait me retrouver là-bas ? Quand ? J'avais beau ne pas être très sociable, son comportement était quand même mystérieux. Normalement, les amis s'envoient des messages ou s'appellent pour fixer un lieu où se retrouver et une heure précise. Armelle s'apparentait à un fantôme, qui apparaissait et disparaissait au gré de ses envies comme un tourbillon me hantant le reste du temps.

Pile au moment où j'arrivais à la machine, après vingt-neuf interminables minutes, une silhouette élancée a bondi devant moi.

– Ça ne te dérange pas, si je passe avec toi ? Je *déteste* faire la queue.

Armelle m'observait avec un air espiègle. Elle portait un tee-shirt sur lequel il était inscrit en lettres capitales « JE SUIS DE MAUVAISE HUMEUR », un jean lilas large et des Converse noires. Des cernes violacés marquaient encore ses yeux. Mon cerveau ne devait pas être câblé correctement, car je ne pouvais pas m'empêcher de trouver ça sexy.

– Ça veut dire oui ?

J'ai hoché la tête, la gorge nouée. Elle a appuyé sur la touche « Cappuccino noisette ».

– Et... tu n'aurais pas 20 centimes pour me dépanner, par hasard ?

J'ai fouillé dans mon porte-monnaie pour en tirer une pièce, puis j'ai retrouvé l'usage de la voix.

– Est-ce que ça va ? Je ne t'ai pas vue de la semaine.

– J'ai pas mal bougé.

OK, message reçu. Réponse vague qui veut dire : mêle-toi de ce qui te regarde. J'ai commandé un expresso, puis on est allés s'asseoir près de la grosse fontaine dans la cour nord. Armelle a allumé une cigarette. Elle m'a tendu le paquet, comme si nous étions des partenaires de fumette.

– Je... je ne fume pas.

– Je sais bien, elle a répondu, avec son timbre un peu éraillé qui me plaisait tant. Je me disais que tu en aurais peut-être envie aujourd'hui.

Je ne voyais pas comment je pouvais avoir envie d'une substance que je n'avais jamais inhalée et dont l'odeur me filait la nausée. J'ai secoué la tête à nouveau. Elle a rejeté son visage en arrière pour mieux l'offrir au soleil.

– Il fait beau, elle a déclaré. Ça devrait être interdit de travailler dans ces conditions.

– Je suis d'accord. D'ailleurs, en Islande, il existe un jour de congé exceptionnel accordé aux employés pour qu'ils puissent profiter d'une belle journée ensoleillée : le *solarfri*.

Elle a tourné le visage vers moi pour m'analyser avec insistance. Le rouge m'est monté aux joues. Je n'avais pas l'habitude d'être scruté ainsi, alors j'ai repris la parole pour détourner son attention.

– Je suis allé au Club des Roses tout à l'heure.

Armelle a pris une longue bouffée, puis a expiré dans ma direction.

– J'ai croisé Héloïse et une fille qui s'appelle Stella, j'ai continué. Tu les connais ?

Elle a haussé les épaules.

– Elles sont toutes les deux membres du comité de sélection, et Héloïse est la présidente du club. On s'est croisées plusieurs fois.

– Et ça te plaît, tout ça ?

Elle a froncé les sourcils en rejetant la tête en arrière.

– C'est-à-dire ?

– Héloïse a dit que tu n'étais... pas très régulière.

Elle a tapoté sur sa cigarette pour faire tomber la cendre directement dans la fontaine, puis a lâché avec tout le dédain du monde :

– Je l'emmerde, Héloïse.

Elle a terminé sa clope sans rien ajouter. D'habitude, le silence me dérangeait. Mais avec Armelle, tout était différent. Je ne ressentais plus le besoin de combler le vide avec des banalités. Et c'était à la fois reposant et agréable. Enfin, ça l'aurait été, si Armelle n'avait pas été aussi agitée. Sa jambe tressaillait sans cesse et elle n'arrêtait pas de pincer les lèvres. Ça m'a rendu triste de savoir qu'elle était préoccupée mais qu'elle n'avait pas encore assez confiance en moi pour se confier.

– Bon, on y va ?

J'ai observé les étudiants en train de grimper l'escalier qui menait à l'étage, là où était situé mon amphithéâtre. Il me restait encore une heure d'anglais juridique.

J'ai hoché la tête et j'ai suivi Armelle à l'extérieur de la fac.

– Je n'ai jamais séché les cours.

Ses lèvres se sont étirées, et j'ai su que ne pas retourner en cours aujourd'hui était la meilleure décision de l'année.

– T'es mignon.

Un frisson de satisfaction m'a picoté l'échine. Il n'y avait rien de romantique dans la façon dont elle avait prononcé ces mots. Elle aurait aussi bien pu s'adresser à un chaton, ou à un enfant qui venait de s'enfoncer un crayon dans le nez. Et pourtant... Mon cerveau a passé le reste du trajet à rembobiner encore et encore les mots d'Armelle.

Mignon. Mignon. Mignon.

Je ne savais pas quoi en penser. Je craignais que déclencher ce genre de sentiments me range directement dans la case « ami ». Un potentiel petit copain ne devrait-il pas être plutôt qualifié de *charmant* ? *Séduisant* ? *Beau à tomber* ?

Mignon. C'était un début. Et ça me suffisait amplement.

Une fois arrivée chez moi, Armelle a fermé les stores. Elle a renversé son énorme sac à dos sur le sol et a commencé à installer un tas d'équipements : guirlandes, plaids, trois cendriers (en la voyant déposer ses coupelles un peu partout dans la pièce, j'ai eu un moment de panique qui a vite été remplacé par un sursaut de joie. Si Armelle avait décidé d'emporter autant de cendriers, c'était qu'elle comptait *beaucoup* fumer. Et, logiquement, passer *beaucoup* de temps ici). Elle a balancé sur le lit des paquets de bonbons, quatre canettes de Red Bull et quelques paquets de chips.

– Des chips au vinaigre ? j'ai grimacé en m'emparant d'un sachet. Quelle horreur !

Armelle m'a arraché le sachet, indignée.

– Tu n'as aucun goût.

– Tu sais ce qui nous manque ? Des cacahuètes.

Elle a haussé les épaules.

– Là, ce sera sans moi. Allergie aux arachides.

Enfin, elle a extirpé de son sac une immense pile de DVD qu'elle a posée sur une autre pile, tout aussi immense, de livres.

– On va regarder tout ça ? j'ai balbutié.

– Ça ? C'est que le début. Les autres sont sur des plateformes de streaming.

Et voilà comment nous sommes restés enfermés deux jours consécutifs dans l'obscurité la plus totale.

Liste des films d'écrivains à regarder avec Noah

Le Monde selon Garp
Le Cercle des poètes disparus
Shakespeare in Love
Neverland
Tolkien
Les Quatre Filles du docteur March
Mary Shelley
Minuit à Paris
Colette
The Words
Genius
Les Faussaires de Manhattan
Jane
Elle s'appelle Ruby
Truman Capote
Rimbaud Verlaine
Edmond
Molière
Les Sœurs Brontë
L'Autre Dumas
Gainsbourg (vie héroïque)

Chapitre 7

– Comment peux-tu mettre la note de 15/20 aux *Quatre Filles du docteur March* ? *Comment* ?

En réalité, j'avais gonflé la note pour lui faire plaisir après qu'elle m'ait avoué qu'il s'agissait de son film préféré, mais elle n'avait pas besoin de le savoir.

– Il y a quelques longueurs. Le livre est meilleur, clairement. Peut-être que la version de 2020 aurait été plus prenante… Surtout avec la présence d'Emma Watson au casting.

Elle a poussé un long soupir. J'ai jeté un coup d'œil à mon téléphone : 4 h 56. La fatigue commençait à se faire sentir de mon côté. Armelle, en revanche, débordait d'énergie. Elle avait passé son temps à déclamer les répliques avec les acteurs, à s'agiter pendant chaque scène d'action et à fumer cigarette sur cigarette. Et les quatre canettes de Red Bull qu'elle avait ingurgitées n'étaient sûrement pas étrangères à son état de surexcitation.

– Il n'y a qu'une version digne d'intérêt, et c'est celle de 1997. Je sais que tu baves sur Emma Watson, mais…

– C'est faux ! je me suis défendu.

C'était vrai, évidemment.

– Arrête. Tout le monde bave sur elle. Moi la première. Je sacrifierais un rein pour avoir la chance de faire ses lacets. En plus, je lis en toi comme dans un livre pour enfants.

– Eh ! C'est pas ça, l'expression !

Elle a déposé la grosse cuillère dans le bac de glace à la vanille-pistache qu'elle avait piqué dans mon frigo, l'air pensive.

– N'empêche, Jo est trop cool. Et la scène où elle coupe ses cheveux, symbole de féminité... c'est puissant.

Elle a écarquillé les yeux, et j'ai compris qu'elle venait d'être traversée par une de ses idées loufoques.

– Tu es d'accord pour me couper les cheveux? Je sens qu'avec une coupe de cheveux à la Jo March, je pourrais révolutionner le monde.

Ça m'a fait rire, jusqu'à ce que je comprenne qu'elle était tout à fait sérieuse.

– Pourquoi es-tu aussi... intense? On ne peut pas regarder un film sans que tu ressentes l'envie de changer la face du monde au moment du générique?

– C'est mesquin, surtout venant de toi. Un artiste ne devrait pas reprocher aux autres leur intensité.

Touché. Et pourtant... je ne pouvais m'empêcher de trouver son comportement un poil excessif. Toujours sur le fil, flirtant avec les extrêmes. Mais c'était cette même fougue qui la rendait infiniment séduisante à mes yeux. Près d'elle, tout semblait possible.

Elle est partie en courant récupérer des ciseaux dans le pot à crayons du bureau.

– Je refuse de faire ça, j'ai affirmé.

Elle a ronchonné un moment avant de déclarer que de toute façon, on n'est jamais mieux servi que par soi-même. Elle a lancé un tuto YouTube où une Américaine botoxée expliquait la marche à suivre. Ni elle ni moi n'étions très doués en anglais. Ça ne l'a pas arrêtée : elle a commencé à couper des mèches tandis que je tenais le miroir d'une main tremblante. Elle a coupé, coupé, coupé, jusqu'à ce qu'il ne lui reste plus une mèche en-dessous du menton.

– Alors, comment tu me trouves?

Magnifique. Lumineuse. Époustouflante.

– Pas mal.

Elle m'a lancé un clin d'œil en faisant gonfler ses cheveux, puis s'est avachie sur les coussins et a lancé :

– Bon, on se mate le suivant ?

Parfois, la réaction d'Armelle aux films était beaucoup plus intéressante que les films eux-mêmes. Elle jouait l'indifférente, mais pleurait toutes les larmes de son corps à chaque scène émouvante. J'étais surpris qu'elle ne soit pas réduite à l'état de papier crépon, à l'heure qu'il était.

Le lendemain, à 23 heures, nous voyions enfin le bout de cet interminable gavage audiovisuel. J'ai essayé à plusieurs reprises de sortir m'aérer l'esprit, mais Armelle m'a formellement interdit de mettre un pied dehors. Il ne fallait voir la lumière du jour sous aucun prétexte. Ça aurait gâché tout le charme d'un marathon filmesque, elle a prétendu. Alors j'ai cédé, parce qu'il faut croire que je n'étais capable que de ça face à elle : *céder*. Armelle a commandé notre nourriture en ligne et l'a fait livrer juste devant la porte. J'ai eu l'impression de m'être transformé en vampire. Les yeux rouges et enflés à force d'avoir trop regardé les écrans, et le teint livide, je n'avais dormi que deux heures, pendant *Le Monde selon Garp* (une grosse déception, malgré l'excellente interprétation de Robin Williams) et Armelle avait cédé au sommeil à la moitié de *Shakespeare in Love*, qu'elle jugeait trop cucul. Malgré la fatigue, mon cœur était gonflé d'une énergie créatrice vivifiante. Tous ces portraits d'auteurs m'avaient inspiré. Je n'avais qu'une envie : m'asseoir devant mon ordinateur et entamer une nouvelle histoire. Force était d'admettre que le plan d'Armelle était un franc succès.

– Alors, quel est le point commun entre tous ces artistes ? elle m'a demandé en secouant les draps souillés de miettes de pain et d'emballages de bonbons.

Je n'ai pas eu à réfléchir longtemps pour donner une réponse.

– Ils ont eu une vie à chier.

– Mais encore ?

– Ce sont des ratés. Pauvres, alcooliques, drogués, en proie à des questions existentielles… Le cliché de l'artiste maudit.

Armelle a ouvert les stores. Puisqu'il faisait nuit dehors, cela n'a entraîné aucune différence.

– Et si ce n'était pas qu'un cliché ?

– Comment ça ?

– Tu ne veux pas essayer ?

Elle m'a tendu sa cigarette. Le manque de sommeil m'incitait à l'honnêteté, alors je n'ai pas eu peur d'ouvrir la bouche pour dire ce que je pensais.

– Non, merci, je ne vais pas choper un cancer du poumon et raccourcir mon espérance de vie de vingt ans juste pour confirmer une théorie fumeuse.

Elle a poussé un long soupir qui m'a fait me sentir comme le dernier des demeurés. *Encore.*

– Tu sais de combien était l'espérance de vie, à l'époque ?

– Non. Et toi si, je suppose ?

Armelle a allumé une énième cigarette. Les cendriers avaient eu le temps de se remplir en trente-cinq heures, et l'appartement s'apparentait désormais à un fumoir. Je ne pouvais plus respirer sans aspirer l'équivalent de trois paquets de cigarettes.

– Non plus. Mais elle devait être *bien* plus réduite que la nôtre. Tu comprends ce que ça veut dire ?

– Pas du tout.

– Ça signifie qu'ils ont eu le temps d'écrire des chefs-d'œuvre qui ont révolutionné le monde avec une espérance de vie plus courte que la tienne, idiot ! Alors, imaginons que tu réduises effectivement ton existence de vingt ans en crapotant une demi-cigarette par semaine : en réalité, tu rétablis l'équilibre ! Tu n'as pas besoin de vivre longtemps pour pondre un bon roman. Marie Shelley n'avait que dix-huit ans quand elle a écrit *Frankenstein*. Arthur Rimbaud, seulement seize lorsqu'il a rédigé *Ma Bohème*, son poème le plus célèbre. Et puis, les œuvres ont tendance à ressurgir une fois l'auteur décédé. Seuls quelques poèmes d'Emily Dickinson ont été édités de son vivant, et ils sont passés totalement inaperçus. Ce n'est qu'après son décès qu'elle a été considérée comme une des autrices américaines majeures. Tu vois ? Mourir jeune peut être un tremplin pour ta carrière. Le plus tôt sera le mieux.

Je me suis esclaffé.

– Tu dis n'importe quoi, tu le sais ?

– Noah, je sais ce que j'ai lu. Tu *as* du talent, même si tu ne t'en rends pas encore compte. Tu ne peux pas te dégonfler comme ça.

Un défi. Voilà ce qu'elle me proposait. Le *carpe diem* du *Cercle des poètes disparus* me revint en mémoire. Qu'est-ce que j'avais à perdre ? J'ai fini par accepter la cigarette tendue par Armelle.

Alors que je m'étouffais à moitié en tentant désespérément d'avaler la fumée, j'ai compris que sa stratégie de me laver le cerveau à l'aide de films fonctionnait un peu trop bien.

Bon sang, cette fille allait me rendre fou.

– C'est d'accord, j'ai dit en lui rendant l'objet de mon futur cancer.

Après tout, je ne perdais rien à essayer. Et puis, même si je n'étais pas fier de l'admettre, fumer me faisait me sentir plus proche d'Armelle.

– Qu'est-ce que je dois faire ? j'ai repris.

– Première étape : la pauvreté. Grâce à Dieu, tu remplis déjà ce premier critère. Tu vis dans un logement Crous de 9 mètres carrés et manges des pâtes bon marché à tous les repas. Niveau conditions de vie horribles, on est bons.

– Super... j'ai marmonné.

– Au programme : alcool tous les soirs. On ne refuse plus rien. Je te traîne à toutes les soirées étudiantes débiles. Je veux que tu fumes un demi-paquet par jour minimum.

– Mais ça va me coûter une fortune ! Comme tu l'as si bien souligné, je suis fauché.

– Mon oncle peut me filer des cartouches qu'il a rapportées de Turquie. Et je peux taxer suffisamment mon beau-père pour couvrir nos besoins en boisson.

Il allait sans dire que toutes les commandes de nourriture avaient également été réglées par le généreux beau-père.

– Et si ça ne suffit pas, il te faudra apprendre à jouer de tes charmes pour te faire payer des verres. C'est très facile, tu verras. Quant à la drogue...

Elle a marqué un temps d'arrêt en mimant un batteur qui frappe sur ses tambours.

– Je sens que je ne vais pas aimer la suite.

– Tu es vraiment un débutant dans le domaine. On va rester soft. Quelques joints suffiront à te faire perdre totalement la tête. Et je ne veux pas avoir un décès sur les bras.

Rien qu'à imaginer la quantité astronomique de substances toxiques qui allaient envahir mon corps dans les prochains jours, j'ai eu envie de dégobiller.

– Ne fais pas cette tête. Si ça peut te rassurer, dis-toi que le cannabis est autorisé dans plus de trente pays, dont huit en Union européenne. Ce n'est presque pas illégal.

Elle m'a offert un sourire à fossettes, qui a contribué à faire disparaître ma nausée. Un peu. Tout à coup, elle avait un air si doux, si sincère, que j'ai eu l'impression qu'elle allait m'offrir le monde. Tant qu'elle souriait comme ça, il ne pouvait rien m'arriver de bien grave.

Sachez que les réflexions biaisées par l'amour ne valent pas un sou.

Extrait du journal intime de Noah

Mardi 12 septembre 2023, 23 h 12

Et soudain, toutes les chansons d'amour se sont mises à parler d'elle.

Chapitre 8

– Une soirée étudiante ?

Dario m'observait avec un mélange d'inquiétude et de fascination. Il a agité sa main devant mon visage avant de lâcher :

– Bonjour, le sosie de Noah. Vous avez l'air d'être un chic type, mais pouvez-vous me rendre mon meilleur ami ?

J'ai chassé sa main d'une petite tape en avalant une gorgée de chocolat chaud. Nous étions assis dans une boulangerie à deux pas de la fac. Dario délaissait la bibliothèque universitaire pour la douce odeur de viennoiseries tout juste sorties du four.

– Arrête, Dario, je suis sérieux.

Il s'est mis à touiller son double chocolat chaud supplément crème chantilly sans laisser entrevoir une seule émotion.

– Tu n'as pas l'air sérieux. Tu as l'air d'un fou.

Son ton était tranchant, définitif. Mais je ne me suis pas démonté pour autant.

– Parce que je te propose de m'accompagner à une soirée étudiante un jeudi soir ? Ça n'a rien de fou. C'est ce que tout le monde fait !

Dario a avalé une petite gorgée de sa boisson. Il n'avait pas dénoué son épaisse écharpe en laine brune qui lui donnait l'air d'un professeur émérite.

– Sans vouloir te vexer, tu as la tête d'un type qui n'a pas dormi ces dernières quarante-huit heures.

– C'est parce que je n'ai pas fermé l'œil depuis vendredi ! j'ai répliqué, index pointé sur son visage.

Il m'a fixé, suffisamment longtemps pour que je me sente ridicule et que je baisse mon doigt, la mine basse.

– Je comprends que tu apprécies Armelle...

– Elle est *géniale* ! j'ai insisté.

– Que son côté mystérieux t'intrigue et nourrisse tes fantasmes étranges d'écrivain torturé...

– Je ne suis pas torturé !

– Mais *ça* ?

Il a désigné du doigt les dix paquets de cigarettes qui dépassaient de mon sac à dos.

– Ce n'est pas toi.

J'ai enfoui la cartouche au fond de mon sac, les joues en feu.

– Tu as toujours détesté les soirées, il a repris.

– C'est faux ! J'ai passé un bon moment en seconde, à celle d'Anaïs...

– Tu t'es pris un râteau en essayant de reconquérir Manon et tu es resté enfermé la moitié de la nuit dans la salle de bains à pleurer. J'ai dû t'appâter avec une glace au caramel beurre salé pour te convaincre de déverrouiller la porte. Tu appelles ça une bonne soirée ?

Les mauvais souvenirs ont ressurgi avec la puissance d'un ouragan.

– D'accord, l'exemple est mauvais, mais...

– Tu préfères les veillées en solitaire avec un feu de cheminée, un plaid et un bon bouquin, Noah. Et il n'y a rien de mal à ça.

J'ai terminé mon chocolat en une gorgée en réfléchissant à une autre stratégie pour le convaincre. Je comptais bien suivre le plan d'Armelle, avec ou sans le soutien de Dario, mais obtenir son aval, même partiel, me rassurerait un peu. Et j'avais désespérément besoin d'être rassuré, car je m'apprêtais à me lancer dans le projet le plus fou de ma courte existence. Si, pour d'autres personnes (les personnes normalement constituées, j'entends), participer à une soirée étudiante était tout à fait anodin, pour moi, cela relevait de l'exploit. Comme courir un marathon. Ou participer à un concours de mangeurs de hot-dogs.

– Tout ça, ce n'est qu'un jeu. Armelle n'aime pas plus faire la fête avec les étudiants que moi. Je serai dans la peau d'un personnage, si tu préfères.

Il a plissé le nez.

– Ah oui, le jeu pour devenir un meilleur écrivain, il a marmonné.

Il avait l'air tellement blasé que mon ego en a pris un coup.

– Et pourquoi pas ?

– Tu n'as pas besoin de ça pour être un bon écrivain, Noah. Le cliché de l'artiste maudit, c'est surfait. Pas besoin de substances récréatives pour écrire une histoire qui tienne la route.

La petite voix dans ma tête, celle qui flippait pour tout et rien et qui m'incitait à ne jamais rien tenter qui sorte de l'ordinaire, me susurrait de suivre les recommandations de Dario, ce qui a achevé de me mettre en colère.

– Tu n'en sais rien ! Tu n'as jamais lu une seule ligne de ce que j'ai pu écrire.

J'avais pratiquement hurlé. Les clients ont tourné la tête vers notre table, et la gérante a esquissé une moue mécontente derrière son comptoir. Je me suis mis à ronger l'ongle de mon pouce pour calmer mes nerfs.

– Parce que tu ne m'en as jamais donné l'autorisation, il a rectifié sur un ton posé, achevant de me faire passer pour un fou.

– Armelle a dévoré mon manuscrit en quelques heures. Elle a vraiment envie de m'aider, tu sais.

Dario a dénoué un peu son écharpe, comme s'il étouffait.

– Si tu le dis.

J'ai grincé des dents. Je détestais quand il faisait mine de me donner raison, alors que tout son être hurlait : « Tu es le dernier des demeurés. » J'ai fini par craquer et lui demander ce qu'il pensait réellement.

– Je crois que cette Armelle s'ennuie et que tu es sa distraction, il a répondu. Je crois aussi qu'elle n'est pas très sociable, et qu'elle ne connaît pas d'autres moyens pour se faire des amis que de lancer des défis à risques et des paris grotesques.

– Mais ce n'est pas une mauvaise chose, pas vrai ?

– Pas *nécessairement.*

Encore une réponse qui voulait tout et rien dire. J'aimais la sagesse de Dario, mais les sages avaient le chic pour les discours vagues. Tout le contraire d'Armelle : chacune de ses paroles était comme une balle de revolver. Une fois tirée, elle était propulsée en ligne droite à toute vitesse, traçant un sillon indélébile jusqu'à sa cible. Elle ne communiquait qu'avec des certitudes, qu'elles soient vraies ou fausses. Ça n'avait pas d'importance : l'essentiel, c'était de croire en ce que l'on disait.

– Je ne veux pas que tu te perdes en route, c'est tout, il a soupiré.

– Je sais ce que je veux ! je me suis exclamé.

Et pour la première fois de ma vie, je ne mentais pas en prononçant cette phrase.

– Écrire un bon bouquin...

– OUI !

– ... ou sortir avec Armelle ?

Oups, j'étais piégé. J'ai tenté :

– Les deux ?

La serveuse s'est arrêtée à notre table, un TPE à la main. Son visage m'était vaguement familier – probablement une étudiante.

– Je... je suis un peu dans le rouge, en ce moment...

– Aucun souci.

Dario a payé pour moi et a placé une pièce de 2 euros sur son plateau. Il laissait toujours un pourboire aux serveurs. Encore une habitude étrangement mature. Elle me renforçait dans mes convictions que, d'abord, Dario était en réalité un moine bouddhiste de trois cents ans piégé dans le corps d'un jeune et, qu'ensuite, il était multimillionnaire. Les étudiants sont tous bien trop fauchés pour se permettre de donner de l'argent aux autres par gentillesse. C'est bien connu.

– Au moins, tu n'es pas dans le déni, a soupiré Dario en récupérant sa mallette.

Car oui, Dario refusait d'aller en cours avec autre chose qu'une mallette depuis le collège. Il s'est dirigé vers la sortie et je lui ai emboîté le pas.

– Tu penses que j'ai une chance avec elle ? j'ai enchaîné.

– Je ne sais pas. Je ne la connais pas assez bien pour déterminer si vos caractères sont compatibles.

Évidemment. Pour lui, tout s'expliquait par la science, et l'amour ne faisait pas exception. Je ne serais même pas étonné si Dario m'annonçait qu'il avait inventé un théorème de comptabilité amoureuse.

– Je crois que son signe astrologique est Verseau. Et moi, je suis Cancer.

Dario s'est pincé l'arête du nez.

– Que veux-tu que je fasse de ces informations ? L'astrologie, c'est *tout* sauf scientifique.

– Je demanderai à Erika, dans ce cas.

Sa petite amie était une sorcière. Tout le monde le savait, tout le monde l'acceptait – même les plus sceptiques d'entre nous, dès qu'ils voyaient Erika pratiquer la chiromancie ou tirer les cartes. Elle était si convaincante que c'en était terrifiant. Seul Dario refusait de voir la réalité en face. Il n'avait cependant jamais critiqué le travail d'Erika, allant même jusqu'à le qualifier de *charmant*. Niveau scientifique, leur pourcentage de comptabilité devait avoisiner les 0 %.

– Fort bien.

Je sentais qu'il commençait à s'impatienter. Chez Dario, l'utilisation d'un langage soutenu était proportionnel à l'augmentation de sa jauge d'agacement.

– Alors, pour jeudi ?

Puisque c'était là tout l'objet du débat. J'étais prêt à me jeter tête la première dans la fosse d'étudiants sauvages et éméchés, mais je n'étais pas contre une présence amicale (et sobre) qui puisse me tirer de là au cas où la situation viendrait à déraper.

– Je ne peux pas. Je vais au restaurant avec Erika.

Le hall principal grouillait d'étudiants. Comme à chaque fois que je pénétrais dans un espace bondé, mes muscles se sont tendus. J'ai zieuté les issues de secours, par habitude. Je ne pouvais pas me contrôler.

Nous venions d'entrer dans l'université avec huit minutes d'avance. Dario était réglé comme une horloge. Après de multiples calculs dont lui seul avait le secret, il était parvenu à la conclusion que le temps idéal d'avance était de huit minutes. Et non de cinq, contrairement à l'idée généralement admise.

– Mais vous allez tout le temps au restaurant !

– Exact. J'aime les routines. Et je n'essaie pas de prétendre le contraire, contrairement à toi.

Une fois devant son amphithéâtre, il s'est tourné vers moi.

– Si ça peut te rassurer, dis-toi que je le fais pour toi. Toute la stratégie d'Armelle repose sur ton lâcher-prise. Ma présence ne ferait qu'enrayer le mécanisme, à coup sûr.

– À coup sûr ?

– Disons qu'il y a 98 % de chances.

Je devais avoir l'air dépité car il m'a pressé l'épaule et m'a souri. Pas un sourire avec les dents – je soupçonnais Dario d'être complexé par sa dentition –, mais plutôt un rictus bienveillant.

– *Filotimo*, tu te souviens ?

Une vague de chaleur a irrigué ma poitrine.

Filotimo (grec, n.) : Littéralement, un ami de l'honneur. Un *filotimo* implique la fierté personnelle, le courage, la dignité, le devoir, le sacrifice, et exige un profond respect mutuel.

Une sorte de meilleur ami amélioré, ou d'âme sœur amicale.

– *Filotimo*, j'ai répété avec un hochement de tête grave.

Dario est entré dans l'amphi avec cinq minutes d'avance. J'ai profité du temps qu'il me restait pour fumer une cigarette. Armelle n'était pas là pour vérifier si j'appliquais ses conseils, mais j'avais envie d'essayer sa technique, et de le faire bien. J'ai tiré une grosse bouffée. J'ai manqué de m'étouffer. Le goût était atroce. Ma tête a commencé à tourner, j'ai eu la nausée, mais je l'ai fumée jusqu'au filtre. Je ne me sentais pas plus inspiré ou plus créatif, mais la nicotine avait au moins eu pour effet de me détendre et de me faire oublier toutes mes angoisses. Je n'avais *presque* plus peur de rester seul dans la cour au milieu de tous les élèves. Willan m'a rejoint alors que je jetais mon mégot dans une poubelle. La tête dans le gaz, j'ai remarqué qu'il avait désormais les cheveux très courts, presque rasés à blanc, comme les soldats dans les films de guerre américains. Et je me suis demandé pourquoi il s'était engagé dans des études de droit.

– Tu fumes, toi ?

L'explication était trop longue, alors je me suis contenté d'un simple mais efficace « oui ».

– Tu sais que mon oncle est mort d'un cancer du poumon ? C'est une vraie saloperie, ce truc.

Là, je n'avais aucun argument à opposer, parce que j'étais complètement d'accord avec lui. Heureusement, il a vite dévié sur un autre sujet.

– Tu as terminé ton commentaire de droit civil pour demain ? C'est tellement long !

– Quoi ? Quel devoir ?

Willan a éclaté de rire. Il m'a bousculé de l'épaule, comme le feraient des camarades de football américain (du moins, c'était comme ça que je les imaginais).

– T'es un peu un rebelle, en fait !

C'était bien la première fois qu'on me sortait ce genre de chose. Ça ne m'a pas déplu. Armelle était en train de me changer, et j'espérais que ce serait pour le mieux.

Séance de psychiatrie 1

Armelle

– Comment allez-vous aujourd'hui, Armelle ?

– Comme d'habitude.

– C'est-à-dire ?

– C'est pas la grande joie.

– Pourriez-vous développer un peu, s'il vous plaît ?

– Je n'arrive pas à me projeter. Pas du tout, même. Quand je pense à ce qui se passe dans le monde, ça me fout la gerbe. Les guerres. Les maladies. Les violeurs. Les assassins. La politique. Le climat. Le monde entier fout le camp. Et moi, je devrais m'intéresser à mes cours ? Rédiger des dissertations ? Chercher des stages, trouver un petit boulot où on m'exploiterait pour un Smic ? Avoir des enfants chouineurs, une baraque, trois chiots et une montagne de prêts ? Travailler toute ma vie en attendant l'heure bénie de la retraite, sachant que je vais mourir bien avant à cause de la merde que je mets dans mes poumons ? Enfin, les *cochonneries* que je mets dans mes poumons. Pardon pour la vulgarité.

Silence.

– Vous n'êtes pas obligée de vous cantonner à ce modèle, vous savez ?

– Mais tout est mis en place pour qu'on finisse comme ça. C'est comme pour les poils des jambes.

– Les poils des jambes ?

– Chacun nous répète : ouais, vous êtes libres, les filles, vous n'avez qu'à arrêter de vous raser si vous n'êtes pas contentes. Mais j'ai intériorisé depuis toute petite que je devais avoir les jambes douces et dénuées du moindre poil pour être considérée comme désirable aux yeux des hommes. Et si tu décides d'arrêter, tu te prends des réflexions à longueur de journée, des regards insistants, des moqueries. C'est pas facile, vous savez.

– Il faut parfois apprendre à nager à contre-courant.

– Vous parlez comme mon beau-père.

Silence.

– Et si vous me parliez de ce garçon ?

– Quel garçon ?

– Noah.

– Pourquoi voulez-vous que je parle de lui ?

– Lors de notre dernière séance, vous l'avez qualifié de...

Bruissement de feuilles.

– ... *seul mâle récupérable de cette planète*. Vous le pensez toujours ?

– Je crois.

– Et il ne vous aide pas à voir le monde différemment ? À apprécier le bonheur qu'il peut offrir ?

– Si. C'est un peu... une étoile dans l'obscurité.

– C'est une bonne chose, non ?

– Oh, non. Loin de là. C'est la pire chose qui pouvait m'arriver.

Chapitre 9

J'ai passé la soirée à bûcher sur mon devoir de droit civil. Je ne comprenais pas un traître mot du sujet, ni comment j'étais censé construire mon raisonnement. J'ai essayé de relativiser, en me rappelant que l'université n'avait rien à voir avec le lycée. Il n'y avait personne pour me tenir la main et m'expliquer la marche à suivre. À force d'autopersuasion, j'étais presque convaincu qu'il était normal que je me sente complètement paumé.

Ensuite, j'ai appelé ma mère pour régler des problèmes de la plus haute importance, du genre : puis-je manger ce yaourt périmé depuis deux jours ? J'ai aussi râlé contre mon évier encore bouché et contre les murs aussi épais que du papier de verre qui me permettaient de déterminer avec exactitude les moments où ma voisine allait aux toilettes, regardait une série Netflix ou invitait sa copine pour la nuit (même si, pour ce dernier point précis, il aurait fallu être sourd pour ne pas entendre les échos de leurs ébats passionnés qui résonnaient dans toute la résidence). Elle a répondu, dans l'ordre : « Oui, contacte le concierge, achète des bouchons d'oreilles. »

– Et sinon, à part ça ? Comment ça se passe, les cours ?

J'avais envie de vider mon sac et d'être plaint, alors j'ai passé les minutes suivantes à critiquer l'université, les profs et le système éducatif en général. Ma mère a bien rempli sa fonction de mère, à savoir qu'elle a écouté mon monologue larmoyant sans m'interrompre et a fini par m'ensevelir sous des paroles réconfortantes et des recommandations. Je me suis tout de suite senti mieux. Elle m'a alors questionné sur mes nouveaux camarades de fac et je suis resté évasif. J'entretenais une relation fusionnelle avec ma mère, je ne lui cachais rien. Elle était ma plus grande confidente lorsque j'étais au lycée, alors que mes relations sociales frisaient le néant et que j'essuyais les moqueries quotidiennes de mes camarades. Mais, pour la première fois de ma vie, je n'avais pas envie de tout lui dire. J'avais l'intuition qu'elle ne comprendrait pas le lien particulier qui m'unissait à Armelle. Même moi, j'avais du mal à me l'expliquer, je doutais qu'il existe un mot, tous dialectes confondus, pour l'exprimer (note à moi-même : consulter l'*Encyclopédie des mots intraduisibles* à ce sujet).

Alors j'ai tenu ma langue. Elle m'a souhaité bonne nuit et a raccroché. C'était peut-être ça, devenir adulte : entretenir une vie parallèle, inaccessible aux parents.

J'ai jeté une boîte de pâtes instantanées au micro-ondes (je refusais toujours de mettre un pied dans les cuisines communes) en lançant une série Netflix pour combler le silence de l'appartement. J'ai noyé le tout dans du ketchup et j'ai mangé, avachi sur mon lit, directement dans le carton. Il y a quelques années, j'aurais tué pour avoir le droit de dîner dans mon lit. Maintenant que je pouvais le faire, j'ai constaté que ce n'était pas aussi génial que je le pensais. Neuf chances sur dix de renverser une pâte au ketchup sur les draps. J'ai laissé la vaisselle dans le lavabo en me promettant de m'y coller le lendemain matin, avant d'aller en cours.

C'est fou ce qu'on peut se mentir à soi-même, parfois.

J'ai enchaîné les épisodes jusqu'à 1 heure du matin, quand mes yeux vitreux ont commencé à se fermer d'eux-mêmes. Malgré la fatigue, le visage d'Armelle s'est imposé à moi. Je ne pouvais pas m'empêcher de me demander où elle était, ce qu'elle avait mangé, comment elle se sentait. Comme si un fil invisible nous reliait et que, quoi que je fasse, une partie de mon cerveau ne cessait de penser à elle.

Je me suis rappelé que j'avais son numéro de téléphone, désormais (j'avais profité du marathon filmesque pour le lui soutirer). Elle m'avait prévenu qu'elle ne consultait pas souvent ses messages et pourtant, elle a répondu une minute seulement après l'envoi du mien. Dans un élan de romantisme niais et désespéré, je n'ai pas pu m'empêcher d'y voir un signe qu'elle pensait à moi, elle aussi.

Tu dors?

Non. Je suis insomniaque.

J'ai réfléchi une éternité avant d'envoyer un autre message. J'ai eu envie de lui demander ce qu'elle était en train de faire, mais ça sonnait creux. Comme à l'époque où tout le monde textotait des *tfk* sans s'intéresser à la réponse. Et pourtant, j'avais vraiment envie de savoir. Je n'ai pas eu à me creuser la tête pour relancer la conversation : mon téléphone a vibré.

Tu as fumé ton demi-paquet?

J'ai vérifié le contenu dudit paquet, et je me suis rendu compte que j'en avais effectivement consommé la moitié sans effort. L'opération cigarettes s'avérait moins difficile que je ne le pensais. *C'est tout le concept d'une addiction*, je me suis rappelé.

Affirmatif.

J'ai trouvé ça un peu trop sec et j'ai ajouté :

Je suis un très bon élève.

J'ai guetté mon téléphone une, deux, trois, quatre minutes. Puis la réponse est arrivée :

J'attends de voir jeudi
pour me prononcer

Pas de smiley. Pas de ponctuation. En temps normal, ce genre de message m'aurait fait angoisser. Mais pas là. C'était l'humour d'Armelle, mi-tendre mi-condescendant.

Je suis content de t'avoir
rencontrée, Armelle.

J'ai aussitôt regretté d'avoir appuyé sur la touche « Envoyer ». Trop tard : le mal était fait.

Tu ne devrais pas.

Pourquoi?

Aucune réponse. Une heure après, j'ai renoncé à attendre un message de sa part. Je voulais terminer notre discussion sur une certitude et non sur une question sans réponse, alors je lui ai souhaité bonne nuit.

☺

Et ç'a été tout. Un simple smiley. J'ai éteint mon téléphone et me suis glissé dans le lit, les pieds dans le vide. Comme je grelottais, je me suis relevé pour enfiler un pull. Il faisait drôlement frais pour un mois de septembre, et le Crous ne connaissait visiblement pas le chauffage. « Tu ne devrais pas » : autant se rendre à l'évidence, j'étais parti pour cogiter sur cette phrase toute la nuit...

J'avais l'impression que ma rencontre avec Armelle était la meilleure chose qui me soit arrivée depuis la rentrée. Mais si c'était la pire ?

Chapitre 10

Cela faisait une demi-heure que j'étais planté devant mon armoire. Ce n'était pourtant pas compliqué de s'habiller pour une soirée étudiante… Une chemise ? Trop sérieux. Un tee-shirt ? Trop décontracté. Au final, j'ai opté pour un polo blanc et un chino noir. La tenue de camouflage idéale pour me fondre dans la masse. Deuxième étape : procéder à un état des lieux scrupuleux de mon apparence. J'avais réussi à coiffer mes cheveux de façon que mes boucles tombent dans le bon sens (à savoir vers le bas, gravité oblige). Mes lunettes grises me donnaient l'air coincé. Ou, plutôt, elles *accentuaient* mon attitude naturelle, déjà renfermée. Dario prétendait que les hommes à lunettes faisaient fantasmer les filles… ça restait à prouver. Je m'en suis débarrassé. Résultat : je ne voyais presque rien au-delà de 30 centimètres, mais je me sentais plus à l'aise dans mes baskets. Mieux valait ne pas penser à l'avis qu'émettrait Armelle… *OK, trop tard.*

J'ai essuyé mes mains moites sur mon pantalon et pris une grande inspiration pour calmer mon angoisse.

Il aurait fallu que Dario soit là. Il m'aurait aidé à relativiser en me parlant de ses cours de linguistique appliquée.

Vas-y, mec ; tu es un adulte, je me suis répété. *Tu es capable d'aller à une soirée tout seul.*

Mais ce n'était pas hyper-efficace. J'ai fini par appeler ma mère. Pathétique. J'ai espéré qu'elle m'incite à rester chez moi, qu'elle me fasse culpabiliser de sortir en pleine semaine.

Une soirée étudiante ? Profite bien, mon chéri ! Ça me rappelle mes jeunes années… Qu'est-ce qu'on a pu s'amuser, à la fac ! Ne rentre pas trop tard, d'accord ? Et fais attention !

J'ai eu sa bénédiction. En bref, à moins d'accepter l'idée que j'étais totalement anormal, je ne pouvais pas me défiler.

Je suis arrivé sur les quais du Rhône dix minutes avant l'heure de notre rendez-vous, fixé à 22 h 30. Les marches qui encadraient la berge étaient bondées, squattées par une tonne d'étudiants en petits groupes. Des packs de bière étaient dispersés un peu partout, accompagnés de leurs grandes sœurs, Vodka et Whisky. Les gens s'interpellaient, riaient fort, se mélangeaient et se séparaient à nouveau.

J'ai essayé de repérer des étudiants de ma promotion dans la foule pour me raccrocher à quelque chose de familier, sans succès. Et bien sûr, mes mains se sont faites moites, avec un retour immédiat de la petite voix dans ma tête :

Noah ? Il n'est pas invité à notre fête. Il est tellement bizarre !

Il plombe l'ambiance, direct.

De toute façon, il n'a pas d'amis.

C'était idiot d'être arrivé dix minutes en avance. J'ai sorti une cigarette pour fumer, adossé à un arbre. Les musiques des nombreuses enceintes se mélangeaient dans un tapage saturé et dissonant, mais personne n'avait l'air de s'en soucier. Heureusement, les garçons portaient presque tous le combo polo-pantalon, comme moi (du moins, c'était ce qu'il me semblait, même si mon horizon se limitait *grosso modo* à une multitude de taches floues et flottantes).

Alors que j'étais en train de me féliciter de rester aussi invisible, un type décoiffé avec une sacoche banane m'a accosté.

– T'as une clope, mec ?

Je lui en ai filé une sans discuter. Il l'a allumée devant moi, puis m'a soufflé sa fumée au visage. Ses jambes frétillaient de gauche à droite, comme un boxeur. Deux options se sont imposées à moi : ce gars était hyperactif ou... il s'apprêtait à me casser la gueule.

– Tu en veux ?

J'ai attendu la fin de la phrase, mais elle n'est jamais venue.

– Si je veux quoi ?

Il a roulé des yeux, si fort que j'ai cru qu'ils allaient bondir de leur orbite et rouler par terre.

– Bah... tu sais !

– Ah ouais, mec, c'est sympa, vraiment. Mais non merci, j'ai tout ce qu'il me faut.

L'autre m'a fixé pendant un temps interminable sans bouger, puis a craché un mollard répugnant à mes pieds, avant de reprendre la route.

– Tu t'es fait un pote, à ce que je vois !

J'ai sursauté. Armelle s'était matérialisée devant moi, tout sourire. Elle avait lissé ses cheveux et appliqué sur ses paupières un noir charbonneux. Mes épaules se sont relâchées, comme par enchantement.

Elle a glissé son bras sous le mien avec un naturel désarmant et m'a entraîné en bas des gradins.

– Qu'est-ce qu'on fait ?

– On boit. On sociabilise.

J'ai esquivé des bouteilles vides abandonnées.

– OK, ça me va... Mais, tu peux me rappeler en quoi ça va m'aider à trouver l'inspiration ?

Armelle m'a décoché un clin d'œil. Pour l'instant, je masquais plutôt bien ma nervosité.

– Les gens éméchés sont drôles. Ils racontent tous leurs problèmes au premier venu : un terrain de jeu idéal pour contempler la déchéance humaine. Ça pourrait t'aider à construire des personnages crédibles et réalistes.

– Et si ça ne fonctionne pas ?

Elle s'est penchée vers moi pour murmurer à mon oreille, diffusant des frissons dans ma nuque :

– Je vais te partager mon petit secret, testé et approuvé. Chaque fois que tu t'ennuies, tu bois. Tu verras que la soirée deviendra de plus en plus intéressante.

Elle s'est arrêtée à proximité d'un groupe assis en cercle dans l'herbe et a lancé un « SALUT » tonitruant. Une dizaine de têtes ont pivoté vers nous.

– Les gars, je vous présente Noah ! Noah, les gars.

Tout le monde m'a salué avec enthousiasme, avant de retourner à la conversation. Armelle m'a aussitôt abandonné pour claquer une bise sonore sur les joues d'une fille qui jouait de la guitare. Je suis resté planté sur place, les bras ballants, sans savoir quoi faire. Devais-je serrer la main à tout le monde et me présenter ? Rejoindre le cercle ? Rester debout et attendre que quelqu'un m'invite à y entrer ?

Finalement, un type avec les jambes les plus longues que j'aie jamais vues m'a fait un signe de la main. Je me suis empressé de rejoindre mon sauveur en franchissant les sacs et les bouteilles empilés sur le sol. Il est allé droit au but :

– Tu veux une bière ?

J'ai hoché la tête et me suis penché pour attraper la bouteille.

– Tu n'aurais pas... un décapsuleur ?

Il a éclaté de rire.

– Non, on n'a pas ça. Il faut ouvrir avec un briquet, regarde...

Il a enroulé la main autour du goulot en calant le briquet au niveau de son pouce et de son index. Puis il a soulevé le briquet et la capsule a sauté, atterrissant sur une fille aux bras noircis de tatouages qui portait une minuscule robe à frous-frous.

– Eh merde ! Fais attention !

Le type s'est excusé en gloussant. Il avait l'air trop âgé pour être en première année. Personne n'avait une barbe aussi fournie à dix-huit ans, excepté Dario.

– Et sinon, tu fais quoi dans la vie, toi ?

J'ai répondu que je venais d'entrer en première année de droit. Il a lâché un « ah ouais, c'est cool » puis a vidé sa bière d'un seul coup. J'ai observé sa pomme d'Adam monter et descendre tandis qu'il l'engloutissait. Il s'est détourné pour en prendre une autre. Tous se donnaient des surnoms : Cricri, Nat, Cha, Pop's, Mouton ou encore Fred. Je me suis décidé à rejoindre Armelle, en pleine discussion avec une fille qui fumait quelque chose de bien trop épais pour n'être qu'une cigarette.

Elle a tapoté l'espace vide à côté d'elle, m'invitant à m'asseoir.

– Tu t'amuses ?

Elle s'est penchée à l'oreille de la fille pour glisser :

– C'est sa première soirée étudiante.

– Non, sérieux ? Tu te fous de moi ?

– Pas du tout. C'est dingue, hein ?

J'ai ressenti le besoin de me défendre et j'ai lâché mollement :

– En même temps, ça ne fait que trois semaines qu'on a commencé les cours.

La fille a répété plusieurs fois le mot *incroyable*. Puis elle m'a toisé de la tête aux pieds.

– T'es vachement mignon, toi. T'es célibataire ?

J'ai acquiescé, à la fois gêné et flatté.

– Excuse-la, est intervenue Armelle. Cricri est beaucoup trop honnête quand elle est défoncée.

– Et toi, t'es qu'une petite conne !

Elles ont explosé de rire avant de tomber dans les bras l'une de l'autre.

– La vérité sort de la bouche des enfants. Et des gens bourrés, elle a complété.

Je descendais ma bière à grosses gorgées. Peut-être que cette situation me paraîtrait moins étrange avec un peu d'alcool dans le sang.

– C'est qui, ces gens ? j'ai demandé à Armelle quand la dénommée Cricri a eu le dos tourné.

– Eux ? Ce sont mes potes, Noah !

Armelle rayonnait. Ses yeux brillaient, signe qu'elle n'en était pas à sa première bière, et un grand sourire s'épanouissait sur ses joues rosées.

– Tu les as rencontrés où ?

– À des soirées.

J'ai eu le sentiment que je n'obtiendrais rien de plus, alors j'ai lâché l'affaire. Depuis combien de temps Armelle participait-elle à ce genre de fête ?

Tout le monde n'attend pas l'âge légal pour se bourrer la gueule, je me suis rappelé.

Le type aux jambes interminables a lancé un jeu.

– Vous connaissez le *Rouge ou Noir* ?

Il a distribué les cartes avec la dextérité d'un croupier professionnel. Je n'ai pas osé demander les règles, alors je me suis retrouvé à piocher et à attendre que quelqu'un ait suffisamment pitié de moi pour m'indiquer quand je devais boire, et quelle quantité. Car c'était là tout le but du jeu : ingurgiter le plus de boisson possible en un minimum de temps. J'ai terminé ma première bière et Longues Jambes m'en a filé une deuxième. Elle n'était pas plus fraîche que la première, mais le goût semblait meilleur. Il faudrait que je demande à Dario d'élaborer un théorème calculant la corrélation entre le goût de la bière et la quantité ingérée. Avec un diagramme. Ou un graphique.

– À quoi tu penses ?

Armelle s'était approchée. *Vite, trouver une réponse adaptée qui ne soit ni trop banale, ni trop stupide, et SURTOUT très loin de la réalité.*

– Je...

– Noah, trois gorgées ! a beuglé Longues Jambes, me sauvant *in extremis* d'une inévitable humiliation.

J'ai reporté mon attention sur ma bière. Armelle a allongé ses jambes sur les miennes. Mon cœur a raté un battement, et mes mains se sont resserrées autour du goulot de la bouteille.

– Tu es vraiment bizarre, Noah.

Toute ma vie, j'ai œuvré pour obtenir un passe dans la case « normalité ». Le diplôme du type lambda. Celui qui ne se fait pas remarquer, sous aucun prétexte. Mais, dans la bouche d'Armelle, la bizarrerie s'apparentait au plus beau des compliments.

– Euh… Merci ?

Elle a souri. J'aimais ses dents du bonheur. J'avais envie d'être le seul à les voir.

Je crois que l'alcool commence à me faire penser n'importe quoi.

– Noah, deux gorgées ! Tu ne suis rien !

Je me suis exécuté. J'avais une conscience accrue des jambes d'Armelle sur les miennes, comme si mon sens du toucher était décuplé. Je mourais d'envie de poser la main sur sa cuisse, mais mes rares neurones encore fonctionnels m'en empêchaient.

Les autres se sont mis à débattre avec virulence : visiblement, ils n'étaient pas d'accord sur le nombre de gorgées qu'un participant devait avaler, et ce désaccord semblait revêtir une importance capitale. Alors j'ai continué à boire, encore et encore, suivant le conseil d'Armelle pour chasser l'ennui. Plus mes pensées se brouillaient, plus mon corps se détendait. J'ai commencé à rire aux blagues des autres même si je n'en comprenais pas la moitié et à en balancer moi-même, chose que je n'aurais jamais osée en étant sobre (je détestais prendre la parole en groupe, raison pour laquelle je n'avais qu'un ami, ce qui m'épargnait ce genre d'épreuve).

Je me suis allongé dans l'herbe fraîche, les mains croisées derrière la nuque. Je me sentais si bien que j'avais presque envie d'arrêter le temps.

Merak.

– Qu'est-ce que tu as dit ?

Je ne m'étais même pas rendu compte que j'avais parlé à voix haute. Armelle s'était allongée à côté de moi et fumait une cigarette roulée. Son parfum au romarin m'a encore envahi.

– *Merak*. Un mot d'origine arabe, j'ai expliqué. Il désigne un sentiment d'unité avec l'univers. La sensation d'être dans une autre dimension, faite de douceur et d'empathie.

Et, comme je me sentais d'humeur à ouvrir mon cœur, j'ai poursuivi :

– J'ai appris ce mot grâce à Dario, en milieu d'année de cinquième. Il venait de remporter un concours d'échecs, le soleil brillait, et nous nous étions réunis dans un parc pour pique-niquer avec nos familles respectives. Ce qu'il m'a dit ce jour-là est resté gravé dans ma mémoire : « Je suis tellement heureux, Noah. Tellement que je n'arrive pas à l'exprimer. Il doit bien exister un mot pour décrire ce que je ressens. » Dario était déjà très mature. Il s'intéressait aux choses sérieuses. Alors on a écumé Internet sur l'ordinateur de ses parents, et je suis tombé sur ce mot. *Merak*. Cette découverte m'a chamboulé. C'était comme si une nouvelle porte s'ouvrait dans mon esprit. Mettre des mots sur des émotions peut paraître dérisoire. Il en existe bien assez dans la langue française. Mais à chaque fois que je découvrais un nouveau mot, mon cœur devenait plus léger. Comme si je m'approchais un peu de la Vérité. Et j'ai su, au fond de moi, que c'était important.

Ainsi était née l'*Encyclopédie des mots intraduisibles*.

C'était sans doute la chose dont j'étais le plus fier de toute ma vie.

Armelle a penché la tête vers moi et je suis revenu au moment présent. Elle était encore plus jolie de près. Même si ma vision embrumée par l'alcool m'empêchait de distinguer les détails de son visage, tels que son grain de peau ou les nuances de vert dans ses pupilles. En fait, tout son visage était... lissé.

Comme si j'avais devant moi une reproduction d'Armelle en aquarelle, avec les contours floutés par l'eau.

Armelle-aquarelle s'est redressée d'un coup et a hurlé à la cantonade :

– Les gars ! Noah est complètement bourré !

En temps normal, je me serais vexé qu'on ne prenne pas au sérieux un mot intraduisible, encore plus aussi chargé de sens que *merak*. Mais la seule réponse de mon corps à n'importe quelle interaction semblait se limiter à une chose : le rire. Alors j'ai pouffé en chœur avec les autres.

– On est deux, alors !

– Trois ! a beuglé quelqu'un.

Le décompte a continué.

Plus le temps passait, plus le monde devenait flou. Un groupe d'inconnus a fusionné avec le nôtre. Je ne connaissais ni le nom ni l'histoire des nouveaux venus, mais une chose est sûre : je n'avais jamais rencontré des personnes aussi sympathiques de toute ma vie. Nul ne se jugeait, pas même quand une fille a eu la brillante idée d'organiser un bowling avec des canettes de bière pour finir vautrée par terre dans des bris de verre. Pas davantage lorsqu'un type s'est mis à beugler une chanson de Taylor Swift en se trémoussant comme si sa vie en dépendait. Et toujours aucune critique au moment où Armelle a grimpé sur mon dos pour hurler qu'elle passait la meilleure soirée de sa vie.

– Elle dit ça tous les soirs, m'a glissé Cricri.

J'ai fait mon possible pour ne pas m'écrouler tandis qu'Armelle gesticulait sur mes épaules, mais mes jambes refusaient de coopérer. Alors je me suis effondré telle une masse sur l'herbe. Ma tête s'est mise à tourner, et ça n'avait rien à voir avec la chute.

– Noah, ça va ?

Quelqu'un m'a tendu la main et j'étais de nouveau sur pied. On s'est mis à danser, un mini-projecteur qui balançait de la lumière est apparu, et le monde n'était plus que des flashs de couleur et des basses qui résonnaient dans ma poitrine. Je me sentais vachement bien. J'ai compris pourquoi Armelle aimait tant les soirées. Je n'avais plus besoin de penser aux cours à réviser, aux examens, à mon futur, à mon évier bouché, ou à mon rêve d'auteur. Rien n'avait plus d'importance.

Et c'était merveilleux.

Un peu plus tard, Cricri a annoncé que le dernier métro était sur le point de partir. Tout le monde s'est activé. Il a commencé à pleuvoir, ce qui a accentué l'effet dramatique de notre départ précipité.

– Vite, Noah, plus vite !

Armelle m'a tiré par le bras. On hurlait, comme si la pluie était composée de gouttelettes d'acide. Je me suis mis à rire, sans pouvoir m'arrêter. Le petit groupe s'est immobilisé devant la bouche de métro. On s'est embrassés, se promettant de se revoir très vite. Longues Jambes m'a enlacé, comme si on était des rescapés de guerre ou je ne sais quoi.

– Ravi de t'avoir rencontré, toi. À la prochaine !

Ne restait plus qu'un petit groupe de cinq personnes, dont Armelle et moi. On s'est engouffrés dans le métro, gesticulant et beuglant comme si on était seuls sur la terre. J'ai failli trébucher sur un sans-abri en descendant l'escalier (pour ma défense, ma vision était plus que troublée à ce stade). J'ai balbutié des excuses. Sobre, j'aurais été mortifié, mais ma palette d'émotions semblait drastiquement réduite par l'alcool, aussi ai-je juste gloussé.

– C'est pas grave, p'tit ! Profitez bien de votre soirée, les jeunes !

Armelle s'est arrêtée pour lui filer une pièce de 2 euros et une cigarette. Le sans-abri nous a de nouveau souhaité une belle soirée en nous gratifiant d'un sourire édenté. J'ai essayé d'ouvrir mon sac pour récupérer un ticket de métro mais mes doigts ne parvenaient même pas à se saisir de la tirette.

– Tiens, a soupiré Armelle.

Un ticket est miraculeusement apparu dans ma paume. Le vigile nous a scrutés d'un œil mauvais tandis qu'on bataillait pour faire rentrer nos tickets dans la fente, hilares. Armelle a bondi par-dessus la barrière dans un mouvement souple sous l'œil ahuri du surveillant, qui s'est mis à nous pister.

– Eh, vous ! Jeune fille !

Elle m'a dépassé comme une fusée.

– Cours !

J'ai eu la sensation de rejouer la scène de la pluie toxique mais en plus flippant encore. Car, malgré mon état d'ébriété avancé, je savais que nous risquions gros à nous faire attraper. J'ai couru aussi vite que mes jambes engourdies me le permettaient, manquant de déraper à chaque virage. Juste en bas de l'escalier, le métro ouvrait ses portes.

– Mademoiselle ! Arrêtez-vous immédiatement !

Cricri a manqué la dernière marche et s'est étalée de tout son long. Je me suis penché *in extremis* pour l'aider à se relever. Les invectives du vigile étaient de plus en plus proches.

– Noah, viteeeeee !

Dans un ultime effort, j'ai poussé Cricri dans le métro et ai bondi juste avant que les portes automatiques ne se renferment sur nous. Le gardien a donné un coup rageur dans la vitre, avant de décrocher son talkie-walkie.

– On a réussi ! s'est exclamée Armelle.

Des hurlements extatiques nous ont répondu. Le métro était plein à craquer de jeunes tout aussi éméchés que nous, qui s'étaient mis à applaudir et à siffler pour célébrer notre victoire.

J'ai soudain eu une conscience accrue du bringuebalement du métro, et je me suis assis sur un des rares sièges libres dans l'espoir de calmer mes nausées.

– C'était incroyable, Noah ! J'aurais dû filmer ça.

– Je ne me sens pas bien...

– On arrive dans trois stations. Tu peux te rete...

Elle n'a pas eu le temps de finir sa phrase que j'avais déjà dégobillé. De nouvelles exclamations se sont élevées, mais de dégoût cette fois. Tous les jeunes se sont pressés d'un côté du wagon, écœurés, créant un grand espace vide autour de moi. J'ai levé des yeux humides de larmes vers Armelle. *Voilà. Tu viens probablement de détruire toutes tes chances avec cette fille. Bravo, mec.*

Quand j'ai croisé son regard, je n'ai vu aucune répulsion. Un beau sourire illuminait son visage.

– C'est pas plus mal comme ça. Je commençais à me sentir à l'étroit.

Elle s'est assise à côté de moi, prenant soin d'éviter la flaque à mes pieds, puis a extirpé un masque de sa poche et a tapoté mes lèvres avec.

– Voilà. Tu es comme neuf, maintenant !

Je me sentais plutôt comme une larve, mais je n'avais même plus la force d'articuler un mot. Cricri est descendue un arrêt avant nous et Armelle lui a fait promettre de lui envoyer un message une fois arrivée chez elle.

– C'est à nous !

Je ne me souviens plus vraiment du reste de la soirée. Armelle m'a traîné jusque chez moi. J'ai trouvé la force de me déshabiller et de prendre une douche. Je me suis allongé sur mon minuscule lit et Armelle a ouvert TikTok. Elle a continué à fumer. L'odeur ne me dérangeait plus : c'était à peine si je la sentais. Elle s'est assise à côté de moi en faisant défiler des vidéos. J'ai dû finir par m'assoupir car quand j'ai rouvert les yeux, il faisait déjà jour et elle n'était plus là.

Je me suis levé avec un mal de crâne lancinant, le cœur au bord des lèvres. Un petit mot avait été laissé sur ma table de nuit, accompagné d'un verre d'eau et d'une boîte de Doliprane.

Chapitre 11

– Tu ressembles à une flaque.

Dario ne m'aurait pas dévisagé autrement si je m'étais transformé en cloporte géant couvert de poils.

– Une flaque de quoi ? j'ai demandé, la voix éraillée.

J'avais réussi à me traîner jusqu'au café. Un miracle, que je devais surtout à ma mauvaise conscience de sécher encore les cours. Par chance, je ne commençais qu'à 11 heures, ce qui m'a laissé un peu de temps pour émerger du brouillard.

– Je n'ai pas encore décidé.

J'ai vérifié mon téléphone pour la trois millième fois depuis une heure, l'estomac serré. J'ai laissé un tas de messages à Armelle, tous sans réponse. Comment était-elle rentrée chez elle, sans métro ? Et s'il lui était arrivé quelque chose sur la route ?

Quel imbécile ! J'aurais dû lui proposer de rester chez moi au lieu de la laisser partir seule dans la nuit. J'aurais dormi sur le sol et elle aurait pris le lit. Dans mon état, je n'aurais senti aucune différence.

– Tu attends le résultat de l'EuroMillions, ou quoi ? Pourquoi tu as les yeux collés à ton écran ?

– Armelle ne me répond pas. Je ne sais pas comment elle est rentrée hier soir.

Dario a pris une gorgée de son cappuccino-latte-noisette supplément chantilly-coulis de chocolat noir. Mon ventre a émis un grognement de contestation.

– Si votre soirée était aussi éreintante que tu le prétends, elle est probablement en train de dormir. Tous les étudiants n'ont pas tes scrupules.

C'était l'explication la plus logique. Armelle passait son temps à sécher les cours. J'ai pris la décision d'arrêter d'y penser, jusqu'à midi trente. Passé cet horaire, j'avais le droit de paniquer et de lancer des avis de recherche nationaux.

– Alors... tu t'es amusé ?

J'ai commencé à lui raconter la soirée dans le détail. Bizarrement, mes fous rires semblaient bien moins drôles, relatés à la lumière du jour. Dario a fait l'effort de paraître intéressé tout au long.

– Et toi ? Ton restaurant ?

Il a touillé sa boisson avec sa petite cuillère, l'air rêveur. Il n'y avait que lorsqu'il pensait à Erika qu'il arborait cette expression si détendue et insouciante.

– C'était parfait. Erika s'est bien intégrée. Même si, d'après elle, le rythme est déjà très soutenu.

Plutôt logique, quand on sait qu'Erika est en prépa ingénieur. Sérieusement, qui était assez maso pour s'infliger une telle torture, tout juste sorti du lycée ? Avec ma mère, je suis tombé un jour sur un reportage traitant de la dépression étudiante. Apparemment, les étudiants en classes préparatoires sont deux fois plus impactés que les autres. Après ça, ma mère m'a formellement interdit de m'y inscrire, ce qui m'arrangeait bien, puisque je n'avais ni le niveau ni la motivation pour en intégrer une.

– Elle veut organiser une grande fête pour nos dix ans.

– C'est super, ça !

Et j'étais sincère. Je m'imaginais déjà au bras d'Armelle dans une soirée dont le dress-code serait « chic et élégant » (car Dario et Erika étaient l'incarnation même du chic et de l'élégance).

– Comme Erika risque d'être très occupée, je vais me charger de louer la salle, de contacter le traiteur et de dresser la liste des invités. Si tu as des idées...

– À ce propos, je...

– ... en dehors d'Armelle, bien sûr.

J'ai secoué la tête. Je ne me sentais pas assez proche de Willan pour l'inviter à ce genre d'événement, et je ne m'étais lié d'amitié avec personne d'autre.

– Et sinon... tu aurais quelques conseils ? Pour... tu sais, j'ai repris.

– Non, je ne sais pas.

– Pour qu'Armelle s'intéresse à moi !

– Oh, ça...

Il a fait mine de réfléchir, les sourcils si froncés qu'ils se rejoignaient presque.

– J'en ai un : rester soi-même.

– Tu es sérieux ? C'est le conseil le plus nul que j'aie jamais entendu !

– Et pourtant, c'est le plus efficace. Ne joue pas un personnage. Sans avoir la prétention de connaître Armelle, j'ai le sentiment qu'elle n'apprécie pas les faux-semblants.

– Mais je ne sais même pas qui je suis ! je me suis exclamé.

Dario a posé sa main épaisse sur mon épaule, la mine grave. Il avait toujours eu de grandes mains et des doigts épais, même lorsque nous étions enfants. Des mains d'adulte, comme si son corps s'était adapté prématurément à sa maturité. Du moins, c'était ma théorie, qui expliquerait également pourquoi il avait déjà une grosse barbe fournie alors que je n'arborais que trois petits poils sur le menton.

– Dans ce cas, tu ne devrais pas chercher à sortir avec quelqu'un avant d'être parfaitement en accord avec toi-même.

Je me suis rembruni puis j'ai attrapé la carafe d'eau pour me servir un grand verre, dans l'espoir d'atténuer mon mal de crâne.

– Ça ne m'aide vraiment pas.

– J'en ai un autre : évite de vomir sur ses chaussures.

Il a dissimulé un sourire moqueur derrière son grand mug.

– Je n'ai pas vomi sur ses chaussures, mais *à côté* !

Il a haussé un sourcil circonspect avant de s'emparer de son long manteau noir. Il n'y avait que lui pour porter ça sans avoir l'air d'un idiot.

– Tu pars déjà ?

– J'ai des cours, moi aussi.

Il a extirpé un carnet de sa mallette avant de le balancer sous mon nez.

– Écris, en attendant. Prouve-moi que cette cuite monumentale aura servi à quelque chose.

Il a disparu en prenant soin de régler l'addition, me laissant seul face à la page blanche. J'ai écrit plusieurs débuts de phrase, mais ma douleur lancinante aux tempes m'empêchait de réfléchir. Mes derniers neurones encore connectés s'étaient mis d'accord pour repasser en boucle la soirée de la veille, et plus particulièrement les moments où Armelle et moi avions été proches. Même si les souvenirs de la fin s'effaçaient progressivement, ceux qui comprenaient Armelle, eux, demeuraient parfaitement limpides.

J'ai abandonné l'idée d'écrire et me suis posté devant le café pour fumer. Je mentirais si je disais que ça ne m'écœurait pas, mais la partie raisonnable de mon cerveau semblait avoir définitivement foutu le camp. Puis j'ai regagné mon amphithéâtre et me suis installé à ma place habituelle pour suivre le cours comme je le pouvais. Rien n'avait changé. Sauf Willan, qui me filait des coups de coude toutes les cinq minutes pour me tenir éveillé. Je le soupçonnais surtout de m'aider pour continuer à pomper mes notes, mais c'était un autre sujet.

– T'es sûr que ça va ? T'as vraiment mauvaise mine.

C'était la deuxième personne à me le faire remarquer dans la même matinée. J'allais finir par me vexer.

– Oui, c'est juste que...

Mon téléphone a émis un *ting*. J'avais oublié d'activer le mode silencieux. Toute la rangée de devant s'est retournée alors que je déverrouillais mon portable, les doigts tremblants.

Je viens de me réveiller. Je vais bien.

J'ai laissé échapper un soupir de soulagement.

On remet ça demain?

Bon sang, cette fille allait me tuer. Et le pire, c'était que j'étais consentant.

Affirmatif.

Depuis ce jour-là, Armelle et moi ne nous sommes plus quittés. Elle débarquait à n'importe quelle heure du jour et de la nuit. Je passais la majeure partie de mon temps avec elle. Et, quand elle n'était pas là, je l'attendais.

Rectification : en apparence, je continuais ma vie insipide d'étudiant comme si de rien était. J'allais en cours. Je mangeais des repas immondes à la cafétéria. Mais, au fond de moi, je ne faisais que ça : l'attendre. Ma vie sans elle, c'était une coupure télé. Interminable, barbante, parfois même énervante. Mais c'était le passage obligé pour découvrir la suite du film.

OCTOBRE

Séance de psychiatrie 2

Armelle

– Je m'ennuie.

– Vous n'aimez pas vos cours de philosophie ?

– Tout m'ennuie. Les cours, certes. Mais ça va bien au-delà. Les gens. Les soirées. Les journées. Les semaines. La vie entière m'ennuie. Vraiment, je ne vois pas le sens de tout ça.

– Pourtant, vous sortez beaucoup. Vous devez bien y trouver une forme de plaisir, non ?

– Absolument pas. Ça m'aide à passer le temps, c'est tout. Et l'alcool m'empêche de trop réfléchir. Quand quelqu'un me parle, je me sens comme... déconnectée. C'est fou, cette capacité qu'ont les gens de parler de choses inintéressantes et d'y prendre du plaisir. Ils ont un avis sur tout. Ils oublient que nous sommes sept milliards sur Terre et que leurs préoccupations personnelles ne changeront rien à la face du monde. Et le pire, c'est que je suis exactement comme eux. Toujours à me lancer dans de grandes théories...

– Parlez-moi encore de ce sentiment de vide. Quand est-il le plus fort ?

– Il n'a pas d'intensité.

– Dans ce cas, quand est-il le plus contraignant ?

– Quand je suis entourée des gens que j'aime et qui m'aiment. Je sais que je devrais apprécier le moment. Mais la plupart du temps, je ne ressens rien. Et c'est douloureux.

Chapitre 12

Je suis retourné en soirée le lendemain. Et le surlendemain. Le mois de septembre n'a été qu'un enchaînement d'excès et de nuits blanches. Les fêtes se ressemblaient toutes, même si les visages qui nous accompagnaient n'étaient jamais les mêmes. Des étudiants aussi paumés que nous. Au moment d'échanger nos prénoms, on se questionnait les uns les autres, sans grande conviction. Au fond, tout le monde s'en foutait, de savoir si tu étais en deuxième année de médecine ou en première année de DUT info-com. Ces considérations s'envolaient après un verre ou deux. On était des jeunes réunis autour d'une bière et c'était le plus important. On avait un point commun : l'envie irrépressible de faire la fête jusqu'à ce que le jour se lève. Et cette maigre ressemblance était largement suffisante pour faire de nous les meilleurs amis d'une nuit.

Mais la vraie vie a fini par me rattraper. Les semi-partiels approchant, je me suis mis à squatter la bibliothèque universitaire pour suivre le programme de révision que j'avais rédigé un jour où la culpabilité née de mes absences répétées était si forte que j'avais eu l'impression de suffoquer.

La BU, c'était un monde à part. Un univers parallèle où des étudiants épuisés poireautaient dès 7 heures du matin devant un grand bâtiment, frigorifiés, dans l'espoir de mettre la main sur une chaise et un pupitre où ils pourraient lire encore et encore les mêmes phrases alambiquées et incompréhensibles tout en essayant de résumer le fruit de leurs efforts sur des jolies fiches bristol colorées, jusqu'à tomber d'épuisement. Et ils étaient prêts à se battre pour obtenir et garder cette sacro-sainte place ! Ils allaient jusqu'à laisser leur sac et leurs cours éparpillés en évidence, le temps d'acheter un sandwich triangle fadasse et une canette d'Ice Tea tiède au Carrefour City en face de la faculté pendant la courte pause de midi, par peur qu'un autre étudiant tout aussi désespéré ne cherche à s'emparer de l'emplacement. Exactement comme des vacanciers qui laissent leur serviette sur un transat. Pourtant, ce n'était pas comme s'il n'existait pas d'autre endroit pour réviser sur cette planète, non ? Il fallait croire que la BU exerçait une sorte d'attraction magique permettant aux élèves d'ingérer plus facilement leur cours. Après mûre réflexion, c'était la seule explication plausible.

Mais cette attraction magique ne semblait pas prendre sur moi. C'était même le contraire. Réviser dans un endroit où tout le monde révisait, c'était ouvrir grand la porte à mon anxiété, du genre : « Coucou, c'est moi, c'est l'occasion idéale de te pousser à te comparer à tous ces étudiants qui semblent bien plus concentrés et investis que toi. »

Par miracle, je n'avais pas eu à faire le pied de grue devant les portes automatiques de bon matin. Avantage non négligeable des projets de groupe : nous avions pu réserver une salle au deuxième étage. Notre prof de travaux dirigés nous avait répartis en groupes de trois pour un exposé sur la question prioritaire de constitutionnalité. Eh oui, le sujet était aussi barbant qu'il en avait l'air. Mon groupe était constitué de Willan et d'un parfait inconnu répondant au nom de Léon, absent au moment de la répartition.

– Il est en retard, putain. Fait chier. On se coltine un boulet, Noah.

J'avais appris à m'habituer au langage grossier de Willan, avec le temps. Les insultes, c'était un peu sa manière à lui d'extérioriser.

– Il s'est peut-être paumé dans la BU ? C'est vachement grand.

Autre avantage des pièces réservées aux groupes : pas besoin de chuchoter. En attendant la troisième roue du carrosse, je me suis mis à analyser le comportement des étudiants, de l'autre côté de la baie vitrée, tout en prenant des notes dans un carnet. C'était très intéressant, de les observer dans leur état naturel. Presque autant qu'un documentaire animalier, si vous voulez mon avis. Et, comme trier et catégoriser les êtres humains m'apportait un sentiment de satisfaction inégalable, je m'y suis employé.

Catégorie 1 : l'élève modèle. Ne lève jamais le nez de ses livres de cours, le poignet toujours en mouvement, noircit des pages en un temps record. Mi-humain, mi-cyborg.

Catégorie 2 : l'ultra-connecté. Armé d'une paire d'écouteurs sans fil, de son Apple Watch et du MacBook dernier cri, son partage de connexion 5G lui évite d'utiliser la wifi merdique de la fac et lui permet de multiplier les onglets ouverts. Faiblesse : partisan du copier-coller, est souvent accusé de plagiat.

Catégorie 3 : l'hyperactif. Fervent adepte des pauses café-clope-gâteaux, incapable de rester plus de dix minutes consécutives sur sa chaise, décroche après trente minutes de révisions mais refuse de partir par acquit de conscience.

Catégorie 4 : le tricheur. Zieute les fiches de révision de ses collègues et en profite pour récupérer les cours qu'il a ratés sur le cahier d'à côté. Variante : le tricheur riche, qui paie une fortune sur des sites genre *Juridico* pour télécharger des dissertations toutes faites.

Catégorie 5 : l'artiste refoulé. Possède une collection impressionnante de surligneurs rangés par ordre de couleur. Passe plus de temps à barbouiller dans les marges ou à décorer ses fiches bristol qu'à réviser.

– Excusez-moi, c'est bien vous, Willan et Noah ?

J'ai arrêté de griffonner pour dévisager le nouveau venu. Ou *la* nouvelle venue. C'était difficile à dire.

– Léon ?

– Ouais, c'est ça.

Willan devait être un peu perturbé par l'apparence du dernier membre de notre équipe, car sa colère est retombée comme un soufflé. Avec ses cheveux courts, ses traits fins et ses vêtements extra-larges, il était difficile de définir avec précision le genre de Léon. Willan ne s'est pas gêné pour aborder le sujet, avec une délicatesse toute relative.

– T'es pas un mec ?

Léon a secoué la tête en balançant son sac sur la table.

– Non.

– Mais Léon, c'est pas un prénom de fille ?

– Je ne suis pas une fille non plus.

Ma tête faisait des allers-retours entre eux, comme un spectateur pendant un match de tennis.

– Du coup, on doit utiliser quels pronoms ? a insisté Willan.

Je n'ai pas pu m'empêcher d'intervenir.

– Mais arrête ! Ce ne sont pas des questions qui se posent !

Léon m'a regardé, puis a haussé les épaules.

– Non, ça ne me dérange pas. Bien au contraire. Je trouve ça cool de demander. Comme ça, vous êtes fixés.

Willan m'a lancé un regard du genre : « Merci pour ton intervention inutile. »

– Pour te répondre, je me considère comme non-binaire. Mais vous pouvez utiliser les pronoms masculins, OK ?

On s'est mis au travail. Willan n'était pas particulièrement doué en droit, mais il était expert dans l'art d'expédier les dissertations en un temps record, alors il a pris les choses en main. Nous nous sommes réparti les tâches et les parties pour gagner du temps. À plusieurs moments, quand je me suis retrouvé à interpeller directement Léon, je me suis réjoui que

Willan ait eu le cran de s'informer sur ses préférences. Ça m'a évité un bon nombre de cafouillages et d'excuses balbutiées. Comme quoi, parfois, il suffit de demander.

Alors que j'avais le nez plongé dans la Constitution, la porte s'est ouverte avec fracas. Je n'ai pas eu besoin de lever la tête pour deviner qui venait d'entrer. Au moment où mes yeux se sont posés sur elle, mon humeur a grimpé en flèche.

– Il FAUT que tu viennes à la soirée d'intégration de médecine.

– Bonjour à toi aussi, a marmonné Willan.

Il n'appréciait pas Armelle. Ses manières brusques l'irritaient.

– Nous ne sommes pas en médecine, j'ai fait remarquer.

Pas plus que nous n'étions étudiants en STAPS, en histoire ou en art, pour ne citer que les trois dernières soirées auxquelles nous avions participé. Mais la médecine... semblait être un univers à part. Un cercle fermé, réservé aux têtes pensantes du pays. Des étudiants d'un autre niveau, prêts à sacrifier leur âme en échange d'une bonne moyenne à un partiel.

– Et alors ? Crois-moi, les soirées médecine, c'est génial ! Les étudiants sont privés de tout divertissement trois cent soixante-quatre jours de l'année. Alors, les rares moments où ils peuvent sortir, ils se transforment en bêtes avides d'alcool, terrifiantes et incontrôlables.

Objectivement, j'avais connu meilleur speech pour attirer quelqu'un à une soirée. Mais comme celui-ci était prononcé par Armelle, il prenait une tout autre saveur.

– Pourquoi pas ? Mais je dois finir cet exposé, avant.

Armelle a observé Willan et Léon, la bouche entrouverte sous l'effet de la surprise. Comme s'ils venaient juste d'apparaître.

– Vous êtes invités, si vous voulez. Rendez-vous chez Noah pour le before à 21 heures.

Elle est partie comme un ouragan sans même attendre leur réponse.

– Je rêve ou elle vient de s'inviter chez toi, Noah ? s'est insurgé Willan.

J'ai haussé les épaules sans parvenir à masquer mon sourire. La perspective d'une nuit en compagnie d'Armelle me rendait tout chose.

– Elle te manipule complètement, mon pauvre ! Je te jure, tu te transformes en mollusque sans cervelle quand elle est à proximité.

Évidemment qu'elle me manipulait. Et j'adorais ça. Quant au fait de ressembler à un mollusque... ça, c'était un coup bas.

– Occupe-toi de ce qui te regarde, OK ?

Il a grommelé quelque chose et puis le calme est revenu. Le sujet « Armelle » n'a plus été abordé pendant le reste de la session. On a quitté la BU vers 19 heures ; pas parce que notre exposé était abouti, mais parce que nous sommes tous tombés d'accord pour dire que travailler passé cet horaire, ce n'était pas humain. Alors on a lâché du lest et accepté que notre exposé ne serait pas parfait. Mon téléphone a vibré. Un message d'Armelle. Cette fille était ma notification préférée.

N'oublie pas d'acheter
une prévente
pour le Loft.

Une rapide recherche sur Google m'a appris que le Loft était le nom d'une boîte de nuit du 7e arrondissement. Un nœud s'est formé dans ma gorge. La perspective de me retrouver collé-serré avec des inconnus éméchés était loin de me réjouir. En même temps, les températures commençaient à baisser et traîner sur les quais toute la nuit n'était plus aussi attractif qu'au début de l'année. Mais ma phobie pour la danse en public était plus forte que la crainte d'attraper une pneumonie et, quitte à choisir, je préférais encore grelotter sur les berges du Rhône.

Je me suis demandé comment j'allais me dépêtrer de cette situation en marchant jusque chez moi.

Je peux inviter deux-trois copains pour le before ?

J'avais l'intuition que les « deux-trois copains » allaient se transformer en « une dizaine », mais j'ai accepté. Puis j'ai bombardé Dario de messages :

CODE ROUGE!!
Armelle m'a invité en boîte de nuit.

La réponse m'est parvenue instantanément.

Tu détestes danser.

C'est bien le problème!

Tu devrais décliner l'invitation.
Tu n'as pas à te forcer à faire quoi que ce soit pour te rendre plus appréciable aux yeux d'autrui, Noah.

Dario, si pragmatique et éclairé. Ma mère aurait répondu la même chose, mot pour mot.

Tout en faisant le ménage dans le cagibi qui me servait d'appartement, je me suis mis à réfléchir. Après tout, rien ne m'obligeait à danser. Je pouvais toujours squatter le bar comme un vieil alcoolique déprimé, en discutant avec la serveuse par-dessus le vacarme de la musique. Certes, le tableau n'était pas très flatteur, mais c'était toujours mieux que m'imaginer en train de me trémousser sur du Beyoncé. Non pas que j'aie un problème avec cette chanteuse, évidemment, c'était juste que... Danser, ce n'était pas pour moi. Mon corps n'était pas fait pour se mouvoir. Ni pour l'activité physique en général. C'était tout juste s'il pouvait courir 500 mètres consécutifs sans défaillir. Et mes mouvements manquaient cruellement de coordination.

J'ai réchauffé des mini-pizzas au micro-ondes. Je n'avais pas une goutte d'alcool dans mon appartement, mais je ne me suis pas inquiété : les amis d'Armelle avaient des bières greffées aux mains.

Quelqu'un a frappé à la porte. J'ai vérifié ma coupe de cheveux. Mes boucles partaient dans tous les sens, mais je n'ai touché à rien, espérant que l'effet Timothée Chalamet soit encore d'actualité. J'ai rajusté mon tee-shirt *oversize* qui, à défaut de mouler les muscles que je n'avais pas, laissait libre cours à l'imagination.

Une certitude m'a traversé. Ce soir, c'était le grand soir. Le soir où j'ouvrirais mon cœur à Armelle.

J'ai ouvert la porte, le cœur au bord des lèvres.

Chapitre 13

Léon était planté devant moi.

– Léon ? Comment t'es entré dans la résidence ?

Il a fourré ses poings dans les poches de son jean trop grand. Il portait un crop-top évasé et une multitude de bracelets à perles.

– Quelqu'un m'a ouvert avec son badge.

– C'est cool. Et… qu'est-ce que tu fais ici ?

Il a haussé un sourcil.

– Bah… je viens pour la soirée. Armelle m'a invité tout à l'heure, tu te souviens ?

Ah. Léon a franchi le pas de la porte d'une démarche chaloupée. Il a eu la délicatesse de retirer ses chaussures, comme s'il pénétrait dans un palace et non dans un petit appartement miteux.

– Je suis le premier.

Vite, combler le silence. Mon cerveau s'est mis à répertorier tous les types de conversations potentielles. Notre exposé ? Trop intello. Le questionner sur sa vie ? Trop personnel. Parler météo ? Pitié, pas ça !

– Tu veux manger quelque chose ?

– Ouais, grave. J'ai la dalle.

Bingo. Proposer de la nourriture, ça marchait à tous les coups. J'ai sorti les mini-pizzas du four micro-ondes avec beaucoup plus d'enthousiasme que nécessaire.

– C'est stylé, tous ces livres.

– Ouais, c'est mon *tsundoku*.

Il m'a regardé avec un air perdu, alors je lui ai expliqué le concept de l'*Encyclopédie des mots intraduisibles*.

Tsundoku (japonais, n.) : Exprime l'idée d'acheter et d'accumuler plus de livres qu'on ne pourra jamais en lire.

– Et tu n'as pas peur qu'ils s'abîment ? Je veux dire, quelqu'un pourrait renverser son verre.

J'ai commencé à paniquer. Évidemment, Léon avait raison et, évidemment, je n'avais même pas envisagé cette possibilité. Pourtant, je commençais à connaître les amis d'Armelle. Léon m'a aidé à fourrer le plus de bouquins possible sous le lit. La mort dans l'âme, j'ai fini par transférer les piles restantes dans la douche.

Armelle s'est pointée avec quarante-cinq minutes de retard, talonnée par Cricri qui portait un étrange chapeau et un mini-débardeur laissant apparaître ses fresques de tatouages, ainsi qu'une fille vachement intimidante qui mâchait du chewing-gum et faisait tourner un trousseau de clefs dans sa main.

– Roméo, le chat de ta voisine de palier, s'est encore barré. Il y a un nouveau mot à ce sujet dans l'ascenseur, a lâché Armelle en guise de « bonsoir ».

En réalité, c'était la cinquième fois que la propriétaire du félin placardait des avis de recherche dans toute la résidence. Mais le chat finissait toujours par réapparaître. Il m'arrivait souvent de l'apercevoir près du local à poubelles ou planqué sous une corbeille à la laverie. Je le ramenais inlassablement à sa maîtresse, en écopant à chaque fois de coups de griffe et de morsures.

Sans transition, Armelle a filé comme une flèche dans l'appartement, les bras chargés d'un pack de bières XL. Cricri a claqué deux bises sonores sur mes joues et l'inconnue s'est contentée d'un hochement de tête pudique.

– Salut. Moi, c'est Noah.

– Cool, elle a répondu.

Je l'ai trouvée vachement malpolie, mais j'ai gardé cette réflexion pour moi, en garçon poli que j'étais.

– C'est ma cousine, m'a informé Cricri. Elle est timide.

J'ai acquiescé, la mine grave. La timidité, je respectais.

– On n'a plus beaucoup de temps, nous a pressés Armelle. J'ai donné rendez-vous à Rachida devant la boîte à 23 h 30.

Elle commençait déjà à fouiller dans mes placards, à la recherche de je ne sais quoi, quand quelqu'un a poussé un hurlement strident. J'ai commencé à paniquer en imaginant le pire, mais ce n'était que Cricri, qui venait de découvrir Léon, avachi sur mon lit.

– J'ADORE ton look ! Très skateur des années 1980.

Léon l'a remerciée en rentrant la tête dans ses épaules en mode tortue, mal à l'aise. La Fille Timide s'est assise au beau milieu de l'appartement et a entrepris de décapsuler toutes les bières avec l'angle de mon bureau. Nous n'étions que cinq mais j'avais déjà l'impression d'étouffer. Quel idiot avait décrété que 9 mètres carrés étaient une taille convenable pour un appartement ?

– Noah, où sont les pailles ? a beuglé Armelle.

– Je n'ai pas de paille.

Elle a secoué la tête, dépitée, comme si je venais de gâcher sa journée. Mais Armelle étant ce qu'elle était, elle a vite rebondi et est passée à autre chose.

– Bah, on n'a pas besoin de pailles pour vider des bières en un temps record, pas vrai ?

Cricri a poussé une autre exclamation suraiguë (décidément, elle avait envie de bousiller ses cordes vocales ce soir, et nos tympans avec).

– C'est l'heure de la manucure !

Elle a renversé sur mon lit une immense trousse qui a craché une collection complète de vernis à ongles, couvrant l'intégralité du spectre colorimétrique. Léon s'est mis à trifouiller les flacons, sans aucune gêne. Armelle m'a tendu une bière bon marché. Elle était tiède, mais la sensation pétillante sur ma langue était réconfortante.

– Dis, Noah, tu ne voudrais pas essayer ? a demandé Cricri.

Elle m'a lancé un vernis. J'ai tenté de l'attraper au vol, mais trop tard : il a rebondi sur mon torse avant de tomber par terre. Je me suis précipité pour le ramasser : par chance, il ne s'était pas brisé. L'étiquette indiquait « Brun carmélite ».

Du vernis à ongles ? J'ai ravalé *in extremis* la première réflexion qui me montait à la gorge. *C'est un truc de filles.* J'ai gardé les lèvres scellées, mais Cricri a eu vite fait de s'indigner de mon silence.

– Ne me dis pas que tu es ce genre de mec qui a peur de mettre du vernis à ongles ?

J'ai avalé trois longues gorgées de bière avant de bafouiller une réponse. Je sentais le poids du regard d'Armelle sur moi, lourd de jugement.

– Non, bien sûr que non...

Mais mon inaptitude au mensonge m'a rattrapé. Cricri a déverrouillé son iPhone et s'est mise à faire défiler des photos de Brad Pitt, Snoop Dogg, Johnny Depp, Cristiano Ronaldo... Tous les ongles peints. Et je devais avouer que cela n'entachait en rien leur charisme ravageur.

– Et Harry Styles, est intervenue Fille Timide. N'oublie pas Harry Styles.

– Zac Efron, a renchéri Léon, qui s'était rabattu sur une teinte ocre.

J'ai fini par céder à une seule condition : ce serait du noir, et rien d'autre. Je me suis félicité d'avoir accepté lorsque Cricri a décrété qu'elle était trop occupée pour s'intéresser à mes ongles, et que la tâche reviendrait à Armelle. C'était la première fois que nos peaux se touchaient aussi longtemps. Elle avait posé ma main droite sur sa paume et plissait les yeux d'un air très concentré.

– Ne bouge pas, elle m'a intimé.

Je me suis transformé en bloc de marbre, le cœur palpitant dans ma poitrine, à un rythme totalement inconvenant étant donné l'absence de romantisme qui imprégnait la scène.

Je l'ai admirée tandis qu'elle appliquait le petit pinceau sur mes ongles, les yeux plissés par la concentration. Une fois l'affaire terminée, on s'est retrouvés à battre de l'air comme des dingues pour faire sécher les couches. On ressemblait à une famille d'oisillons qui se préparait à s'envoler pour la première fois.

– C'est fou, tu as quelque chose de Timothée Chalamet ! s'est exclamée Cricri. Je n'avais jamais remarqué.

J'ai eu du mal à cacher mon sourire satisfait.

– En plus maigre, a ajouté la fille dont je ne connaissais toujours pas le prénom.

Mon cœur a fait la montagne russe d'émotions. Pour une timide, je trouvais qu'elle l'ouvrait un peu trop. D'accord, j'avais la masse musculaire d'un yaourt nature, mais j'avais aussi ma fierté.

Un téléphone a sonné. C'était celui d'Armelle. L'écran affichait « Maman ». Elle l'a laissé vibrer un moment, avant de décrocher avec un soupir à fendre le cœur. Je me suis approché du combiné pour capter un morceau de conversation. Qu'Armelle puisse appartenir à une famille me laissait une impression étrange. Elle était si sûre d'elle, si indépendante. Telle une orpheline, héroïne d'un roman d'aventures. Si on m'avait dit qu'Armelle s'était faite toute seule, ça ne m'aurait même pas étonné. Franchement irritée, elle répondait par monosyllabes.

– Ouais. OK. Oui, je sais. Bah oui, tu crois quoi ? D'accord. Ouais, c'est ça. Salut.

Elle a lâché un juron qui m'a semblé disproportionné, puis s'est enfilé le reste de sa bière cul sec.

– Sinon… ça se passe bien avec ta mère ?

Le visage de Cricri s'est décomposé. Elle a secoué la tête, comme l'aurait fait un ami qui cherche à te sauver la vie. *Terrain dangereux.* Mais ma question a fait rire Armelle, qui s'est décapsulé une seconde bouteille (en versant un peu de mousse sur le bureau, au passage).

Fille Timide s'est emparée de mon enceinte. *Note à moi-même : lui demander son prénom avant que la situation ne devienne gênante.* Elle a mis une chanson de Cardi B et a poussé le son au maximum. J'étais très nul en anglais, mais je comprenais la plupart des insultes.

Mon appartement s'est vite transformé en discothèque. Cricri bondissait, survoltée, au rythme des basses. Armelle la filmait avec amusement, accoudée à la fenêtre, une cigarette allumée à la main. Léon gigotait, les mains enfoncées dans ses énormes poches, la tête baissée. Et Fille Timide scrollait sur son téléphone, probablement à la recherche de la musique suivante. Le tableau était franchement bizarre. Malgré tout, je me sentais dans mon élément. Pas au point de me joindre à eux pour me déhancher, mais quand même.

– C'est l'heure ! a beuglé Cricri.

Tout le monde s'est précipité sur les bières pour les engloutir. On a pris l'ascenseur, à moitié éméchés. Armelle a glissé son bras sous le mien et mon cœur s'est contracté douloureusement.

Déclare ta flamme. C'est le moment.

J'ai songé que l'expression était vachement bien trouvée.

J'avais l'impression de brûler de l'intérieur chaque fois qu'Armelle pénétrait dans mon champ de vision.

Liste des livres à faire lire à Noah
pour le dépouiller de toute sa masculinité toxique (progressivement, pour qu'il ne prenne pas peur)

Sorcières, Mona Chollet
Réinventer l'amour, Mona Chollet
King Kong Théorie, Virginie Despentes
La Servante écarlate, Margaret Atwood
Une chambre à soi, Virginia Woolf
Le Deuxième Sexe, Simone de Beauvoir
Lâchez-nous l'utérus, Fiona Schmidt
Jouissance Club – Une cartographie du plaisir, Jüne Plã
Moi les hommes, je les déteste, Pauline Harmange
Le génie lesbien, Alice Coffin
Nous sommes tous des féministes, Chimamanda Ngozi Adichie
Ces hommes qui m'expliquent la vie, Rebecca Solnit
Le Mythe de la virilité, Olivia Gazalé
La cause des femmes, Gisèle Halimi
L'Événement, Annie Ernaux
SCUM Manifesto, Valerie Solanas

Chapitre 14

On a pris le métro. Sans surprise, l'embryon de courage qui était né en moi avait disparu aussi vite qu'il était arrivé et j'ai dû remettre mon projet « déclaration » à plus tard. Devant le Loft, des gens encore plus alcoolisés que nous ont entamé la discussion et très vite, Cricri leur a proposé de passer la soirée ensemble. Ils ont accepté avec un peu trop d'empressement à mon goût, comme s'ils n'attendaient que ça, ces idiots. Pendant que Cricri racontait une anecdote sur son travail (elle bossait comme conseillère de vente dans un magasin de lingerie chic), Armelle m'a glissé une bouteille d'eau Cristaline à la couleur douteuse dans les mains.

– Qu'est-ce que c'est ? j'ai bafouillé.

– Ne pose pas de question. Bois, c'est tout. Ordre de ton mentor en écriture !

J'ai avalé deux petites gorgées, et j'ai failli rendre tout ce que j'avais ingurgité dans la journée.

– Oh, c'est...

– Dégueulasse ? elle a complété avec un petit rire. Ouais, je sais. 80 % de vodka, 20 % d'oasis. Le dosage parfait.

J'ai hoché la tête parce qu'honnêtement, je n'étais pas certain de pouvoir m'empêcher de vomir si j'ouvrais la bouche.

Tout le monde essayait de se tenir à carreau, car les vigiles n'hésitaient pas à dégager les fauteurs de trouble. On patientait avec nos cartes d'identité à la main. Fille Timide a repéré des connaissances à elle dans la file et nous a laissés pour les rejoindre. De son côté, Cricri continuait à papoter en chuchotant avec le groupe de gars (décidément, elle avait un tas d'anecdotes du boulot en stock). Armelle s'est jointe à eux, et je me suis retrouvé seul derrière, avec Léon. Bizarrement, avec un peu d'alcool dans le sang, les sujets de conversation venaient plus facilement. J'ai donc appris que Léon comptait déjà se réorienter en école d'art, qu'il enchaînait les petits boulots pour son dossier d'inscription qui coûtait un bras, qu'il avait une grande sœur dentiste et que son père, un connard notoire, refusait de lui adresser la parole depuis plusieurs années. Après avoir vidé son sac, il avait l'air vachement triste. J'ai enchaîné les blagues débiles pour le dérider. Il n'y avait rien de pire qu'avoir l'alcool triste. Malgré ma courte expérience dans le domaine des soirées étudiantes, j'avais déjà été témoin de crises de larmes assez impressionnantes.

Armelle a abandonné le groupe de mecs pour se joindre à nous. Mon cœur a fait une embardée.

– Des mecs de STAPS qui ne peuvent pas prononcer une phrase sans les mots « shakers protéinés ». Aucun intérêt.

J'ai acquiescé avec énergie. Armelle sifflait encore la bouteille en plastique au contenu immonde : il fallait la boire en entier avant d'entrer, c'était la règle. D'ailleurs, tous les groupes avaient des bouteilles semblables, qui passaient de main en main avec une discrétion toute relative.

– J'aurais tellement aimé être lesbienne.

J'ai fait volte-face. Armelle était en train de fixer un type dans le groupe. Il était grand, bien bâti, avec une barbe de trois jours et un air suffisant. Il respirait l'amour-propre.

– Pourquoi ça ? j'ai demandé.

– Parce que je déteste les hommes, Noah ! Il n'y a pas plus misandre que moi sur cette planète.

Elle a dû m'expliquer la signification du mot « misandre ». C'est le pendant de la misogynie. Pour elle, le fait que je n'avais jamais entendu ce mot avant était la preuve irréfutable que le monde était gouverné par des « vieux mâles cons et défraîchis ».

– Mais moi, tu m'aimes bien ?

– De temps en temps. Mais tu es une espèce en voie de disparition. C'est pour ça que je reste près de toi, pour te protéger de cette faune hostile d'hommes arrogants qui cherchent à te rallier à leurs rangs.

C'était ce qui ressemblait le plus à une déclaration d'amour dans la bouche d'Armelle. Alors je l'ai remerciée, et elle a souri – ce sourire qui dévoilait ses dents du bonheur. Je m'autocongratulais chaque fois que j'arrivais à les rendre visibles. C'était encore plus satisfaisant pour moi que de réussir un créneau du premier coup sur une place étroite.

– Merci ?

– Je ne veux pas donner de l'attention aux hommes, elle a enchaîné, exaltée. Ils sont méchants, hautains, violents. Alors que les femmes sont tellement bonnes, putain. Et *propres*.

– Mais tu es hétéro, j'ai complété.

– Malheureusement. C'est peut-être ma plus grande contradiction.

– C'est vrai ça, comment peux-tu aimer les hommes et les haïr en même temps ?

– Je ne les aime pas. Je les désire. Voilà toute la nuance. Je ne tomberai jamais amoureuse parce que ce serait m'enfermer et me priver de ma liberté.

J'aurais parié que le problème venait plus de sa peur panique de l'abandon, mais je n'ai pas répliqué. Malgré les apparences, je tenais à la vie.

Les vigiles, des armoires à glace à la mine patibulaire, ont vérifié nos cartes d'identité. Nous avons payé la modique somme de 4 euros pour déposer une pauvre veste au vestiaire, puis nous avons pénétré dans le ventre de la boîte de nuit. L'expression était bien trouvée. Le bâtiment m'avait avalé tout cru, m'étouffait, et il allait bientôt me digérer. La musique pulsait dans les haut-parleurs. L'endroit était tellement bondé qu'on arrivait à peine à circuler entre les corps se dandinant et transpirant. J'ai jeté un coup d'œil à Armelle, qui avait blêmi. Elle détestait les espaces clos. Pourquoi s'infliger une telle torture ?

– Tout va bien ? j'ai demandé.

Évidemment, elle ne m'a pas entendu. À la place, elle m'a tiré au cœur de la mêlée. Le son était si fort qu'il se répercutait dans mon crâne. Le sol vibrait. Mes os tremblaient. Autour de moi, les danseurs semblaient en extase, les yeux mi-clos, les bras levés, les hanches se balançant au rythme des basses.

Une fille aux yeux charbonneux s'est penchée vers moi pour me demander quelque chose que je n'ai pas entendu. J'étais incapable de lui donner une réponse. En revanche, je pouvais deviner avec 99 % de certitude ce qu'elle avait bu au cours de la soirée grâce à son haleine chargée (vodka-pomme, vin rouge et bière). J'ai souri comme un benêt, car ça me semblait la meilleure chose à faire. Elle a eu l'air déçue, puis elle s'est fait engloutir par la foule en délire. En face de moi, Armelle ondulait lentement, répondant à une mélodie qu'elle seule semblait entendre. J'avais tellement envie de l'effleurer que c'en était douloureux. Évidemment, elle ne faisait pas attention à moi.

Alors j'ai fermé les yeux et j'ai lâché prise. Finalement, danser était moins compliqué que prévu : il me suffisait de balancer mon corps de haut en bas, de gauche à droite, en décollant légèrement les talons. Ma tête accompagnait mes gestes. J'ai vite perdu la notion du temps et j'ai compris ce qu'on pouvait trouver d'agréable à une discothèque. Je ne sentais plus mes membres. Plus rien n'existait, sinon la musique et la chaleur des corps qui m'enveloppait. Cricri est réapparue avec des bières dans des gobelets en plastique. Léon était introuvable. Inquiet, j'ai fait un signe à Armelle, qui s'est approchée. Après que j'eus beuglé quatre fois le prénom de

Léon dans son oreille, elle a fini par comprendre. Elle a rejeté la tête en arrière et est partie dans un grand éclat de rire. J'ai secoué la tête, désemparé. Alors elle a désigné un coin reculé de la salle, où se trouvait effectivement Léon, pressé contre un mur, échangeant sa salive avec un type dont le corps était recouvert de paillettes.

Oh.

En voilà un qui s'amusait bien.

Au bout d'un long moment, Armelle m'a entraîné dans le fumoir. C'était une pièce minuscule. L'air était irrespirable. Le groupe de sportifs de l'entrée était là et enchaînait les cigarettes (il fallait croire que leur hygiène de vie impeccable à base de protéines en poudre et de développé-couché contenait une faille, qui s'appelait nicotine). Le plus baraqué a repéré Armelle avec une rapidité telle qu'elle en devenait suspecte, et a agité la main, l'air stupide.

Rien dans la tête, tout dans les bras.

À vrai dire, je ne connaissais absolument pas ce type et il était probable que son intelligence soit à la hauteur de son physique avenant mais je me refusais à croire qu'une seule personne puisse cumuler autant de qualités. *Oui*, la jalousie me dévorait.

Ils ont lancé un débat sur la meilleure viande rouge (je ne plaisante pas). M. Muscles a enroulé son bras volumineux autour des épaules d'Armelle pendant qu'il racontait une anecdote ridicule sur un barbecue de famille. Tout le monde était suspendu à ses lèvres. Il m'évoquait le serpent dans *Le Livre de la jungle*, qui hypnotise son auditoire avec ses sirupeux discours. L'euphorie qui m'avait envahi en entrant dans la boîte de nuit est retombée d'un seul coup. J'ai pensé à l'*Encyclopédie des mots intraduisibles* et j'ai pu en mettre un sur mon ressenti.

Litost (tchèque, n.) : Sentiment complexe composé d'un peu de regret, d'un soupçon de jalousie et d'une grosse dose de découragement.

Je l'avais déjà expérimenté une fois, au Nouvel An, pendant que mon cousin Florent, de deux ans mon aîné, effectuait une incroyable prestation de breakdance dans le salon. J'étais collé à ma chaise tandis que tout le monde l'admirait, et je me trouvais nul et inintéressant. Le *litost* m'avait frappé en plein cœur.

Et il venait de recommencer.

Le fumoir avait sa propre musique. La voix de Nekfeu s'est élevée.

Dans l'univers, y'a des milliards de vies sur terre
Sept milliards d'êtres humains
Peut-être trois milliards de filles mais c'est toi qu'j'veux

J'ai décrété que cette musique serait ma nouvelle obsession. Elle décrivait parfaitement ma relation avec Armelle.

Ou plutôt, ma non-relation.

Chapitre 15

Las d'assister à un débat sur les végétariens (M. Muscles prétendait qu'il était impossible d'obtenir une bonne *shape* sans ingurgiter trois steaks par jour), j'ai quitté le fumoir et j'ai redécouvert le bonheur de respirer une bouffée d'air sans suffoquer. Je me suis installé au bar à côté d'un quinquagénaire décidément bien trop âgé pour squatter ce genre de discothèque remplie d'étudiants, et j'ai commandé un whisky sec. Il était environ 3 heures et l'établissement n'était plus aussi encombré qu'en début de soirée.

– Un whisky, un !

La serveuse a récupéré mon billet de 10 euros et m'a fixé pendant que je louchais sur le verre. J'y ai trempé les lèvres, et le goût âcre m'a retourné l'estomac. Je n'ai pas pu retenir une grimace dégoûtée.

– C'est dégueulasse, pas vrai ? a lancé la serveuse.

Elle m'a lancé un regard compatissant pendant que je hochais la tête.

– Je ne m'attendais pas à aimer, de toute façon.

– Pourquoi t'en as commandé un, alors ?

La musique était tellement forte qu'elle devait pratiquement s'allonger sur le bar pour communiquer avec moi. J'ai haussé les épaules.

– J'ai toujours rêvé de commander un whisky sec, comme dans les séries, juste pour voir quel effet ça fait.

Je m'attendais à ce qu'elle lève les yeux au ciel, mais elle a souri comme si je n'étais pas le dernier des idiots. C'était très généreux de sa part et j'ai aussitôt décidé que je l'appréciais.

– Satisfait ?

– C'est moins bien que ce que j'imaginais.

Cette fois, la serveuse a pouffé.

– La vie, c'est rarement aussi cool qu'une série télé, mon grand.

J'aurais dû me vexer qu'elle utilise un surnom aussi infantilisant, d'autant qu'elle ne me semblait pas beaucoup plus âgée que moi. Mais il y avait dans sa manière de parler, à la fois pondérée et fataliste, quelque chose de très mature. Comme si elle avait déjà vécu mille vies. Alors je ne me suis pas vexé. De toute façon, je n'avais plus assez d'énergie pour me vexer. C'était à peine si j'en avais suffisamment pour garder les yeux ouverts.

– Tout est romantisé, scénarisé, elle a repris. Ils essaient de te faire croire qu'une vie trépidante est la seule existence digne d'intérêt. Exactement comme l'amour.

– L'amour ? j'ai relevé, car j'étais devenu un poil obsessionnel sur le sujet.

Elle s'est penchée un peu plus sur le bar, m'offrant une vue plongeante sur son décolleté.

– Nous sommes abreuvés de couples toxiques, qui s'entredéchirent, se trompent, se brisent le cœur et se rabibochent. Et on essaie de nous faire croire que cet amour est l'idéal vers lequel nous devons tendre. Mais tu sais quoi ? C'est des conneries, tout ça.

Elle s'est servi un shot de tequila puis l'a avalé en rejetant la tête en arrière, l'air passablement énervée. Pour une fille qui critiquait la télévision, je l'ai trouvée vachement théâtrale.

– L'amour, le vrai, il ne fait pas de vagues. C'est un long fleuve tranquille. Pas de papillons dans le ventre. Pas d'angoisses. Juste... la sérénité.

J'ai replongé le nez dans mon verre. Cette définition ne me convenait pas *du tout*. Ma non-relation avec Armelle correspondait plus à la première description. Et je n'étais pas prêt à renoncer à tout ça, même si c'était douloureux.

– Un gin tonic, ma belle.

Deux types barbus se sont avachis sur le bar. Si on m'avait demandé de décrire des gars louches en m'appuyant sur des clichés, j'aurais dressé leur portrait.

– Qu'est-ce que tu regardes ?

J'ai tourné la tête, les joues en feu. Je n'avais même pas remarqué que j'étais en train de dévisager le plus grand.

– T'es muet, ou quoi ? il a craché.

Ses sourcils broussailleux se rejoignaient au-dessus de ses deux yeux de rapace enfoncés.

– N... non.

Il a tendu le doigt dans ma direction puis a claqué la langue contre son palais.

– C'est encore un pédé, ça ! *Putain* de pédale.

– Moi ? Non, je ne suis pas...

– Tu mens. Y'a que les pédales qui mettent du vernis de fillettes.

Galvanisé par l'alcool, je me suis levé de mon siège. Une fois face aux deux types, mon courage s'est envolé. Mais ils me fixaient en chiens de faïence, et il était trop tard pour faire demi-tour.

– Le vernis, c'est hyper-viril. Brad Pitt en porte tout le temps. Pareil pour Snoop Dogg. Faut se mettre à jour, les gars.

– Tu veux nous donner des leçons, petit pédé ? il a demandé en se redressant.

– Gay, c'est pas une insulte. Par contre, *connard*, c'en est une, *connard* !

La douleur m'a déchiré la joue et je suis tombé face contre terre. J'ai juste eu le temps de me faire la réflexion que le sol était vraiment collant et dégageait une odeur écœurante de bière séchée quand le deuxième coup m'a atteint, en plein dans l'estomac. Tout le monde s'est mis à crier autour de moi. Ma tête tournait. J'ai essayé de me relever, mais mes jambes ne m'obéissaient plus. Tout était flou. Était-il possible d'être mis KO en deux coups seulement ? Quelle humiliation.

Quelqu'un m'a tiré par le bras.

– Noah ? Tu m'entends, Noah ?

J'ai ouvert les yeux et je n'ai aperçu que les taches de rousseur d'Armelle. Pas mal, comme dernière vision avant de rendre l'âme.

– Tu ne vas pas vomir, rassure-moi ?

J'ai secoué la tête. Autour de nous, c'était le chaos. Les deux types m'avaient délaissé pour se battre avec un troisième mec, visiblement plus résistant que moi. Puis d'autres personnes se sont mêlées à l'embrouille, et le bar s'est transformé en ring de boxe. La serveuse hurlait, appelait à l'aide, mais pas l'ombre d'un vigile à l'horizon.

– On se casse, a décrété Armelle.

Elle a glissé un bras sous mon aisselle.

– C'est bon, je peux marcher.

Je me suis dégagé avec douceur mais mes jambes se sont dérobées.

– Tu es tout blanc. Laisse-moi t'aider.

Cricri est arrivée en renfort et, à elles deux, elles sont parvenues à me faire quitter le club.

– Il est plus lourd qu'il n'en a l'air, a soupiré Cricri après m'avoir aidé à m'asseoir sur un banc.

C'est la dernière chose que j'ai entendue avant de tomber dans les vapes.

Chapitre 16

Je me suis réveillé dans mon lit, en proie à une migraine lancinante. Après de longues minutes à essayer de rassembler les morceaux de la soirée, j'ai titubé jusqu'à la salle de bains, le ventre en vrac, et j'ai eu peur de mon propre reflet. Ma paupière gauche était tellement enflée que je ne voyais plus rien de cet œil. Je me suis précipité au robinet pour boire jusqu'à en avoir l'estomac gonflé, puis j'ai avalé un médoc en me demandant comment j'allais réussir à survivre à cette journée. J'ai louché sur mes ongles peinturés. Bizarrement, la raclée que j'avais prise n'avait fait que renforcer mon idée que le vernis, c'était cool. Il n'y a que des choses cool qui peuvent faire enrager des crétins aussi rapidement.

J'ai louché sur mon exemplaire du *Petit Prince* sur ma table de nuit. J'ai songé à l'ivrogne, seul sur son astéroïde. L'espace d'un instant, je me suis senti connecté à lui.

Pourquoi bois-tu ?
Pour oublier.
Pour oublier quoi ?
Pour oublier que j'ai honte.
Honte de quoi ?
Honte de boire !

Le ciel a eu la bonne idée de déverser une pluie battante à l'instant même où j'ai posé un pied à l'extérieur, comme pour me narguer. Mes jambes m'ont guidé jusqu'à la boulangerie, les écouteurs enfoncés dans mes oreilles. J'ai passé en boucle la chanson de Nekfeu et de Vanessa Paradis que j'avais découverte la veille. Plus je l'écoutais, plus je me disais que cette musique était faite pour moi. Pour *nous*.

Complètement déphasé, j'ai salué les employés. Si seulement j'avais le pouvoir d'annuler cette journée... Mais je n'étais qu'un pauvre humain, alors j'ai avalé un café brûlant et un pain au chocolat en acceptant mon destin funeste.

Les portes automatiques de la boutique se sont ouvertes sur une Armelle débraillée. Ses cernes avaient pris une teinte plus foncée. Rien à faire, je trouvais ça toujours aussi sexy.

La journée ne sera peut-être pas si mauvaise, j'ai songé.

– Tu as réussi à te lever ! je me suis exclamé.

– Raté : je n'ai pas dormi.

Et, en effet, elle portait les mêmes vêtements que la veille, à savoir une petite robe noire sur laquelle elle avait passé un gros sweat trempé. Ses cheveux dégoulinaient. Malgré tout, elle rayonnait.

– J'adore la pluie. Elle met tout le monde de mauvaise humeur. Ça me donne enfin le sentiment d'être sur un pied d'égalité avec les autres êtres humains, elle a déclaré avec ce petit sourire espiègle qui m'empêchait de savoir si elle était sérieuse ou non.

Elle m'a détaillé avec intérêt, s'attardant sur mon œil gonflé.

– Ça fait mal ?

J'ai haussé les épaules. L'ecchymose était certes douloureuse, mais ce n'était rien en comparaison de la pression qui me vrillait le crâne.

– Je ne boirai plus jamais, j'ai dit, tout en étant conscient que je ne parviendrais pas à tenir ma promesse.

– Si ça peut te rassurer, le type qui t'a fait ça était dans un sale état, lui aussi. En prime, il s'est fait coffrer par les flics avec ses deux copains en sortant de la boîte. Je crois qu'il a essayé de cogner un vigile.

J'ai avalé une gorgée de café pour me donner le courage de poser *la* question qui me taraudait depuis que je m'étais réveillé.

– Alors...

Elle jouait avec ses bagues.

– Ce type...

– Gabriel.

– Ouais. Gabriel. Tu as couché avec lui ?

Même si je ne me rappelais pas avec exactitude comment j'étais rentré chez moi la veille, je savais qu'Armelle ne m'avait pas raccompagné. Après la raclée que je m'étais prise, Cricri avait appelé un Uber pour moi et Armelle était partie de son côté en trottinette électrique avec M. Muscles Bête Comme Ses Pieds. La jalousie, perfide, s'était insinuée en moi, broyant mon cœur et ce qu'il me restait d'optimisme.

– Oui.

– Mais tu n'as pas arrêté de le critiquer toute la soirée !

– Et alors ?

– Tu ne le trouves pas détestable ?

– Si. C'est là tout l'intérêt. Aucun attachement possible.

– Je ne te comprends pas, j'ai soupiré.

– C'est normal.

J'ai fouillé dans mon sac. Impossible de mettre la main sur mon porte-monnaie. Il ne contenait que des petites pièces, mais j'avais l'impression d'avoir perdu une partie de mon âme. Ma gorge s'est nouée. J'ai eu envie de fondre en larmes.

La main d'Armelle s'est posée sur la mienne.

– Tu ne me comprends pas, mais tu essaies. C'est plus que la plupart des gens. Alors merci.

Elle s'est levée sans me laisser le temps de répondre.

– Viens, je vais payer.

J'ai traîné mon corps jusqu'aux bancs de l'amphi. Un mois après la rentrée, nous constations déjà de fortes pertes. Au moins, tous les étudiants avaient maintenant une place assise. J'étais en train de supplier Willan de m'envoyer le cours que j'avais manqué quand Héloïse Van Deer s'est arrêtée à ma hauteur. Le teint frais, la coiffure impeccable, elle dégageait une douce odeur de citron. Son apparence radieuse a achevé d'entériner ma mauvaise humeur. Elle portait une longue cape noire à la Harry Potter. Il ne lui manquait plus que l'hermine autour du cou pour incarner la parfaite avocate à succès. Elle m'a tendu un prospectus, inconsciente de l'admiration (teintée de jalousie) qu'elle suscitait chez moi.

– Bienvenue dans le Club des Roses ! Rendez-vous à 13 heures dans les locaux pour une réunion d'intégration où tu rencontreras tous les membres.

Mon cerveau, ralenti par les excès de la veille, peinait à rattacher les wagons. Puis je me suis rappelé, avec un temps de réaction si long que ça en devenait inquiétant, que j'avais effectivement postulé pour devenir membre de l'association.

– À ce propos, tu devras choisir un parrain ou une marraine qui te guidera dans le...

– Armelle !

Je me suis raclé la gorge, embarrassé. Quand il s'agissait de beugler son prénom dans un amphi blindé, mon cerveau n'avait aucun mal à connecter.

– J'aimerais beaucoup qu'Armelle soit ma marraine, j'ai repris avec toute la dignité dont j'étais capable. Si elle l'accepte, bien entendu.

Héloïse a roulé des yeux.

– Pourquoi ça ne m'étonne pas...

Elle a rajusté son collier Dior puis est partie s'installer sur les premières rangées, où l'attendaient tous ses nouveaux copains futurs avocats. Je me suis tourné vers Willan.

– Qu'est-ce qu'elle a voulu dire par : « Pourquoi ça ne m'étonne pas » ?

Il a haussé les épaules.

– Vous êtes tout le temps fourrés ensemble.

Il a penché la tête.

– T'as fait quoi à ton œil ?

– Un type m'a tabassé parce que je portais du vernis.

J'ai secoué mes doigts pour souligner mon propos.

– Wow. Ça craint.

– Tu l'as dit.

Après le cours d'institutions publiques, je me suis rendu au Club des Roses. Des chaises avaient été placées en cercle et une fille remplissait de café des gobelets en carton. Les membres de l'association discutaient par petits groupes, à voix basse, comme si un gosse dormait à côté et qu'il ne fallait surtout pas le réveiller.

– Noah ! Tu es là.

Héloïse Van Deer me dévisageait, un grand sourire collé sur le visage. J'étais peut-être dingue, mais j'ai eu l'impression de déceler un soupçon de déception dans sa voix.

– Ouais. Je suis là.

On pouvait difficilement faire pire que moi, niveau réplique.

– Je vois bien. Prends une chaise, je t'en prie.

Encore ce sourire faux cul digne d'une publicité Colgate. Merde, qu'est-ce que je foutais là, déjà ? Je me suis assis sur la chaise qu'Héloïse avait désignée, aussi à l'aise qu'un muet à un concours de chant. Et puis je l'ai vue. Et j'ai compris pourquoi j'étais ici.

Qu'est-ce qu'elle est belle. Ça peut paraître futile, la beauté. C'est l'amour des premiers jours. Puis on apprend à connaître l'être aimé. Alors, il n'est plus seulement beau, il est intelligent, malin, drôle, sensible, engagé, sincère. La beauté se dissout dans les autres qualités, jusqu'à devenir une chose floue, incertaine. On finit par l'oublier totalement, à force de la côtoyer. Du moins, c'était ce que je croyais avant de rencontrer Armelle. Je pense que je pourrais rester collé à elle jour et nuit, je serais toujours aussi frappé par sa beauté.

– Noah ? Tu es ici ?

Non, je suis en train d'admirer une œuvre d'art. Désolé, mais rien de ce que tu pourras me dire ne sera plus intéressant que ce que je contemple en ce moment.

– Affirmatif. Je suis là.

J'ai levé la main comme si un prof venait de me nommer en faisant l'appel.

Nous avons commencé par faire un tour des prénoms, puis Héloïse s'est lancée dans un récapitulatif des actions phares de l'association, ainsi que des objectifs à court, moyen et long termes. Je devais admettre qu'elle était vachement douée pour diriger. C'était donc ça, une âme de leader. Cette fille n'avait aucun mal à prendre la parole devant une assemblée, à imposer ses idées et à distribuer des ordres à la pelle. Elle savait doser parfaitement ses propos : fermes, histoire de toujours rappeler qui dirigeait, et à la fois bienveillants.

– J'ai ici la liste des actions des prochains mois. La plupart du temps, j'ai formé des groupes de deux ou trois. Vous pourrez changer si vous le souhaitez, mais veillez à m'en informer rapidement. À titre indicatif, je vous rappelle que l'engagement bonifie votre moyenne générale. C'est à moi qu'il revient de valider le vôtre, alors j'attends de vous une implication exemplaire. Ne croyez pas que vous parviendrez à grappiller des points en vous tournant les pouces.

Clair, net et précis. J'ai donc appris que je faisais partie du groupe « rédaction web », à qui il incombait de rédiger des articles sur le site de la faculté.

– Les autres étudiants doivent être informés de nos initiatives. Et, comme vous l'avez compris, elles sont nombreuses. Notre ligne de conduite tient en trois mots : régularité, exemplarité et efficacité.

C'était beaucoup me demander, mais j'ai hoché la tête.

– Parfait. Nous allons maintenant discuter de l'opération collage de ce soir et préparer les affiches. Celles et ceux qui ne sont pas concernés peuvent partir.

La moitié des membres ont commencé à déserter le local. Armelle n'a pas bougé. J'ai aussitôt eu envie de m'impliquer dans cette mystérieuse action.

– Vous avez besoin d'aide ?

Des sourires gênés m'ont répondu. Héloïse a froncé les sourcils, puis s'est tournée vers Armelle.

– Tu es sa marraine, non ?

Armelle a acquiescé avec solennité avant de me tirer par le bras pour m'emmener à l'écart. Elle avait l'air gênée et un poil énervée.

– Tu ne peux pas demander ça. Le collage est une action non mixte.

– Oh. Et... pourquoi ?

J'étais plutôt partisan du « plus on est de fous, plus on rit ». Armelle a soupiré. Je voyais bien qu'elle fournissait un gros effort pour ne pas me hurler dessus.

– Le but de l'opération est que les femmes puissent se réapproprier les rues. Tu sais, l'endroit où on flippe de marcher seules la nuit de peur qu'un type louche nous saute dessus ? En nous accompagnant, tu dénaturerais le processus. Tu comprends ?

Non, je ne saisissais pas. Mais je n'ai rien dit. Parce que je commençais à assimiler que, pour être un bon allié de la cause féministe, il fallait avant tout *écouter*. Et j'étais plutôt mal placé pour remettre en question le ressenti de toutes ces filles. Si elles estimaient devoir y aller seules, c'était sûrement qu'il s'agissait de la meilleure chose à faire. Seulement, un détail me turlupinait :

– D'accord. Mais alors, pourquoi Solan peut participer, lui ?

Armelle a secoué la tête, du genre : « Quel cas désespéré ! »

– Solan est un homme transgenre.

– *Ah*. Oui, c'est logique.

Armelle m'a regardé, l'air d'attendre quelque chose.

– J'y vais, c'est ça ?

– Exactement.

– Attends. Votre... collage, là, ce n'est pas dangereux ?

Elle a haussé les épaules.

– On a eu quelques altercations en début d'année.

– Qu'est-ce que tu entends par « altercations » ?

Nouveau soupir.

– Écoute, tout ira bien. Nous sommes nombreuses. L'opération ne va durer que quelques heures, et les quartiers ciblés sont plutôt *safe*.

– D'accord. *Safe*. Super.

Armelle s'est pincé l'arête du nez.

– Je t'enverrai un message, une fois rentrée chez moi, ça te va ?

Je ne voulais pas passer pour un gros lourd, alors je lui ai assuré que oui, elle pouvait m'envoyer un texto, mais qu'elle n'était pas obligée, pas obligée du tout même, et qu'elle faisait bien ce qu'elle voulait, après tout, et qu'on se verrait demain à la fac.

Sitôt le local quitté, j'ai lancé une recherche Google sur ces fameuses opérations collage. Évidemment, je suis tombé sur un tas d'articles terribles qui relataient l'agression de trois colleuses, dont deux avaient été hospitalisées à la suite de coups et blessures graves. Est-ce que c'était de ça que parlait Armelle quand elle évoquait « quelques altercations » ? Et si elle n'était pas inquiète, pourquoi m'avait-elle proposé de m'envoyer un message une fois chez elle ? Elle ne m'avait jamais habitué à tant de prévenance. C'était d'ailleurs à l'opposé de son caractère. Je m'étais préparé à ce qu'elle m'envoie un sec mais éloquent « va te faire foutre, je fais ce que je veux ». Et pourtant...

L'angoisse m'a pris à la gorge, et j'ai été incapable de penser à autre chose pendant le reste de la journée. Cette histoire m'obsédait, et un mauvais pressentiment me tenait aux tripes.

Séance de psychiatrie 3

Armelle

– Suivez-vous bien votre traitement ?

– Affirmatif. Je suis réglée comme une horloge. Je n'oublie jamais un seul comprimé.

– C'est très bien. Je vous propose de reprendre là où nous nous étions arrêtées la semaine dernière. Vous me parliez de votre nouvel ami, Noah... et de la mission que vous vous êtes donnée de l'aider dans l'écriture de son roman. Est-ce que vos exercices portent leurs fruits ?

– Je ne sais pas si on peut vraiment appeler ça des exercices. Je l'incite simplement à sortir, à rencontrer de nouvelles personnes... Pour être honnête, je n'ai aucune idée de ce que je fais. Noah me regarde comme si j'avais le pouvoir de faire disparaître tous ses problèmes en un claquement de doigts. En réalité, il ne me connaît pas du tout. Il pense que je me moque de l'avis des autres, que j'ai confiance en moi...

– Et ce n'est pas le cas ?

– Je prétends que rien ne m'atteint, mais c'est faux. Je sais très bien ce que disent les autres dans mon dos...

– C'est-à-dire ?

Hésitation.

– L'autre jour, j'ai surpris une fille du Club des Roses en pleine discussion avec une autre membre. Elle se plaignait de mon manque de ponctualité, ou un truc du genre. Et la seconde a répondu que c'était normal, venant d'une tarée comme moi. Elle a dit qu'elle ne comprenait pas pourquoi Héloïse avait accepté de me réintégrer dans l'asso après mon année d'absence. Et que je ferais mieux de retourner à l'hôpital psychiatrique, parce que c'était ma place.

– Ce sont des mots très durs. Il est normal que vous soyez chamboulée après avoir entendu ça.

Haussement d'épaules.

– Il est important que vous puissiez vous confier à quelqu'un.

– N'est-ce pas ce que je fais avec vous ?

– Je pensais plutôt à un ami, qui pourrait vous soutenir et vous écouter sans vous juger. Pensez-vous que Noah puisse endosser ce rôle ?

– J'y penserai, le jour où j'aurai envie de le faire fuir.

Silence.

– Je... je ne veux pas qu'il soit témoin de ça. Je déteste cette partie de moi. Et je crois que... je me sens bien auprès de lui. Je ne voudrais pas tout gâcher. J'ai suffisamment de défauts comme ça. Pas besoin de lui donner des raisons supplémentaires de me détester.

– Vos troubles ne sont pas des défauts, Armelle.

– Peut-être. Mais... il me voit comme une fille forte, indépendante... Au fond, j'aime bien l'image qu'il a de moi, même si elle est complètement faussée. J'aimerais être cette fille.

Chapitre 17

Toute la nuit, Armelle a pris soin de m'envoyer des photos de chacun de leurs collages. Avec une grosse capuche rabattue sur le front et des vêtements sombres, elle ressemblait à une vraie cambrioleuse. Même Héloïse Van Deer avait délaissé ses costumes hors de prix pour une tenue de camouflage hyper-moulante. L'opération s'est éternisée jusqu'au petit matin, sans aucune altercation à déplorer.

À ma grande surprise, alors que je ne pensais pas voir Armelle réapparaître avant le début de l'après-midi, elle s'est pointée devant la machine à café à la pause de 10 heures, fraîche comme un gardon (j'affectionne particulièrement ce genre d'expression désuète). Elle a proposé de payer nos deux cafés, m'a accompagné jusqu'à la porte de mon amphithéâtre et s'est portée volontaire pour m'aider à trouver le thème de mon futur article pour le Club des Roses. J'ai même eu droit à un compliment sur mon tee-shirt *oversize*, qu'elle a qualifié de « positivement normal ». Elle était si gentille que c'en était devenu suspect.

De fil en aiguille, j'ai commencé à comprendre qu'Armelle culpabilisait un peu à cause de la soirée au Loft, où je m'étais pris une raclée. Elle a commencé à parler davantage d'écriture, et moins d'alcool.

– Tu as un rêve. Ne le perds pas de vue.

Elle faisait de gros efforts, je le voyais : en lisant des ouvrages, alors même qu'elle ne supportait pas de rester plus de cinq minutes consécutives sans bouger, en épluchant des articles sur le Web, en décryptant les interviews et vidéoconférences d'auteurs renommés. Les jours qui ont suivi, elle s'est mise à laisser des petits mots dans mon appartement à chaque fois qu'elle passait.

Sur mon bureau, sur un Post-it jaune fluo, en lettres capitales : « "Ne faites rien d'autre que ça, écrire." Raymond Queneau. » Collé sur la porte de la salle de bains : « "Du moment qu'on est perdu et qu'on n'a plus rien à écrire, à perdre, on écrit." – Marguerite Duras. »

Mais mon Post-it préféré restait celui qu'elle avait scotché sur la plus haute pile de livres, à côté de la table de chevet.

« "Nous sommes tous des apprentis dans un métier où personne ne devient jamais maître." – Ernest Hemingway. » Ça m'a rassuré, de me dire que ce que je vivais était normal. Que mon sentiment de médiocrité profonde et mon dégoût de moi-même et de ce que je créais faisaient en réalité partie du processus. Et que tous les écrivains, même les plus célèbres et les plus talentueux, continuaient d'apprendre, jour après jour. Ou plutôt, mot après mot. Dans la catégorie « optimistes », il y avait aussi Stephen King, avec son « lorsque vous commencez, les choses ne peuvent que s'améliorer », glissé sous la cuvette des toilettes.

« "Le grand écrivain, c'est celui qui cherche à paraître banal et qui n'y parvient pas." – Raymond Radiguet. » J'avoue que cette citation-là m'a fait cogiter un moment. Je m'employais à être banal et je trouvais, en toute humilité, que je me débrouillais plutôt bien. Est-ce que cela signifiait que je ne serais jamais un grand écrivain ? Mais en même temps, si Armelle avait choisi cette citation, c'était peut-être parce qu'elle me trouvait hors du commun ? Pourquoi aimait-elle l'opposé de ce que je cherchais à être depuis tant d'années ? Devais-je m'en réjouir ?

« "Écrire. Ce n'est pas un métier, mais une vocation." – Alice Parizeau. » Il n'y avait pas plus réconfortant pour moi que cette citation. J'étais persuadé que l'écriture était ma raison d'être. La seule chose pour laquelle Dieu, ou je ne sais quelle entité mystique supérieure, m'avait fait naître. J'imaginais bien la recette de ma fabrication : une grosse poignée de boucles indémêlables, une louche d'hormones de croissance, une pincée de romantisme, une goutte de confiance en soi... et un saladier entier d'attrait pour l'écriture. Parfois, j'avais l'impression que toute ma personnalité ne se résumait qu'à ça : écrire. Parce que je ne pouvais pas passer une journée sans y penser, que j'étais incapable de m'endormir sans avoir imaginé trois scénarios où je tenais le rôle principal, qu'une journée sans écrire ne serait jamais une journée complète. En fait, ce que je préférais dans l'écriture, c'était le moment où j'étais tellement immergé dans mon histoire que plus rien n'existait autour de moi. J'avais le pouvoir de créer quelque chose de grand, j'étais le maître absolu de mon univers, et le sentiment de toute-puissance et de plénitude qui m'envahissait était plus gratifiant que n'importe quelle autre activité sur cette Terre.

Avec le recul, c'était plutôt pathétique. Je pouvais me moquer d'Armelle et de ses paradis artificiels destinés à lui faire oublier, l'espace d'un instant, la réalité : je ne valais pas mieux ! Ma méthode à moi était simplement moins nocive pour la santé. Je lui rebattais les oreilles des petits bonheurs de la vie, la caresse du soleil matinal sur la peau, les moments de fou rire partagés... mais je n'étais jamais plus heureux que lorsque tout ça disparaissait. Qu'est-ce que ça faisait de moi ? Un hypocrite ?

Mon cerveau a commencé à surchauffer avec ces questions, alors j'ai ouvert mon hublot et j'ai fumé une cigarette. J'ai observé les personnes qui se baladaient en bas de l'immeuble. Les Uber Eat qui squattaient devant le Burger King en attendant leur commande. Le groupe d'amis qui traversait en dehors du passage piéton en gloussant. Le père et sa fille, main dans la main. Certains visages commençaient à m'être familiers. J'avais presque l'impression de les connaître. Mais eux ignoraient qui j'étais. Jamais personne ne levait les yeux sur ma fenêtre. Parfois, je plaçais l'enceinte dehors avec le son poussé au maximum, juste par provocation, mais je n'obtenais aucune réaction. D'accord, j'étais au sixième étage, mais quand même...

J'ai commencé à comprendre ce qu'Armelle voulait dire par « se sentir insignifiant ».

Alors j'ai eu l'idée de l'imiter. Je n'avais pas accès à son appartement, évidemment, mais je me débrouillais comme je pouvais, en collant des bouts de papier sur sa trousse, ses sacs à main, ses paquets de cigarettes, ses cahiers. Mais, à la place des citations sur l'écriture, je l'abreuvais de pense-bêtes tantôt drôles, tantôt positifs. J'espérais que ces petites attentions chasseraient la mélancolie que je décelais parfois chez elle. Armelle était douée pour cacher ses émotions, je devais le reconnaître. Il fallait être très attentif pour entrevoir les failles derrière sa carapace. Mais plus je l'observais, plus les preuves de son mal-être me sautaient aux yeux. La façon dont son regard se voilait parfois. Les ongles qu'elle rongeait jusqu'au sang, quand elle pensait que personne ne la regardait. Sa mâchoire qui se serrait imperceptiblement lorsque les filles du Club des Roses chuchotaient dans un coin en la lorgnant.

« "Aussi, ne devriez-vous pas vous effrayer quand se lève devant vous une grande tristesse, comme vous n'en avez vu de telle. Pensez qu'il se produit quelque chose en vous, que la vie ne vous a pas oublié, qu'elle vous tient dans sa main ; elle ne vous abandonnera pas." – Rilke. »

Il m'arrivait même de lui en envoyer par SMS, juste après m'être réveillé, ou avant d'éteindre mon téléphone le soir. Je trouvais ça infiniment plus romantique et spirituel qu'un banal « bonne nuit » ou « ça va ? ». J'étais particulièrement fier de ma citation, ce matin-là.

Le matin, ça sent l'espoir.

Qui a dit une connerie pareille?

Virginie Grimaldi, dans *Il est grand temps de rallumer les étoiles.*

Rappelle-moi de ne jamais lire ses bouquins.

C'est poétique.

C'est cucul.

Je crois qu'elle est dans le top 10 des meilleures ventes en France.

Encore un argument qui me dissuade de la lire. Pour être dans les meilleures ventes, il faut plaire à la majorité. On ne peut plaire à la majorité qu'en écrivant des banalités.

Neuf fois sur dix, Armelle trouvait le moyen de critiquer la citation. Mais je voyais bien que ces petits messages lui faisaient plaisir, au fond.

Alors j'ai continué car, quand Armelle souriait, c'était tout mon monde qui s'illuminait.

Chapitre 18

Elle a débarqué en plein amphi, en jetant son sac sur la table. Mon cœur a eu un petit sursaut agréable. J'ai ouvert la bouche pour la saluer mais visiblement, elle avait autre chose à dire qu'un simple « bonjour ».

– J'arrête la pilule.

Elle parlait super fort et le maître de conférences a froncé les sourcils sans pour autant interrompre son monologue.

– Tu prenais la pilule ? j'ai demandé, le plus doucement possible.

– Oui. La pilule, c'est une prison moderne. Pourquoi la charge contraceptive revient-elle aux femmes ? J'en ai marre de me dire que je vais tomber enceinte à chaque fois que je l'oublie, marre d'avoir le vagin qui ressemble à un désert en plein mois d'août, marre que mon poids fasse le yo-yo sans arrêt. Marre, marre, marre ! Dorénavant, je laisserai les mecs acheter des préservatifs. Et tant pis si le plastique frotte et me prive de 99 % de mon plaisir, je refuse de continuer comme ça. Je *refuse*, tu m'entends ?

– Je crois que je ne suis pas le seul à entendre, oui...

La rangée derrière nous a émis des gloussements étouffés. Armelle s'est levée bien droite, l'air digne, puis elle a lâché :

– On se voit à la pause.

Elle a descendu les marches une par une avec une lenteur exaspérante, le port altier, à l'opposé de la règle tacite qui consiste à s'enfuir le plus vite possible pour que le prof ne s'aperçoive de rien.

J'ai pris une grande inspiration, puis j'ai recommencé à taper sur mon ordinateur. La tornade était passée. Et je me sentais revigoré, comme après une bonne douche froide. Willan s'est penché sur mon épaule.

– Elle est vraiment venue juste pour te dire *ça* ?

J'ai haussé les épaules. Du Armelle tout craché. Et je dois dire que j'adorais ça.

Chapitre 19

Dimanche.

L'année dernière encore, le dimanche était un jour béni. Même si j'avais du mal à croire en Dieu, je restais persuadé qu'il avait déversé sa lumière divine sur cette journée. Il n'y avait aucune autre raison qui puisse expliquer que chacun s'était accordé pour se lever tous les dimanches à midi, manger des cochonneries sans remords et enchaîner des épisodes sur Netflix. C'était également le seul jour où garder son pyjama était non seulement accepté, mais universellement encouragé. Bref, ma définition du paradis.

Mais depuis que j'étais étudiant, les dimanches ne ressemblaient en rien à ce que j'avais connu avant. Impossible de pioncer à cause des klaxons et du ronflement incessant des moteurs. La flemme emportait tout sur son passage, et même imaginer le goût d'un délicieux gâteau au chocolat sur ma langue ne suffisait pas à me motiver à me rendre au supermarché et à pénétrer dans les cuisines communes pour utiliser le four.

Le dimanche était devenu le jour de la solitude. Ou des révisions. Dans les deux cas, on était à mille lieues du paradis.

Ce dimanche, je mourais d'envie d'appeler ma mère, mais je savais que ses horaires de nuit l'épuisaient et je ne voulais pas interrompre son sommeil. À la place, j'ai accompli un tas de tâches banales, d'une simplicité sans nom lorsque j'étais chez ma mère mais qui se transformaient en véritable calvaire ici. Du genre, laver ses vêtements. Il fallait remplir une corbeille puis descendre à la laverie (à pied, puisque l'ascenseur était en panne depuis deux semaines). Là, je suis évidemment tombé face à une rangée de machines occupées. Certains programmes étaient terminés, mais les propriétaires n'étaient pas revenus chercher leur linge. J'étais donc condamné à attendre avec ma corbeille puante qu'une machine se libère. Après trente minutes, une fille a daigné récupérer ses vêtements trempés. J'ai vidé la corbeille dans le tambour puis j'ai commencé une nouvelle lecture, assis par terre. Récemment, la résidence avait été secouée par une affaire de vêtements volés. J'étais peut-être parano, mais je tenais à mes fringues (surtout parce que je détestais faire du shopping). Trente minutes plus tard, j'ai remonté ma cargaison au sixième étage. C'était là que commençaient les choses sérieuses. Je n'avais pas d'étendoir, par manque de place. Entre mon hublot et la porte d'entrée, j'avais donc attaché une cordelette pour étendre mes vêtements, qui mettaient une éternité à sécher car il caillait toujours autant.

Puis j'ai lancé des pâtes instantanées au micro-ondes, ouvrant la porte juste avant le *bip*, comme je le faisais toujours. J'ai essayé d'écrire en avalant mes nouilles, mais l'inspiration n'était pas là. J'ai fait un tour sur TikTok, et je suis tombé sur la vidéo d'un type large comme une armoire à glace qui débitait des phrases motivantes à tour de bras : « N'attendez pas que la motivation arrive. Provoquez-la. »

L'algorithme était un peu trop précis à mon goût. Mais le type avait l'air tellement sûr de lui et bien dans sa peau que j'ai eu envie de lui faire confiance. Tout comme les deux mille cinq cent trois commentaires qui disaient la même chose : « T'as trop raison, mec, faut se bouger dans la vie. »

Un regain d'énergie m'a traversé. Il n'a fait *que* me traverser. Ça n'a pas duré plus de trois secondes. Après ça, je me suis senti comme le pire raté que la Terre ait jamais porté. J'ai pris mon téléphone et j'ai appelé Armelle. Les textos ne suffisaient pas.

J'avais besoin d'entendre sa voix. Elle a décroché à la première sonnerie. J'ai commencé à lui raconter ma désagréable expérience sur TikTok. Elle avait toujours des avis tranchés sur tout. Elle m'aidait à y voir clair, à chasser le brouillard de mon cerveau qui ne réfléchissait qu'à partir de compromis et de demi-mesures.

Et puis, grâce à elle, mes dimanches étaient un peu moins pourris.

– T'es tombé sur une vidéo de développement personnel, c'est tout, elle a répondu.

– Alors, tu en penses quoi ?

– Je déteste ça. Des moralistes qui prétendent que tu peux faire de ta vie un paradis en te levant tous les jours à 6 heures, en te tuant à la salle de sport et en mangeant des smoothies pâteux aux légumes verts. Plus culpabilisant, tu meurs. Ils veulent te faire croire que tu es responsable de ton mal-être, Noah. Que si tu as des difficultés, c'est uniquement ta faute, car tu es trop faible et trop paresseux pour passer à l'action. Tout ça, c'est des conneries pour vendre des programmes fitness ou des séances de coaching hors de prix. Crois-moi, je connais bien le domaine : mon beau-père est un expert en développement personnel. Et je peux te dire qu'il n'a aucun mal à boucler ses fins de mois, grâce à tous les pigeons qui se vident les poches pour entendre des conseils bateau que tout le monde connaît par cœur, genre : bois de l'eau, marche trente minutes par jour et mange équilibré. Sérieux, les gens sont cons. Et ceux qui aiment le développement personnel sont les cons suprêmes. Ils cherchent à améliorer leur existence mais ils se voilent la face. Rien ne pourra jamais améliorer leur existence pitoyable. Il faut juste l'accepter. Et vivre avec.

Sa conclusion était terriblement déprimante. Mais j'étais plutôt d'accord avec elle. Je détestais que l'on me dise quoi faire. Sauf si l'ordre venait d'Armelle. Elle était mon exception, dans à peu près tous les domaines.

– Ton beau-père est dans le développement personnel ? Tu ne me l'avais jamais dit !

– Y a pas grand-chose à raconter. C'est un escroc, je ne vais pas m'en vanter, non plus ! Au moins, il a une bonne voiture. Une BMW. Il me la prête souvent.

– T'as le permis ?

– Je sais conduire. C'est l'essentiel, non ?

– Va dire ça à un agent de police.

Silence au bout du combiné.

– Je m'ennuie, ici. Je passe chez toi.

Et elle a raccroché. Vingt minutes plus tard, elle frappait à ma porte. J'ai remercié à nouveau mon côté maniaque qui me permettait de garder une chambre à peu près correcte en toutes circonstances.

– J'ai faim, elle a déclaré comme un boulet de canon à peine le seuil franchi.

Elle a fouillé dans mes placards, balançant les boîtes de gâteaux vides par-dessus son épaule.

– Je n'ai pas pu faire les courses, cette semaine. J'attends la bourse du mois prochain, j'ai expliqué, un peu honteux.

J'ai ramassé les cartons pour les mettre dans mon bac en plastique « à recycler ».

– Je crois qu'il est temps que je me trouve un job, j'ai soupiré. J'ai tenu jusque-là avec l'argent de mon anniversaire, mais il ne me reste plus un rond.

– T'as besoin de fric ? Pas de problème. On va te trouver un taff en deux minutes chrono.

Elle s'est emparée de mon ordinateur et a tapé à toute vitesse une recherche d'offres d'emploi.

– Baby-sitter ?

– Trop de pression. En plus, les enfants me détestent.

– Donner des cours de langue ?

– J'ai le niveau d'anglais d'un sixième.

– Hôte d'accueil ou standardiste dans l'événementiel ?

– Et porter un costume ? Pitié !

– Réaliser des inventaires de nuit ?

– Je ne dors quasiment pas à cause des soirées et des révisions...

– Serveur dans un bar ?

– Je suis trop maladroit. Je risquerais de renverser un plateau sur un client.

– NOAH !

– Quoi ? j'ai demandé d'une petite voix.

Elle a pris une grande inspiration et s'est mise à débiter à la cadence d'une mitraillette :

– Je comprends que tu flippes, mais il va falloir te faire violence. Oui, tu vas probablement déprimer en travaillant en parallèle des cours. Tu vas tomber sur des clients capricieux, impatients et peut-être même méchants, qui n'hésiteront pas à te hurler dessus en public. Ton boss sera évidemment un connard notoire, comme tous les patrons de la terre, qui te balancera des remarques mesquines et des reproches à longueur de journée car il ne connaît aucun autre moyen de tirer du plaisir de son travail que de torturer les nouveaux arrivants pour prouver qui est le chef et flatter son ego, exactement comme l'alpha d'une meute de loups sauvages. Tu te taperas les missions les plus contraignantes, celles dont personne ne voudra, d'abord car tu seras le nouvel arrivant mais aussi car tu es tellement timide et gentil que tu n'oseras jamais dire *non*, même quand ton collègue te demandera de permuter vos heures parce que « tu comprends, je dois *vraiment* voir ce match de foot à 17 heures avec mes potes ». Tu vas rentrer chez toi exténué aussi bien physiquement que mentalement, courbaturé à force de courir partout pour répondre aux exigences des clients et des collègues, et franchement malheureux.

Elle s'est arrêtée pour reprendre sa respiration. J'étais presque sûr que ma température corporelle venait de chuter de dix degrés. J'ai replié mes bras autour de moi, aussi bien pour me réchauffer que pour me protéger de la cruelle vérité qu'Armelle déversait sur moi.

– Tu veux connaître le positif dans tout ça ?

– Ah... parce qu'il y a du positif ? j'ai raillé, un soupçon d'espoir au creux de la poitrine.

Elle a ouvert les mains devant elle, comme si la réponse était d'une évidence criante :

– Tu auras de quoi t'acheter du PQ et des pâtes instantanées.

Je me suis décomposé.

– ... mais il faudra quand même surveiller tes dépenses, car ce n'est pas en gagnant 10 euros de l'heure que tu pourras...

– Je crois que j'ai compris. C'est bon.

Je me suis laissé tomber sur le matelas, hagard. À ce moment-là, j'aurais tout donné pour redevenir un enfant de dix ans, dont la seule préoccupation était de choisir entre un paquet de BN et un bol de Chocapic pour le goûter, ou de trancher entre jouer avec un camion de pompiers et une maison Barbie. Pourquoi fallait-il que je grandisse si vite ? Et pourquoi tout le monde prétendait-il que fêter ses dix-huit ans n'apporte qu'un déferlement de joie et de liberté, alors que, personnellement, je ne voyais qu'un amas de responsabilités et de contraintes, plus lourdes les unes que les autres ?

Armelle a dû remarquer ma mine dépitée car elle s'est adoucie :

– Je suis partisane du « imaginer le pire pour ne pas être déçue ». Anticiper pour mieux encaisser.

Je devais admettre que j'appliquais déjà cette stratégie dans ma vie de tous les jours. Les personnes de nature angoissée ont tendance à imaginer le pire.

– Et toi... tu comptes trouver un job ?

Elle m'a regardé avec des yeux ronds.

– *Travailler ?* Mon beau-père est blindé !

J'ai passé une main sur mon visage et poussé un long soupir empreint de frustration.

– Le monde est injuste.

Armelle a haussé les épaules.

– Tu veux une cigarette ?

Elle m'en a fourré une dans les doigts avant d'entendre ma réponse.

– Tu sais quoi ? Si ça se passe mal, tu pourras toujours te venger dans ton bouquin en relatant ton expérience catastrophique de pauvre petit étudiant. Je suis sûre que ça intéressera les éditeurs.

– Pourquoi ?

– Parce que chacun adore lire à quel point les autres ont une vie encore plus minable et désastreuse que la sienne. Les gens en tirent un plaisir immense. Au moins, ta souffrance ne sera pas vaine.

Une chose était sûre : je pouvais compter sur Armelle pour me remonter le moral.

Chapitre 20

Armelle n'était pas une fille très optimiste. Je l'ai appris à mes dépens. J'ai essayé plusieurs fois de la questionner à ce sujet. Ça donnait quelque chose comme :

– Pourquoi t'es tout le temps en colère ?

– Parce que tout le monde me fait chier. C'est clair, comme ça ?

– Tu peux développer ?

– J'ai aucune envie de t'expliquer pourquoi le monde n'est qu'un immense tas de merde.

NOVEMBRE

Chapitre 21

Un jour du mois de novembre, alors que je fumais une cigarette, j'ai entendu une fenêtre se briser. Puis un bruit sourd. Un peu après, des hurlements. Je me suis penché pour jeter un coup d'œil, mais le grabuge venait de l'autre côté de l'immeuble. Je ne suis pas descendu. Les jeunes, ça crie souvent. Quand ils sont heureux. Quand ils sont malheureux. Et beaucoup, quand ils sont bourrés. C'est comme ça.

Quelques minutes plus tard, deux ambulances se sont garées en feux de détresse devant l'immeuble. Sans les sirènes.

Le soir même, j'ai regardé les chaînes d'info sur mon ordinateur, et je suis tombé directement sur un reportage qui parlait de ma résidence universitaire. Ou plus précisément, de l'étudiante qui s'était défenestrée du septième étage, le matin même. Elle était morte sur le coup.

Ça m'a fait un choc. Les journalistes interviewaient les parents, effondrés, qui assuraient ne pas avoir décelé le moindre signe avant-coureur. Que leur petite fille n'était pas déprimée, toujours souriante et volontaire. Puis ç'a été le tour d'une amie, qui expliquait que la défunte rencontrait des difficultés à la fac, que les profs ne l'aidaient pas et que, entre les cours, les révisions et son petit boulot pour boucler les fins de mois, elle était épuisée. Rien d'alarmant cependant, d'après elle.

Ça m'a bouleversé, de me dire que cette fille habitait un étage au-dessus de moi, dans une pièce agencée comme la mienne, et qu'elle avait décidé de mettre fin à ses jours. Elle devait être tellement malheureuse. Je n'arrivais pas à comprendre comment quelqu'un pouvait autant souffrir sans que personne s'en aperçoive. Une douleur pareille, elle aurait dû fuser à travers les murs, transpercer tout le monde à des kilomètres à la ronde. Alors, on aurait été obligé de s'y intéresser.

Ça m'a terrorisé. Dans mon égoïsme pitoyable d'être humain, j'ai rapporté la situation à ma propre existence. Et si un de mes amis passait à l'acte ? Et s'il souffrait, mais que je ne voyais rien ? Je ne pourrais jamais me le pardonner.

Le journaliste a enchaîné avec un reportage sur la précarité étudiante. Un jeune se plaignait de ne manger que des pâtes depuis plusieurs semaines, faute de moyens. Je me suis reconnu dans son témoignage. Mais, même si je ne roulais pas sur l'or, je devais admettre que mon régime alimentaire catastrophique relevait plus d'une flemme immense que d'un manque d'argent.

Gros plan sur des étudiants qui faisaient la queue devant les Restos du Cœur. Puis une autre enquête, sur les dégâts du réchauffement climatique. J'ai éteint la télévision. Je me sentais gris.

Quand j'ai quitté l'immeuble le lendemain pour aller en cours, il y avait encore une tache de sang dans le passage, là où le corps de la fille s'était écrasé.

J'ai pleuré sur tout le trajet.

La vie, parfois, c'est une chienne.

Chapitre 22

– Noah, la 6 attend sa commande !

J'ai rempli le plateau aussi vite que mes bras me le permettaient. Le brouhaha des clients, les invectives des collègues et les reproches de mon patron se mélangeaient pour former une immense cacophonie.

Après mûre réflexion, j'avais fini par postuler au McDo. L'enseigne avait deux avantages indéniables : un taux de recrutement très élevé et une localisation idéale, à deux pas de l'université. Mon manager, Loïc, un type nerveux et perfectionniste qui vérifiait chaque commande trois fois avant qu'elle soit envoyée, ressemblait trait pour trait au tyran qu'Armelle m'avait décrit. Mais contrairement à ce qu'elle prétendait, l'avoir anticipé ne m'avait apporté aucun réconfort, bien au contraire.

Anticiper pour mieux encaisser, mon cul.

– Noah, tu as oublié le ketchup pour la 12.

J'ai rectifié le tir. Évidemment, les clients n'avaient pas pris la peine de se déplacer jusqu'au comptoir et j'en ai été réduit à écumer les étages à la recherche du chevalet numéro 12. J'ai fini par le localiser après de longues minutes de recherches (comme par hasard, il était installé sur la table la plus excentrée, juste à côté des toilettes). J'ai déposé les sachets à la hâte. La cliente m'a lancé un regard méprisant dont j'étais déjà familier, après seulement deux semaines de travail. Je me suis empressé de regagner le comptoir, mais j'ai été interpellé trois fois entre-temps pour des plaintes diverses. J'ai fini par retourner à mon poste, transpirant sous ma charlotte qui me donnait l'air d'une cantinière aigrie.

– C'est pas trop tôt, Noah ! Il ne faut pas trente minutes pour traverser le restaurant !

Loïc adorait accoler mon prénom à ses reproches. Sans doute pour qu'il n'y ait aucune méprise sur l'élément perturbateur du service, à savoir *moi*. J'ai hoché la tête, résolu à encaisser les récriminations sans jamais me plaindre, exactement comme l'avait prédit Armelle. De toute façon, le rush de midi était si épuisant que je n'avais pas assez d'énergie pour servir les clients *et* tenir tête au boss. J'avais besoin de cet argent, alors j'ai serré les dents et enchaîné les commandes, encore et encore, jusqu'à ce que l'aiguille de l'horloge indique 15 heures. J'avais exactement cinq minutes pour retirer mon tablier et les sacs plastiques qui entouraient mes chaussures, quitter mon uniforme, récupérer mon sac dans la réserve et traverser la fac pour rallier l'amphithéâtre C. En marchant vite, je pouvais arriver à 15 h 10, soit dix minutes après le début du cours. J'avais prévenu le maître de conférences de ma situation, qui n'a fait aucune remarque en me voyant arriver, suant et essoufflé, au pied de son estrade. Les étudiants n'avaient pas la même délicatesse et, bien que j'aie pris soin de m'installer dans une rangée déserte, très vite, les remarques sur l'odeur de friture que je dégageais sont parvenues jusqu'à mes oreilles. J'avais besoin d'un soutien émotionnel, et *vite*.

J'ai envie de mourir.

Armelle a répondu presque instantanément.

Mais tu vas pas mourir parce que t'es hyper-courageux. Pendant ce temps, j'ai le cul vissé sur mon canapé comme une loque. Ça, ça donne envie de mourir.

J'ai levé les yeux au ciel, mais je me sentais déjà plus léger. L'humour caustique d'Armelle m'aidait toujours à relativiser.

Et si c'est trop dur, tu peux toujours te mettre en couple avec une quarantenaire divorcée richissime.

C'est pas trop mon délire. Mais merci pour tes conseils avisés.

Si tu as besoin d'autre chose, je suis là.

Mon sourire s'est élargi. « Je suis là. » Trois petits mots qui contenaient un monde.

Il fait beau, aujourd'hui. Paré pour une balade?

N'attendant qu'une bonne excuse pour sécher les cours et déserter cet amphithéâtre de malheur, je me suis empressé d'accepter la proposition. Nous nous sommes rejoints devant la fac et, après quelques stations de métro, nous étions à Saint-Jean.

Le Vieux Lyon était sans conteste mon quartier préféré de la ville, surtout parce qu'il me donnait l'impression de *ne plus être* dans Lyon. Ses petites rues en pierre pavées accessibles uniquement aux piétons, ses bouchons tout à fait charmants, ses traboules mystérieuses menant à des cours intérieures ravissantes… Sans oublier les façades colorées et les boutiques d'artisans qui fleurissaient un peu partout. En quelques stations de métro, j'avais l'impression d'être propulsé en plein cœur de Florence. Le ciel dégagé et le soleil qui me réchauffait la peau à travers mes multiples couches de vêtements contribuaient à me redonner le sourire. Ça, et la présence d'Armelle à mes côtés, qui avait glissé son bras sur le mien avec un naturel désarmant. Ainsi enlacés, nous devions donner l'apparence d'un jeune couple épris. Cette simple constatation me ravissait, même si la réalité était tout autre. Armelle était d'humeur bavarde, et elle faisait la conversation pour deux. Nous avons marché sans but. Ça me plaisait. J'aimais l'idée que nous n'avions pas besoin d'un objectif pour nous promener ensemble.

Nous sommes passés devant la cathédrale Saint-Jean après avoir traversé la place Neuve, peu animée. Alors qu'Armelle s'extasiait sur l'architecture d'un immeuble, une épaule m'a heurté, et la violence du choc m'a fait lâcher mon sac. Par automatisme, j'ai murmuré un « désolé ». Le type qui m'avait bousculé m'a lancé un regard méprisant, suivi d'un « regarde où tu marches, connard ». J'ai ramassé mes affaires sans un mot. À côté de moi, Armelle fulminait.

– Quel salaud. Pourquoi tu t'es excusé ?

J'ai haussé les épaules. Je n'avais pas réfléchi. Les excuses s'échappaient spontanément de mes lèvres. C'était comme ça.

– Je ne sais pas.

On a continué à marcher en silence un long moment. J'étais gêné qu'Armelle ait assisté à cette scène. Je ne voulais pas qu'elle découvre cette partie de ma personnalité. Je n'avais pas honte de mes faiblesses, de mes peurs, de mes craintes. Mais cette timidité-là... elle ne m'appartenait pas. Pas vraiment. Elle s'était construite, année après année, en même temps que les moqueries et les chuchotements s'accumulaient dans mon dos.

– Tu as été harcelé, pas vrai ?

J'ai pris une grande inspiration. Mon estomac s'est serré.

– Ça remonte à longtemps.

– Qu'est-ce qui s'est passé ? elle a demandé avec douceur.

– Pas grand-chose, en réalité. D'autres élèves ont vécu bien pire. Je n'ai pas été malmené physiquement.

– Les mots sont aussi douloureux que les gestes.

Ce n'était pas moi qui allais dire le contraire. Les humiliations continuaient à hanter mes nuits, des années après.

– Disons que traîner au CDI et bouquiner pendant les récréations a entaché ma popularité.

– Ça explique beaucoup de choses, elle a soufflé.

Je l'ai encouragée à poursuivre d'un mouvement de tête.

– Ta crainte de parler en public. La façon que tu as de t'excuser à tout bout de champ, de rentrer les épaules comme si tu cherchais à disparaître quand tu te retrouves au centre de l'attention. Ton style vestimentaire de croque-mort.

J'ai feint l'indignation.

– Tu te rappelles, le jour de notre rencontre ?

Comment oublier ?

– Bien sûr.

– Je t'ai bousculé, moi aussi. Et tu t'es excusé. J'ai été conne. Je suis vraiment désolée.

Mon premier réflexe aurait été de répondre : « Ce n'est rien, c'est déjà oublié, tout ça n'a aucune importance. » Et puis, elle m'avait déjà demandé pardon pour ça. Mais en réalité, ses excuses renouvelées me touchaient.

– Merci.

On s'est arrêtés dans un bouchon blindé. La terrasse était bondée de fumeurs emmitouflés qui profitaient du soleil. On s'est installés près de l'entrée et Armelle a commandé deux expressos. La petite table ronde était bancale, la faute aux pavés. Armelle a allumé une cigarette et m'a jaugé de haut en bas en tirant une grande bouffée.

– Tu sais quoi ? On devrait travailler là-dessus aussi.

J'ai dégluti, la gorge soudain sèche.

– Ah oui ?

Elle a extirpé de son sac un carnet et un stylo et a commencé à écrire.

– Qu'est-ce que tu fabriques ? Une autre de tes listes ?

– Exact. Mais celle-là est pour toi.

Elle a souligné le titre et a fait pivoter le carnet vers moi. *Liste des défis à lancer à Noah pour le débarrasser de sa timidité.*

– Je ne suis pas sûr d'aimer ça.

Son sourire s'est fait diabolique.

<u>Liste des défis à lancer à Noah pour le débarrasser de sa timidité</u>

Chanter dans le métro
S'allonger dans un supermarché
Faire un compliment à un inconnu
S'asseoir sur un banc et discuter avec une petite vieille
Lire un poème à voix haute
Chanter dans un karaoké-bar
Prendre la parole en amphithéâtre
Porter des vêtements colorés
Manger seul au restaurant
Aller au cinéma seul
Envoyer chier son patron chez McDo
Envoyer son manuscrit à des maisons d'édition

Chapitre 23

Armelle a insisté pour que je garde la liste, pour, selon ses dires « me préparer psychologiquement à changer ma vie ». Je l'ai conservée dans ma poche toute la semaine. Pendant que je travaillais au McDo et que les réflexions de Loïc fusaient dans mon dos, je me suis remémoré la case « Envoyer chier son patron ». Je me suis promis de garder ce challenge-là pour plus tard. *Juste avant de démissionner*, par exemple. Je pensais avoir un peu de temps pour me préparer à relever ces défis, mais c'était compter sans Armelle qui a insisté pour nous traîner dans un karaoké-bar dès le vendredi.

– Tu dois sortir de ta zone de confort, elle a argué. Tu verras, on va bien s'amuser.

J'ai décidé d'emmener Léon et Willan. Outre Dario et Armelle, ils étaient ce qui se rapprochait le plus d'amis à mes yeux. Et quelque chose me disait que j'allais avoir besoin d'un maximum de soutien, ce soir-là.

– J'ai pris nos places, a annoncé Armelle.

Depuis que j'avais commencé le travail, elle ne me laissait plus rien payer. Je crois qu'elle culpabilisait d'avoir assez d'argent pour acheter tout ce qu'elle voulait, quand elle le désirait. Le bar était situé dans le 6e arrondissement, accessible en quelques dizaines de minutes en tram. Devant, une fille souriante aux yeux fardés de rose vif nous a accueillis avec enthousiasme.

– Bienvenue ! Vous pouvez vous asseoir où vous le souhaitez. Pour commander, c'est directement au bar. Si vous voulez interpréter une chanson, il faut s'inscrire sur le carnet à l'accueil, avec le titre désiré, et attendre que l'on vous appelle.

Je l'ai remerciée et nous nous sommes installés sur une table collée à la scène, cédant à l'insistance d'Armelle d'être « au plus proche de l'ambiance ».

– J'ai eu une ex qui était chanteuse, a annoncé Willan en prenant place. Les artistes, ce sont les pires. Une vraie chieuse. Je ne réitérerai pas l'expérience, c'est clair.

Il portait une chemise aux boutons fermés jusqu'au menton, qui lui donnait l'air d'un comptable très respectable. À côté de lui, Léon jetait des coups d'œil à gauche et à droite, comme s'il craignait de croiser une de ses connaissances.

Je ne suis pas le seul à être mal à l'aise, on dirait.

– Tout va bien ? j'ai demandé.

Il a levé son pouce en guise d'assentiment.

– C'est cool. Mais je préférerais me faire écarteler plutôt que monter sur scène. Vous avez du courage.

J'ai dégluti. Pour le moment, l'estrade était occupée par deux filles qui beuglaient sur une chanson de Selena Gomez. Elles se trémoussaient en même temps, indifférentes aux dizaines d'yeux braqués sur elles, riant aux larmes. Elles ne se prenaient pas au sérieux, et tout le monde se fichait de savoir si elles chantaient juste ou non.

– Je vais commander une bière, j'ai lancé en faisant mine de me lever.

Armelle m'a arrêté.

– Pas d'alcool pour toi ce soir. C'est trop facile d'affronter sa timidité avec trois grammes dans le sang.

Pas d'alcool ? Je n'étais pas fier de l'avouer, mais je comptais effectivement sur la boisson pour me décoincer.

– Il y a conflit d'intérêts avec mon projet d'écriture, je l'ai contrée, tentant le tout pour le tout.

– Peut-être. Mais ce soir, je ne suis plus ton coach en écriture. Je suis ton coach en confiance en soi, alors changement de méthode ! Et si tu veux vraiment affronter tes peurs, tu dois le faire sans alcool !

Quand Armelle avait décidé quelque chose, rien ni personne ne pouvait la faire changer d'avis. Et puis, je devais admettre qu'elle avait raison.

– D'accord, j'ai grogné en me rasseyant.

– Je ne comprends rien à votre délire mais moi, je vais me chercher une bière, a lâché Willan en sortant son portefeuille.

– Je t'accompagne, a dit Léon.

Armelle s'est penchée sur la table. Pour l'occasion, elle avait revêtu un pantalon à pattes d'éléphant avec un débardeur à frous-frous, en mode années 1980. Ça lui seyait à merveille. En fait, *tout* lui seyait à merveille.

– Quelle chanson tu vas choisir ?

J'ai haussé les épaules. Armelle a hélé un serveur qui nous a apporté un classeur compilant toutes les chansons disponibles.

– Pourquoi pas Céline Dion ? elle a proposé.

– Trop intense. Je préfère commencer par quelque chose de facile.

Elle a continué à feuilleter le livret, et un pli de concentration s'est formé entre ses sourcils. Jusqu'à présent, j'ignorais que ce petit pli pouvait contenir autant de *sex-appeal*.

– M. Pokora ? Johnny Hallyday ? Angèle ?

Pendant que je tergiversais, les prestations s'enchaînaient. Les participants étaient presque toujours en duo.

– On pourrait chanter ensemble ? j'ai proposé.

Le sourire diabolique d'Armelle était de retour.

– J'accepte de chanter avec toi si tu te lances en solo avant.

– Marché conclu.

Au point où j'en suis...

Willan et Léon sont revenus avec deux pintes, et je les ai lorgnées comme un étudiant en droit devant la nouvelle édition collector du Code civil. Armelle a commandé un gin tonic, qu'elle a siroté en me lançant des œillades provocatrices. La mort dans l'âme, je me suis levé pour noter mon prénom sur le carnet, et j'ai eu la sensation d'avoir écrit dans un *Death Note* et de m'être condamné à mort.

Après moult hésitations, j'ai tranché pour une chanson courte, afin d'abréger au maximum la torture. Et surtout, surtout, un air qui ne nécessitait pas d'élever la voix.

– *Je l'aime à mourir* de Francis Cabrel ? Sérieusement ? s'est esclaffé Willan quand j'ai fini par dévoiler le titre.

– C'est parfait, l'a contré Armelle.

J'ai attendu mon tour sans dire un mot, les mains moites et les jambes tremblantes. Pourtant, l'ambiance était à la fête : personne ne huait les participants, même les casseroles qui faisaient siffler le micro.

– Noah Moreau pour *Je l'aime à mourir* ! a annoncé le DJ.

Armelle a tapé des mains pour m'encourager, suivie de Willan et Léon. Je suis monté sur la scène. Autour de moi, le monde s'était figé. Sous l'effet du stress, je ne sentais plus mes jambes. Je me suis posté derrière le micro. Tous les regards étaient braqués sur moi. La musique tardait à commencer. J'ai essuyé mes mains moites sur mon jean, nauséeux. L'air peinait à entrer dans mes poumons et, très vite, j'ai eu l'impression de suffoquer.

Je ne peux pas faire ça. C'est au-dessus de mes forces.

Je n'en étais pas capable. Tant pis. Je relèverais n'importe quel autre défi, mais pas celui-ci. Je pourrais toujours essayer un autre jour. Je ne me sentais pas prêt. Les tremblements se sont accentués. L'air me manquait. Les battements de mon cœur se sont affolés, et ma vision est devenue dangereusement floue.

C'est pas le moment de tourner de l'œil, Noah...

Alors que je m'apprêtais à prendre mes jambes à mon cou, mon regard s'est posé sur Armelle. Elle m'encourageait, un grand sourire aux lèvres. À ce moment-là, elle me contemplait comme si j'étais la personne la plus importante au monde. Il était si rare de la voir aussi enjouée. Presque... admirative. La mélancolie qui lui collait à la peau semblait avoir totalement disparu, l'espace d'un instant. *Est-ce que c'est... moi qui lui fais cet effet-là ?*

Ses lèvres ont articulé quelque chose.

Je suis fière de toi.

La musique a commencé. Comme un vieil automate dont on n'aurait pas huilé les rouages depuis deux décennies, j'ai pivoté vers l'écran, attendant que les paroles apparaissent. Je me suis raclé la gorge, mais je tenais le micro trop près de mes lèvres et le son s'est répercuté dans la salle silencieuse.

À cause de la nervosité, j'ai commencé à chanter en décalé. Ma voix m'est parvenue, fébrile et incertaine. Il était trop tard pour revenir en arrière. Alors j'ai chanté. Je n'ai pas regardé une seule fois le public. Mes doigts serraient le micro à m'en faire blanchir les phalanges.

Très vite, la musique s'est arrêtée. Quelques faibles applaudissements m'ont salué alors que je désertais la scène, la chemise trempée de sueur. J'ai regagné notre table presque en courant, puis je me suis laissé tomber sur la chaise, lessivé. Armelle s'est jetée sur moi. Elle ne m'aurait pas serré plus fort si j'étais revenu d'un champ de bataille.

– Alors, c'était comment ? j'ai demandé.

Willan a ricané et Léon a soigneusement évité mon regard.

– Tu chantes comme une casserole, a fini par lâcher Willan entre deux gloussements. N'oublie pas ton parapluie demain parce qu'il va y avoir une putain d'averse.

Léon a fixé ses ongles en avalant une gorgée de bière.

– Non... Ce n'était pas si catastrophique...

– C'était horrible, a répliqué Armelle. Mais on s'en fiche, tu l'as fait, Noah ! Et regarde, tu es toujours parmi nous !

Elle m'a pressé la main, euphorique. Bon... je n'avais peut-être pas lancé ma carrière de chanteur ce soir-là mais, au moins, je m'étais surpassé. Et la sensation de béatitude qui m'envahissait était grisante. Cela faisait une éternité que je n'avais pas ressenti ça.

– J'ai cru que tu allais faire dans ton froc, a lancé Willan, toujours aussi délicat.

– Alors, comment tu te sens ? a demandé Armelle en me gratifiant d'une bourrade, les yeux plus pétillants que jamais.

Heureux.

Soulagé.

Triomphant.

Exalté.

Libéré.

Mais c'était surtout l'enthousiasme d'Armelle qui me donnait des ailes.

Mudit.

Mudit (sanskrit, n.) : Le bonheur de voir quelqu'un d'autre heureux.

Mon sourire béat a répondu à ma place et Armelle s'est appuyée sur le dossier de sa chaise, satisfaite. Elle a tapé dans ses mains.

– À qui le tour ?

Léon a avoué à mi-voix qu'il s'était déjà inscrit sur le registre.

– Tu ne préférais pas te faire écarteler ? a raillé Willan.

– J'ai changé d'avis. La démonstration de Noah m'a inspiré.

Il m'a offert sa main et on a échangé un *high five*. Armelle s'est empressée de noter nos noms dans le cahier. Je ne savais même pas pour quelle chanson. Mais ça n'avait plus aucune importance. Je venais de me libérer de la peur du ridicule, et rien ne me semblait plus impossible. Comment une simple chanson pouvait avoir cet effet-là ?

Armelle a glissé une bière devant moi.

– Tu l'as bien méritée.

Plus les heures s'égrenaient, plus les prestations étaient catastrophiques. Paradoxalement, les applaudissements se faisaient de plus en plus fervents. Les spectateurs ont commencé à chanter en chœur, se sont levés pour danser et, pour les plus audacieux, à monter sur les chaises et les tables pour se dandiner en rythme. À chaque fois que mon prénom était prononcé dans le micro, une bouffée d'adrénaline m'envahissait. Je n'avais plus peur.

On a commencé un trio sur *Le Blues du businessman* de Claude Dubois. Léon nous a entraînés sur *Ta reine* d'Angèle, et nous avons pu découvrir qu'il chantait merveilleusement. Willan a opté pour un titre de The Weeknd, en duo avec une fille de la table voisine avec laquelle il avait sympathisé. Armelle a déchaîné les foules sur son interprétation en solo de *Laissez-moi danser* de Dalida.

Elle a dégainé la carte bancaire de son beau-père pour commander une gigantesque planche de charcuterie-fromage, que nous avons dévorée en cinq minutes chrono.

– La vie devrait toujours être comme ça, j'ai soupiré, dans un moment de lucidité. Entouré d'amis, en train de rire et de faire la fête.

– Noah le philosophe est de sortie, s'est moqué Willan.

La fille de la table voisine, une dénommée Clara, était maintenant nichée sur ses genoux. Elle chantait comme une déesse. Sérieusement, les gérants du karaoké auraient dû la payer pour qu'elle s'y produise.

– Je viens d'avoir une révélation, a lâché Armelle, qui tanguait légèrement. Je devrais arrêter les cours. Partir au Pérou et me lancer dans un élevage de lamas. Fabriquer mon propre fromage. Vivre dans la solitude et la simplicité.

Je n'ai pas pu retenir le gloussement qui me chatouillait la gorge.

– Quoi ? C'est l'idée du siècle ! elle s'est insurgée.

– Ça ressemble surtout à une *Schnapsidee*.

– Schnap – quoi ?

Schnapsidee (allemand, n.) : Composé des mots *Schnaps* (liqueur) et *Idee*, ce terme évoque une idée qui peut paraître lumineuse après quelques verres alors qu'elle est en réalité complètement stupide.

J'ai partagé l'explication à Armelle, ce qui m'a valu une moue désapprobatrice.

– Tu as toujours réponse à tout, petit génie.

J'ai haussé les épaules, et elle a éclaté de rire. Le reste de la soirée s'est écoulé comme dans un rêve.

Et je n'avais qu'une hâte : recommencer.

Séance de psychiatrie 4

Armelle

– Pourquoi cette encyclopédie vous tracasse-t-elle autant ?

– Comment ça ?

– Vous l'avez mentionnée à plusieurs reprises. Alors, je me répète : d'où vient cet intérêt ?

– Je ne sais pas.

Tapotement d'un stylo contre le bois d'un bureau.

– Connaissez-vous le concept de la granularité émotionnelle, Armelle ?

– Mon petit doigt me dit que vous allez me l'apprendre sous peu.

– Elle désigne la capacité à différencier deux états d'âme proches, mais différents. Face à des émotions douloureuses, désagréables, le simple fait de nommer les ressentis diminue la réactivité de l'amygdale, cette zone de notre cerveau qui déclenche les émotions. En d'autres termes, verbaliser ses émotions avec justesse, en définissant leur subtilité, est bénéfique pour la santé, le stress, l'agressivité, les dépendances...

– Je comprends mieux pourquoi Noah ne jure que par ces mots intraduisibles. Il prétend que ça l'apaise.

Le tapotement cesse.

– Il est peut-être temps de rédiger votre propre encyclopédie, Armelle.

DÉCEMBRE

Chapitre 24

Le matin de mon partiel de droit constitutionnel, j'ai pris une décision. Aujourd'hui, j'allais oser.

J'emporterais ce stylo rose à pompon qui m'effrayait tant et je rédigerais mon devoir avec. Il me porterait chance. J'en étais certain. Car ne disait-on pas que l'audace était toujours récompensée ?

Un mois après la rédaction de la liste des défis d'Armelle, j'avais déjà fait d'énormes progrès. Ma timidité était toujours là, bien sûr, mais elle ne me gênait plus autant. Et puis, je ne cherchais pas à devenir quelqu'un d'autre. J'étais de nature introvertie, je n'avais pas à en avoir honte.

J'ai fouillé l'appartement à la recherche du stylo.

Mais il n'était pas dans le pot à crayons. Ni dans les tiroirs. Ni sous la chaise. Ni coincé entre deux livres. J'ai retourné le bureau avec une frénésie proche de la folie. Soudain, ce stylo revêtait une importance capitale. J'avais la certitude qu'il détenait le pouvoir de définir le reste de mon existence. Où était-il ? Pourquoi fallait-il, le jour où je décidais de prendre mon destin en main, qu'il se volatilise ?

J'étais maudit. Voilà la conclusion à laquelle j'étais arrivé alors que je marchais pour me rendre à l'université.

Je me suis assis à la place qui m'était désignée, D27. J'ai attendu que les surveillants distribuent les sujets. J'ai lu l'intitulé. J'ai levé la tête pour parcourir les rangs, espérant croiser le regard d'un étudiant tout aussi paumé et démuni que moi. Quelqu'un qui pourrait partager mon désarroi, l'espace d'un instant, et qui me dirait : « Je suis là. Je suis comme toi. Je te comprends. »

Évidemment, tout le monde avait déjà le nez plongé dans ses feuilles de brouillon.

J'ai fixé la mienne. Me suis levé.

Et j'ai fui.

Foutu stylo.

Chapitre 25

Après le désastre du partiel, je n'avais pas le cœur à rentrer dans mon appartement miteux, alors je suis allé m'enfermer dans un bar à chats à Perrache. Rien de tel que de câliner d'adorables chatons pour oublier tous ses problèmes. Du moins, c'était ce que je croyais. J'ai dû revoir ma théorie lorsque, après deux heures de caresses ininterrompues, mon moral ne s'était toujours pas amélioré. J'ai eu l'idée d'envoyer un SMS à Dario. Il avait toujours des solutions à tout. Son immense sagesse allait raviver ma bonne humeur, j'en étais certain.

En excellent meilleur ami qu'il était, il m'a rejoint à peine trente minutes plus tard. Il a retiré son cache-oreilles, son écharpe, ses gants fourrés et son énorme manteau, formant une pile de vêtements sur la table d'à côté.

– Tu reviens d'une expédition en Alaska ?

Il n'a pas ri. Je ne lui en voulais pas : Dario riait rarement à mes blagues. À celles de personne, d'ailleurs. Il a commandé un cappuccino XL frappé supplément chantilly puis a remonté les manches de son pull.

– Alors, pourquoi m'as-tu demandé de venir ?

Sa question m'a pris de court. Mon cerveau s'est câblé en mode *défensif*.

– J'ai besoin d'une raison pour voir mon meilleur ami ?

Il a remonté ses lunettes en haut de son nez. Je l'ai imité par automatisme. On aurait cru deux intellectuels prêts à monter sur un ring. Même si je n'avais aucune idée de la raison de ce duel.

– Je suis surpris, c'est tout.

J'ai penché la tête pour l'inciter à continuer. Il s'est décidé à cracher le morceau :

– Tu passes tout ton temps avec Armelle. Tu es devenu ce genre de mec infect qui oublie son meilleur ami parce qu'il traîne avec sa copine. Ça craint.

– Armelle n'est pas ma copine.

– Tu m'as très bien compris.

– J'étais légèrement occupé... Je me suis fait tabasser en boîte de nuit à cause d'un vernis à ongles, et...

– Un vernis à ongles ? il a relevé.

– C'est trop long à expliquer. Entre-temps, j'ai raté mon partiel, tout ça à cause de ce stylo rose à pompon et...

– En quoi un stylo est-il responsable de ton échec aux examens ?

– C'est...

– Trop long à expliquer ? il m'a coupé.

Il a fait mine de se lever et de récupérer son manteau.

– Si tu n'as plus assez de temps à m'accorder pour me tenir au courant de ce qui se passe dans ta vie, je crois que je n'ai plus rien à faire ici.

Je me suis levé et j'ai agrippé la manche de son pull.

– Dario ! Pardon. Je suis désolé, d'accord ? Je ne suis pas dans une période très facile.

Il s'est rassi avec méfiance, les fesses tout au bord de la chaise. Comme si j'étais en période probatoire.

– Je mettrais ma main à couper qu'Armelle n'y est pas étrangère.

– Elle a besoin de moi...

Dario a poussé un long soupir.

– Est-ce qu'elle t'a déjà demandé de veiller sur elle ?

– Non, mais...

– Est-ce qu'elle a déjà mis sa vie en danger devant toi ?

– Non !

– Est-ce que tu es psychiatre ?

– Ça n'a rien à voir...

– Si je comprends bien, Armelle ne t'a rien demandé. C'est toi qui t'es donné pour mission de guérir toutes ses blessures intérieures, quelles qu'elles soient. Tu prends tout ça beaucoup trop à cœur.

– Elle a besoin de moi ! j'ai répété.

– Non. *Tu* as besoin d'elle.

Un silence gêné a suivi.

– Tu ne t'intéresses plus qu'à elle. On ne s'est pas parlé depuis une éternité !

J'ai ouvert la bouche pour balancer un contre-argument, mais je n'en ai trouvé aucun. Il avait raison. J'ai pris une grande inspiration, bien décidé à me rattraper.

– Alors... comment avancent vos préparatifs pour vos dix ans, à Erika et toi ?

Dario s'est relevé. J'ai su que j'avais merdé. *Encore.*

– On fait une pause, Erika et moi.

– Une pause ? Mais vous ne vous disputez jamais.

– C'est la troisième fois en dix ans, oui. Et tu serais au courant si tu avais pris la peine de m'envoyer un SMS ces deux derniers mois.

Il a quitté le bar sans un regard en arrière. J'étais trop bouleversé pour essayer de le retenir.

Dario et Erika, en pause ?

La fin du monde était proche. C'était une certitude.

Chapitre 26

Armelle ne répondait ni à mes mails, ni à mes SMS depuis trois jours. J'avais l'impression qu'on avait arraché une partie de moi.

Tu as besoin d'elle.

Peut-être que Dario avait raison. Mais je m'en fichais. Dans la vie, les êtres humains ont des besoins vitaux. Manger. Boire. Dormir. Personne ne trouvait rien à y redire. On assouvit ces besoins car il y va de notre survie ; c'est comme ça. Armelle était devenue un de mes besoins vitaux. Et Dario allait devoir s'y faire.

Comme à chaque fois que je me sentais dépassé par mes émotions, je me suis assis à mon bureau et j'ai pris une feuille. Il était nécessaire que je mette des mots sur mes pensées. J'ai déroulé une liste des synonymes de *désespéré*.

Affligé.

Inconsolable.

Attristé.

Malheureux.

Brisé.

Misérable.

Mais aucun ne parvenait à apaiser ma douleur. J'en ai déduit qu'il me fallait trouver un autre mot. *Le* mot. S'il n'existait pas dans ma langue, j'allais devoir chercher ailleurs. J'ai fait des recherches sur Internet. Jusqu'à tomber sur un mot yiddish qui résonnait en moi.

Farblunget (yiddish , adj.) : Se sentir complètement et désespérément perdu.

Ma respiration s'est apaisée. J'avais mis un mot sur mon émotion. Tout allait bien. Je contrôlais la situation. J'ai envoyé un SMS à Dario.

Tu es où? Je dois te parler.

Je craignais qu'il ne se manifeste pas après notre dispute de la veille, mais la réponse ne s'est pas fait attendre :

À la bibliothèque universitaire.

J'ai secoué la tête. Dario devait être d'une autre espèce. Même les plus zélés des élèves délaissaient la BU pendant les vacances scolaires. Vingt minutes et trois stations de métro plus tard, je grimpais les marches quatre à quatre pour rejoindre mon meilleur ami. Tout irait bien. Je lui parlerais du nouveau mot à consigner dans l'*Encyclopédie des mots intraduisibles*, qu'il gardait toujours sur lui, malgré l'épaisseur du bouquin. C'était notre havre de paix. Il se réjouirait de cette trouvaille, et nous pourrions parler de sa dispute avec Erika. Avec un peu de chance, ils s'étaient déjà rabibochés et je pourrais aider à la décoration de la salle des fêtes, à l'envoi des cartons d'invitation ou à n'importe quelle tâche qu'il jugerait nécessaire. Je cherchais le coin le plus isolé. Évidemment, Dario s'y trouvait, un casque enfoncé sur ses oreilles, en train de parcourir des ouvrages aussi épais que des dictionnaires.

– Salut.

Il a retiré son casque avec une lenteur exaspérante. Ma nouvelle période de probation amicale commençait *maintenant*.

– Il fallait que je vienne au plus vite. J'ai trouvé un nouveau mot intraduisible. Il devrait te plaire.

Un léger sourire s'est dessiné sur ses lèvres. *Voilà. Tout ira bien*. Il a fouillé dans sa mallette et...

– Je ne l'ai plus.

J'ai bondi sur mes pieds, épouvanté.

– Comment ça, tu ne l'as plus ?

Les rares étudiants qui étaient assez fous pour squatter la BU pendant les vacances ont tourné la tête, attirés par mon éclat de voix.

Dario a secoué la tête, la mâchoire serrée.

– Je... je ne sais pas.

– Comment c'est possible ? j'ai craché.

Il m'a présenté sa mallette.

– Regarde par toi-même ! Il n'y est plus.

– Tu l'as oublié chez toi ?

– Non. Tu sais très bien que je le garde toujours sur moi.

– Alors pourquoi il n'est pas là ?

J'étais essoufflé. Je savais qu'il fallait que je me calme, mais je n'y arrivais pas.

– Je ne sais pas. C'est... très étrange.

– Étrange ? C'est tout ce que tu trouves à dire ? *Putain*, Dario ! Cette encyclopédie est l'incarnation de notre amitié. C... comment as-tu pu être aussi négligent ?

Je me suis mis à bégayer, comme à chaque fois que j'étais en colère. Ses traits se sont durcis.

– Je ne suis pas le seul à avoir fait preuve de négligence, ces derniers temps.

– Tu ne vas pas remettre ça sur le tapis !

Mes hurlements ont fini par alerter une surveillante, qui nous a rejoints en deux grandes enjambées.

– C'est un espace silencieux, elle est intervenue. Vous dérangez vos camarades. Je vais vous demander de sortir, maintenant.

Elle m'a attrapé par l'épaule avec fermeté. Pour qui elle se prenait ? Une flic ? Je me suis dégagé, hors de moi.

– Tu devrais l'écouter, a lâché Dario. Tu déranges *tout le monde* ici.

L'absence d'émotion dans sa voix m'a transpercé en plein cœur. Vaincu, je me suis laissé traîner hors de la bibliothèque universitaire, la mort dans l'âme.

Séance de psychiatrie 5

Armelle

– Parfois, j'aimerais rester enfermée chez moi jusqu'à la fin des temps. Ne plus jamais mettre le nez dehors, ne plus jamais quitter mon lit.

– C'est pour cette raison que vous n'allez plus en cours ?

Haussement d'épaules.

– Je vais encore en cours. Je fais une petite pause, c'est tout.

– Je vois.

Silence.

– Parfois, j'ai l'impression que je ne pourrais pas vivre sans les autres. Sans Noah. Et le lendemain, tout ça n'a plus d'importance. Je ne ressens plus rien.

– Vous avez peur de le perdre ?

– Je n'ai même pas peur. Je sais que ça va arriver. Noah est beaucoup trop brillant pour ne pas se rendre compte que je ne lui apporte rien de bon. Et puis, nous sommes tellement différents...

– C'est une façon de voir les choses. Vos différences vous rendent peut-être complémentaires, au contraire ?

– J'en sais rien. C'est vrai que Noah est très patient avec moi, et... c'est rassurant. Il écoute chacune de mes théories, de mes divagations... Même quand je me comporte comme une petite peste, il ne se met jamais en colère. Ça devrait me combler de joie, mais c'est tout le contraire. Ça me fait me sentir encore plus mal. Qu'est-ce qui ne tourne pas rond chez moi ? C'est épuisant. Et je sais que ce n'est qu'une question de temps avant qu'il ne découvre qui je suis vraiment et qu'il me rejette. C'est déjà un miracle qu'il soit resté aussi longtemps.

– Qui vous êtes vraiment... Est-ce que vous parlez de votre maladie ?

Hochement de tête hésitant.

– Votre maladie ne vous définit pas, Armelle.

– Et pourtant... elle est partout. Tout le temps. Et je ne peux pas lui échapper.

Chapitre 27

La neige tombait. De gros flocons doux comme de la soie. C'était un temps à bouquiner près d'un feu de cheminée, un chocolat chaud à la main. Mais je n'avais qu'un foutu radiateur qui fonctionnait une heure sur deux et une demi-tomate dans mon frigo. Je n'avais pas la force de braver la neige pour acheter de quoi me nourrir. Armelle était passée vers 14 heures pour réviser ses partiels. Car l'université, étant l'institution la plus sadique jamais inventée par l'homme, avait fixé des partiels *avant* et *après* Noël. Le stratagème idéal pour empêcher les étudiants de lâcher du lest pendant les vacances et gâcher toutes les fêtes familiales avec une charge mentale digne de celle d'une mère célibataire.

Quand je lui ai demandé pourquoi elle n'avait répondu à aucun de mes messages depuis une semaine, Armelle ne m'a pas balancé d'excuses bidon, du genre : « J'étais occupée » ou : « Je n'ai pas eu le temps de checker mes SMS. » Mais la vérité était plus blessante encore.

Je n'avais pas envie de parler. Ni à toi ni à personne.

Elle m'a tourné le dos, et j'en ai conclu qu'elle ne voulait pas s'étaler sur le sujet. Alors, une fois de plus, j'ai ravalé mes interrogations, j'ai fait taire ma frustration et j'ai pris une grande respiration pour faire disparaître mon pincement au cœur.

Armelle n'est pas forcée de tout te raconter. Tu n'as pas besoin de tout savoir.

Ça me brisait le cœur de l'admettre, mais Dario avait raison : Armelle n'avait visiblement pas besoin de moi. Après ça, tout est redevenu normal entre nous. J'ai continué à relever les défis mentionnés sur sa liste, comme m'allonger dans un supermarché (Armelle en a profité pour filmer les réactions des usagers, ainsi que le moment où une vieille dame à moitié aveugle m'a roulé dessus avec son caddie) ou complimenter les passants (mon défi préféré jusqu'alors, et de loin. J'ai adoré voir leur visage s'illuminer quand je flattais tour à tour leur style vestimentaire, leur allure et leur coiffure).

De son côté, Dario faisait le mort et mes SMS demeuraient sans réponse. Ce silence ne lui ressemblait pas. Il n'était pas du genre rancunier. Et même si je ne supportais pas d'être en froid avec lui, je n'avais toujours pas digéré la perte de notre encyclopédie.

– Alors, il avance, ton bouquin ? m'a demandé Armelle.

La première chose qu'elle a faite en entrant, c'est allumer un joint. L'odeur était encore plus forte que celle des cigarettes. J'avais bien tiré une fois ou deux en soirée, comme le préconisait le plan d'Armelle, pour me forcer à « sortir de ma zone de confort », mais nous étions vite arrivés à la conclusion que ce n'était pas fait pour moi (j'avais dégobillé presque instantanément après ces quelques tentatives). Armelle prétendait que ça l'aidait à affronter « la déprime hivernale » (un terrible fléau selon elle, qui concernait un Français sur trois).

J'ai haussé les épaules.

– C'est oui ou c'est non ?

Armelle n'a pas pris la peine d'ouvrir la fenêtre pour aérer. Il faisait trop froid dehors et je préférais m'intoxiquer plutôt que laisser échapper le peu de chaleur sortant de ce maudit radiateur.

– J'écris. Je tape des mots, les uns à la suite des autres. Quant à savoir si les phrases qu'ils forment sont intéressantes...

Et mon humeur massacrante était loin d'être propice à la création.

– Tu n'as qu'à changer d'air ! Cet appartement minable est déprimant. Ça ne m'étonne pas que l'inspiration ait foutu le camp.

– Ce *minable* appartement, comme tu dis, c'est tout ce que j'ai.

Elle a déposé un rapide baiser sur ma joue pour se faire pardonner sa vacherie. Son stratagème a un peu trop bien fonctionné, et toute ma colère s'est envolée instantanément.

– Ne te vexe pas. Je disais ça comme ça. Je sais que tu es coincé ici.

– Jusqu'à la semaine prochaine, où je retournerai chez ma mère pour fêter Noël, j'ai complété.

Pour le moment, mon petit boulot au McDo m'empêchait de quitter Lyon. La jambe d'Armelle tressautait, comme à chaque fois qu'elle était plongée dans une intense réflexion.

– J'ai une idée : tu n'as qu'à venir chez moi ! elle a lancé, radieuse.

– Chez toi ? j'ai répété.

– Ça te permettra de changer d'air. Et puis, mon beau-père fait de super brownies.

Deux arguments en béton. Une fois de plus, j'étais passé du chaud au froid en une fraction de seconde. Incapable de résister à ces montagnes russes émotionnelles, je me suis empressé d'accepter. Sans oublier que découvrir sa maison me permettrait sans doute d'en apprendre plus sur elle et de résoudre l'« énigme Armelle ».

Et puis, entre nous, je l'aurais suivie jusqu'au bout du monde.

Chapitre 28

Trente minutes plus tard, nous montions les pentes de la Croix-Rousse sous la neige. Des gones façonnaient des bonshommes de neige dans un minuscule jardin, enveloppés dans tant de couches de vêtements qu'ils ressemblaient plus à des loukoums qu'à des humains. La féerie de Noël était là.

Armelle s'est arrêtée devant une jolie porte ouvragée. La maison était immense, dans un style victorien assez flippant.

– On dirait un manoir, j'ai lancé.

– C'est parce que c'en est un. De la fin du XIXe siècle. Entièrement rénové.

Je me sentais très privilégié de découvrir l'endroit où habitait Armelle, comme avait dû l'être le premier type à mettre un pied sur la Lune. J'avais envie de le crier au monde.

– Je te préviens, Steven est...

Elle a hésité sur le bon mot avant de trancher :

– Insupportable.

– Je suis sûr que tu le juges trop durement.

Si je devais décrire Armelle, « intransigeante » occuperait la troisième place du podium, après « impulsive » et « lunatique ». Elle a grogné quelque chose que je n'ai pas compris, mais j'étais convaincu qu'il s'agissait une insulte. Elle a appuyé sur la sonnette.

– Et ton père, il habite où ?

– Il est resté en Bretagne. Ma mère s'est trouvé son richou juste après le divorce. J'ai voulu changer d'air, alors je les ai suivis. Tu aurais adoré la Bretagne. Toutes ses légendes et son folklore... Il y a de quoi écrire des tas d'histoires.

Parfois, j'oubliais qu'Armelle n'était pas une Lyonnaise pure souche. Elle connaissait les moindres recoins de la ville à force de traîner dehors à n'importe quelle heure du jour et de la nuit.

– Il ne te manque pas ?

– Ça arrive. Même si la réciproque n'est pas vraie : il s'éclate avec sa nouvelle famille et sa petite femme à peine sortie de l'université. Mais vivre à Lyon a ses avantages : j'ai une baraque stylée et un beau-père qui tente par tous les moyens de nouer une relation privilégiée avec moi en cédant à mes moindres caprices dans l'espoir que j'aligne plus de trois mots en sa présence. Grâce à lui, on est partis en Thaïlande cet été. Je suis plutôt contente de ma nouvelle vie.

Armelle a frappé un heurtoir en forme de chouette contre le battant en bois.

– Tu n'as pas un double des clefs ? j'ai demandé.

– Bien sûr que si. Mais je ne pense jamais à les prendre.

La porte s'est ouverte, dévoilant un homme mince de petite taille. Il arborait ce genre de sourire, un peu naïf, qui attisait la sympathie. L'archétype du mec agréable, blagueur, qui meurt en premier dans les films d'horreur. Ou celui qui sonne à toutes les portes le week-end pour vendre des Bibles.

– Alors, Noah, comment tu vas ? *Fine* ?

Surpris que le beau-père d'Armelle ait eu vent de mon existence – et connaisse mon prénom, bon sang ! –, j'ai mis un peu de temps à répondre.

– Oui… merci.

– Entre, *honey* ! Il fait un froid de canard, dehors !

Armelle a soupiré en entendant le surnom. Le hall était spacieux et bien décoré. De jolis pots de fleurs trônaient sur la commode. Des orchidées, je crois. J'étais vraiment nul en fleurs, à peine capable de différencier une tulipe d'un coquelicot, alors je n'en jurerais pas. Les clefs étaient rangées dans un vide-poches en terre cuite. Une douce odeur de chocolat chaud flottait dans l'air. Ça m'a déboussolé. Je n'imaginais pas Armelle vivre dans un environnement aussi... *normal.*

– Je suis heureux de te rencontrer enfin, Noah ! Armelle parle beaucoup de toi, tu le sais ?

J'ai eu l'impression que j'allais m'envoler de joie.

– Arrête, Steven ! Tu dis n'importe quoi.

Sa sécheresse n'a pas fait perdre son sourire à Steven. Il m'a offert une accolade virile, genre coéquipier de base-ball américain. Pris au dépourvu, mon corps s'est transformé en bloc de glace, comme à chaque fois qu'une situation imposait un zeste de réactivité. Il m'a débarrassé de mon manteau à la manière d'un groom dans les hôtels de luxe, puis l'a déposé sur le portemanteau en acajou.

– Tu ne te laisses pas marcher sur les pieds par Armelle, *right* ?

– Pas du tout, Monsieur.

Je me laisse marcher dessus tout court.

– C'est bien, *son* ! Il faut savoir ce que l'on veut, dans la vie.

Je ne voyais pas le lien avec notre conversation, mais j'ai hoché la tête.

– Tu sais, j'ai réussi à lancer une entreprise florissante en partant de rien grâce à un *mindset* de *winner*. Je suis certain que tu peux faire de même. Si tu as besoin de quelques *advices*, n'hésite pas !

– Merci, Monsieur.

– Appelle-moi Steven ! a-t-il lancé avec un accent américain digne d'un natif du Texas.

Il a enchaîné avec une question en anglais, mais je n'en ai pas compris un traître mot. J'avais la désagréable impression de subir une interrogation surprise. Un profond malaise m'a envahi, le même que celui qui m'a poursuivi toutes mes années de lycée et qui continuait de me hanter pendant les cours d'anglais juridique :

Yoko meshi (japonais, n.) : Angoisse que l'on peut éprouver lorsque l'on doit s'exprimer dans une langue étrangère.

Heureusement, je pouvais compter sur Armelle pour venir à la rescousse. Elle m'a tiré par le bras, excédée.

– Aller, on se casse.

– Et sinon, les révisions, ça avance ? a demandé Steven.

Nous étions déjà au bout du couloir.

– On est sur le coup, j'ai répondu avant de disparaître totalement.

Sa voix a résonné dans mon dos dans un grand éclat :

– *Trust the process*, comme on dit chez moi !

Armelle n'aurait pas claqué la porte plus fort si nous avions été poursuivis par une horde de zombies.

– Tu as raison, j'ai cédé. Ton beau-père est insupportable.

Chapitre 29

J'ai poussé une exclamation en découvrant la chambre d'Armelle. Elle était immense et pouvait contenir à elle seule trois fois mon appartement. C'était aussi un bazar sans nom. Des vêtements froissés s'accumulaient sur la moquette, des fiches de cours étaient disséminées un peu partout. Elle avait même un *billard* ! J'ai continué à aviser la pièce, émerveillé.

– C'est vraiment ce que je crois ? Tu as...

J'ai plissé les yeux.

– Ouais. Un home-cinéma, elle a dit sur un ton blasé.

– Mais... pourquoi as-tu insisté pour faire le marathon filmesque chez moi alors que tu as un home-cinéma dans *ta* chambre ?

Elle s'est écroulée sur le lit sans prendre la peine d'enlever ses bottes.

– Parce que je ne voulais pas rester enfermée ici.

Son ton grave a maté mon enthousiasme. J'ai commencé à inspecter les murs de la pièce, couverts de tickets de cinéma, d'affiches de films, de photos, de dessins et de posters. Et d'une impressionnante collection de vinyles : les Doors, Queen, Red Hot Chili Peppers et d'autres groupes que je ne connaissais absolument pas.

– Je ne savais pas que tu aimais collectionner.

– Je n'aime pas particulièrement ça. Je le fais, c'est tout.

Sa réponse m'a laissé coi. J'ai continué ma visite, intrigué, avec l'impression d'espionner les recoins les plus secrets de son âme.

– Ce n'est pas un musée, elle a lancé en glissant un coussin sur sa poitrine. Tu ne trouveras rien d'intéressant ici.

Et pourtant... chaque détail me fascinait. Je me demandais pourquoi elle avait pris la peine de conserver tout ça, alors qu'elle prétendait que ces souvenirs n'avaient aucune importance. Ça m'en disait plus sur elle, sans pour autant que je la comprenne davantage. À chaque fois que je pensais réussir à la cerner, d'autres mystères surgissaient.

Je me suis approché du lit à pas feutrés, prenant soin de ne rien écraser. J'ai déposé mon sac et mon ordinateur sur la couette puis me suis assis. La couchette était immense et Armelle était allongée dos à moi.

– Tu peux écrire, je ne te dérangerai pas. C'est promis.

J'ai perçu un léger trémolo dans sa voix.

– Armelle ? Tout va bien ?

Elle n'a pas répondu immédiatement. Quand elle s'est enfin tournée vers moi, ses yeux étaient humides. Je commençais à être habitué à ces changements d'humeur, mais je mentirais si je disais qu'ils ne m'inquiétaient pas. Et c'était la première fois qu'elle semblait aussi... démunie.

– Ce n'est rien. Ça va passer, comme toujours.

Je me suis raclé la gorge en me maudissant pour ma maladresse. J'ai tenté :

– Tu n'aimes pas Noël ?

Elle a émis un reniflement qui aurait pu s'apparenter à un petit rire.

– Non, c'est clair.

– Il y a... une raison particulière ?

Elle s'est redressée d'un coup, a ouvert le tiroir de la commode et en a extirpé des cigarettes. Après en avoir allumé une, elle m'a balancé le paquet et je l'ai imitée.

– J'ai l'impression d'être le Petit Poucet, elle a lâché. Je sème des cailloux d'innocence chaque jour qui passe. Je n'arrive plus à m'émerveiller. Toute la magie disparaît de mon existence. Je crois que mon âme d'enfant est enterrée, Noah. C'est comme Noël : c'était ma fête préférée, quand j'étais petite. Le calendrier de l'Avent, le bon repas en famille, le joli sapin, le frisson d'excitation pendant la nuit du réveillon... et les cadeaux. J'étais la petite fille la plus heureuse au monde. Maintenant, je ne ressens rien. J'ai l'impression de voir le monde en noir et blanc.

C'était la première fois qu'elle se confiait vraiment à moi, alors je n'ai rien dit pour l'inciter à poursuivre.

– Tu sens ?

Elle s'est rapprochée, s'est emparée de ma main et l'a posée avec douceur sur sa poitrine. J'ai dégluti, la gorge subitement sèche. À chaque fois que nos peaux entraient en contact, j'avais l'impression que mon centre de gravité basculait.

– Ton cœur qui bat ? j'ai tenté.

Elle a hoché la tête, reposant ma main sur le lit. Le monde a retrouvé son sens.

– Moi, je ne sens rien. Un vide immense habite ma poitrine. Tous les jours. Tout le temps. Et j'ai beau faire n'importe quoi, il n'y a rien qui puisse le combler.

Elle a baissé la tête. Je l'ai prise par les épaules et l'ai entraînée devant un grand miroir en forme de nuage, près de son bureau.

– Tu n'as qu'à te regarder dans une glace.

Armelle a pouffé.

– Tu sais, même si je ne m'estime pas laide, m'admirer sous toutes les coutures ne m'apporte aucun réconfort.

J'ai repoussé ses mèches désordonnées derrière ses oreilles.

– Tes traits sont la superposition de ceux d'une multitude de personnes qui se sont aimées, au moins un instant. Tu ne trouves pas ça beau ?

Elle a joué avec ses bagues, comme à chaque fois qu'elle réfléchissait.

– Qui te dit qu'elles n'étaient pas de simples plans cul au moment de ma conception ?

– Elles y ont quand même pris du plaisir, non ? Alors ça compte.

Elle a ouvert la bouche, sans doute pour m'opposer un autre exemple susceptible d'anéantir ma théorie. J'ai pris mon courage à deux mains et, pour l'empêcher de parler, j'ai fait pivoter délicatement son menton pour reporter son attention sur la glace. Elle a fixé son reflet un long moment, l'expression tourmentée, puis a haussé les épaules.

– D'accord. C'est pas mal, oui. Vu comme ça.

Puis elle a tourné le visage, et nous nous sommes retrouvés dangereusement près l'un de l'autre.

– Je n'avais jamais vu les choses de cette manière. Tu as un don pour bousculer mes certitudes, Noah.

Elle s'est approchée un peu.

Et j'ai retenu mon souffle.

Chapitre 30

Nous n'étions plus qu'à quelques centimètres. Elle a levé la main pour tirer une bouffée sur sa cigarette. J'étais tétanisé. Et elle ne bougeait pas non plus. J'attendais le moment où elle exploserait de rire, s'éloignerait, se moquerait de moi et de mon mutisme.

Mais elle n'en a rien fait.

– Je suis contente de t'avoir invité ici, elle a murmuré.

Puis elle s'est détournée, et la magie s'est brisée. Mes poumons se sont gonflés d'air.

– Et sinon… avec Gabriel ? j'ai repris.

– Gabriel ?

Elle a fouillé dans ses placards, à la recherche de Dieu sait quoi.

– Tu sais, le type de la boîte, j'ai précisé.

– Oh, lui ! C'est de l'histoire ancienne.

Elle a fini par mettre la main sur un vieux tourne-disque et l'a installé à même le sol, alors que la chambre abritait au moins trois bureaux et cinq commodes.

– Il n'a pas apprécié que je sorte avec un autre type la semaine d'après…

Je me suis assis en tailleur face au tourne-disque tandis qu'Armelle déballait plusieurs vinyles.

– Pourquoi tu trompes sans cesse tes conquêtes ?

– Ironique, venant de toi. Tu sais qu'il a été prouvé que les artistes ont de sérieux problèmes de fidélité ?

– Je déteste quand tu réponds à une question par une autre.

Elle a placé le disque dans la machine avec un sourire espiègle et a positionné l'aiguille à son extrémité.

– Parce que je veux tout tester. Tu ne trouves pas incroyablement triste de manger des pâtes toute sa vie juste parce que tu les as appréciées à la première bouchée ? Il existe des milliers d'autres plats qui attendent d'être savourés. Je compte bien les goûter tous.

– Un être humain n'est pas un repas. Il faut du temps pour en saisir la saveur, les nuances.

– Tu as probablement raison, comme toujours. Mais la vie est courte, et je n'ai pas le temps.

– Tu ne crains pas de passer à côté de la personne idéale à force de jongler comme ça ?

– Si le Grand Amour apparaît, je le verrai au premier coup d'œil.

La douleur a transpercé ma poitrine. Je n'étais donc pas son Grand Amour. Je le savais déjà, mais l'entendre le dire à voix haute était tout sauf agréable.

– J'aime bien la façon dont tu présentes ça, a-t-elle repris. Des « conquêtes ». J'ai l'impression d'être un empereur romain.

– Caligula. Le plus cruel d'entre tous, j'ai marmonné.

– Tu exagères ! Ils savent tous à quoi ils s'engagent en couchant avec moi. C'est-à-dire, à rien. Ceux qui prétendent le contraire se voilent la face. Ils connaissent parfaitement mes attentes mais jouent le jeu dans l'espoir de parvenir à me faire changer. À me retenir.

J'ai dégluti. Cela ressemblait un peu trop à ma façon d'envisager les choses entre elle et moi. Je savais qu'il n'y aurait jamais rien, mais cela ne m'empêchait pas d'espérer. Je me suis soudain senti tout petit et inexpérimenté face à son tableau de chasse interminable, et ce sentiment était pénible.

– Ceux-là, je les déteste. Ce sont les plus hypocrites car ils prétendent m'aimer mais ne m'acceptent pas telle que je suis, dans mon entièreté.

Nouveau coup de poing. J'allais finir KO avant la fin de la soirée, si ça continuait comme ça. Heureusement, la musique s'est lancée, interrompant notre conservation. La voix rauque et grave à l'accent roucoulant de Dalida s'est élevée. Armelle a fermé les yeux et a continué à fumer. Ses lèvres bougeaient imperceptiblement, mimant les paroles.

Il y a ceux qui veulent mourir seuls dans un lit
Tranquilles dans leur sommeil,
Moi je veux mourir sur scène

Les paroles étaient déprimantes au possible mais la mélodie disco incitait à danser. Parler de la mort avec une telle nonchalance, une telle effronterie... Je comprenais pourquoi Armelle semblait tant l'apprécier, cette chanteuse. Elle n'a rouvert les paupières qu'à la fin du morceau.

– Tu trouves ça déprimant, pas vrai ?

– Non. En fait, c'est tout le contraire. C'est honorable, d'avoir le cran de choisir les circonstances de sa mort. Chacun devrait pouvoir le faire.

Armelle m'a gratifié d'un clin d'œil en écrasant sa cigarette dans le cendrier.

– Je suis d'accord avec toi. Cette chanson... elle me fait me sentir puissante. Mais c'est plus qu'ironique quand on sait comment elle a fini.

– Comment ?

Armelle a laissé planer un silence cruel avant de lâcher la bombe :

– Elle s'est suicidée.

Oh.

– Ironique, en effet...

– Et encore, tu n'as pas écouté *Amoureuse de la vie*. Si tu me trouves lunatique, attends de connaître Dalida.

Elle s'est levée puis s'est mise à retourner son bureau, jetant feuilles et crayons par terre sans se soucier du désordre qu'elle créait. Elle a fini par mettre la main sur un carnet à spirale que fermait une ficelle rouge et est revenue s'asseoir en tailleur devant moi.

– Tu as partagé un secret avec moi.

– L'écriture ?

– Ce n'est pas vraiment un secret. Tu es né pour écrire, Noah. Non, je parle de ton *Encyclopédie des mots intraduisibles*, tu te souviens ?

– Bien sûr.

– Alors je suppose que je peux te dévoiler un de mes secrets, moi aussi. Pour rétablir l'équilibre.

Toi et moi, nous n'atteindrons jamais l'équilibre, j'aurais voulu répondre. Notre relation était une balance détraquée, qui penchait de mon côté. Je m'enlisais dans les sables mouvants de mon amour qui pesait une tonne et Armelle, elle, flottait au-dessus de tout ça, inaccessible.

– C'est d'accord, j'ai quand même répondu.

Chapitre 31

J'ai ouvert le carnet qu'elle me tendait comme s'il s'agissait d'une précieuse archive trois fois centenaire.

Une liste de noms, suivis de dates et de citations, s'étalait sur toute la première page. J'en ai reconnu quelques-uns. Et j'ai très vite compris ce que je tenais entre les mains.

Kurt Cobain, 1967-1994, balle dans la tête. « Mieux vaut brûler rapidement que de s'éteindre à petit feu. »

Avicii, 1989-2018, automutilation (?). « Le dépouillement de l'âme est le dernier attachement avant qu'elle ne redémarre. »

Dalida, 1933-1987, surdose de barbituriques. « La vie m'est insupportable. Pardonnez-moi. »

Brad Delp, 1951-2007, intoxication au monoxyde de carbone. « M. Brad Delp. J'ai une âme solitaire. I am a lonely soul. »

Romain Gary, 1914-1980, balle dans la bouche. « Je me suis bien amusé. Au revoir et merci. »

George Sanders, 1906-1972, cocktail de Nembutal et de vodka. « Cher monde, je m'en vais parce que je m'ennuie. Je sens que j'ai vécu suffisamment longtemps. Je vous laisse à vos soucis dans cette charmante fosse d'aisance. Bonne chance. »

Clara Blandick, 1876-1962, overdose de somnifères. « Je suis sur le point de vivre LA grande aventure. »

George Eastman, 1854-1932, balle dans le cœur. « Chers amis, mon travail est fait. Pourquoi attendre ? »

Jean Eustache, 1938-1981, balle dans le cœur. « Frappez fort. Comme pour réveiller un mort. »

Jerzy Kosinski, 1933-1991, sac plastique sur la tête. « Je vais m'endormir maintenant pour un peu plus longtemps que d'habitude. Appelez ça l'Éternité. »

Viriginia Woolf, 1882-1941, noyade. « Je ne pense pas que deux personnes auraient pu être plus heureuses que nous l'avons été. »

J'ai mis quelques secondes avant de retrouver ma voix.

– Tous ces gens… ils se sont suicidés, pas vrai ?

Armelle m'a fixé très sérieusement pendant un long moment avant d'éclater de rire.

– Tu verrais la tête que tu fais ! elle s'est exclamée. C'est juste une compilation. Je note les circonstances de leur mort et leurs dernières paroles. Tu savais que la plupart laissaient une lettre d'adieu avant de mettre fin à leurs jours ? C'est fascinant.

– *Fascinant*, j'ai répété, sans aucune envie de rire.

Le visage d'Armelle s'est fermé d'un seul coup.

– Tu penses que je suis tarée, c'est ça ?

– Non. Mais ce carnet, c'est… surprenant.

Elle a haussé les épaules.

– Je ne trouve pas ça plus bizarre que ton *Encyclopédie des mots intraduisibles*.

Elle marquait un point. En réalité, j'estimais l'idée de compiler les suicides de personnes connues assez intéressante. Presque *attirante*. Mais elle était à l'initiative d'Armelle, et cela faisait toute la différence. Elle venait d'ouvrir une porte, mais ce n'était pas la même que moi avec l'*Encyclopédie des mots intraduisibles*. Ce que j'entrevoyais était plutôt inquiétant. J'étais très touché qu'elle me fasse part de sa vulnérabilité, mais je ne savais pas comment réagir à tout ça.

– Je peux te poser une question ?

Armelle s'est mise à aligner les pochettes de disques dans un ordre très précis, contre son mur. J'avais l'impression qu'elle cherchait surtout à occuper ses mains et à se soustraire à mon regard.

– Je sais ce que tu vas me demander.

– Ah oui ?

– Est-ce que j'ai déjà essayé de me suicider ?

Je me suis raclé la gorge. Elle avait balancé la question qui me brûlait les lèvres avec détachement, comme si cette histoire n'était qu'une vaste blague. C'était peut-être le cas, d'ailleurs. Elle a continué à ranger ses disques comme si je n'existais pas, si bien que j'ai renoncé à attendre une réponse. Mais elle a fini par rouvrir la bouche :

– Je n'ai jamais tenté.

– Mais tu en as eu envie ?

Elle a poussé un soupir las et s'est levée, le regard soudain dur.

– OUI ! Oh, que oui ! J'en ai eu envie.

Mon cœur s'est brisé à ce moment précis. Je savais que c'était physiquement impossible, mais je l'ai entendu se fracasser. Ça a fait un gros craquement répugnant, le genre de craquement que tu sais irréparable. Les yeux d'Armelle se sont embués. Elle a ravalé très vite sa tristesse.

Trop tard.

Je l'avais vue.

– Mais… pourquoi ?

Quelles raisons suffisamment terribles pouvaient justifier qu'on veuille en finir avec la vie ?

Mon cerveau s'est mis à analyser tout ce que je savais d'Armelle. Les rares anecdotes sur son enfance, une bribe de conversation par-ci, une réaction enflammée par-là. Et tous ces moments fugaces où j'avais entraperçu sa tristesse, celle-là même qu'elle s'efforçait de dissimuler en ce moment. J'avais besoin de réponses.

Armelle a recroquevillé ses genoux contre sa poitrine et a enroulé ses bras autour de ses jambes. Une carapace. *Pour se protéger*. Mais de quoi ? Ou de qui ?

– Je l'ignore. Je suis née comme ça.

Je n'en croyais pas un mot.

– Arrête. Si tu ne veux pas me le dire, je le comprends, mais ne fais pas ça. Ne me mens pas.

– C'est si difficile à croire ?

Ses bras sont retombés le long de ses flancs.

– Tu sais ce que je pense ? Que certaines personnes sont faites pour vivre, vivre passionnément, intensément, et que d'autres, pas. Je fais partie de la seconde catégorie. C'est comme ça.

– Je ne te crois pas.

Elle a haussé les épaules, indifférente. Je me suis rapproché d'elle. Trop, sans doute. J'ai agrippé ses épaules.

– *Pourquoi ?* C'est à cause du divorce de tes parents ?

Nouveau haussement d'épaules. Plus aucune trace de tristesse sur son visage. Ses traits étaient aussi secs que l'argile qu'on aurait laissée trop longtemps au four, desséchée et craquelée.

– Le divorce n'a pas été facile, c'est vrai. Mais je n'ai jamais manqué de rien.

– C'est à cause de ce vide ?

Elle a tourné la tête, fuyant mon regard. J'ai su que j'avais touché juste.

– Comment je peux t'aider ?

– TU NE PEUX PAS M'AIDER !

Elle avait hurlé, si fort que j'ai eu un mouvement de recul. J'ai lâché la pression sur ses épaules, hébété.

– Personne ne le peut, elle a soufflé. Pas même ma stupide psychiatre.

– Tu vois une psychiatre ?

– C'est ce que je viens de dire. Ça t'étonne ?

J'avais décidé de jouer franc jeu avec elle, alors j'ai hoché la tête.

– Ça te fait peur ?

– Non. C'est plutôt sain, de prendre soin de sa santé mentale.

Elle a émis une sorte de reniflement dédaigneux.

– Si tu le pensais vraiment, alors tu aurais déjà consulté pour ton anxiété.

Elle a bondi sur ses pieds et a passé une main dans ses cheveux, nerveuse.

– Tu sais quoi ? Tu devrais rentrer chez toi. Te faire venir ici, ce n'était pas une bonne idée.

Je me suis redressé à mon tour. Le temps des confidences était bel et bien révolu.

– Attends, Armelle...

– Je veux que tu partes. C'est clair ?

L'Armelle de tous les jours était déjà intimidante. Mais l'Armelle en colère devenait carrément... *terrifiante.*

– Non.

– Non ?

J'ai pris une grande inspiration et j'ai revêtu un masque de confiance. Il en fallait beaucoup pour ce que je m'apprêtais à dire.

– Tu m'as invité chez toi pour que j'écrive. Alors je vais écrire.

– J'ai dit que...

– Tu es mon mentor en écriture, oui ou non ?

Silence.

– Tu ne peux pas te défiler quand ça te chante. Nous avons un engagement. Et tu te dois de le respecter, que ça te plaise ou non.

Elle m'a observé avec des yeux ronds pendant que je reprenais mon souffle. C'était la première fois que je m'opposais à Armelle. Je m'attendais à ce qu'elle me hurle dessus. Qu'elle me traîne dehors par la force – elle en était capable.

Mais elle n'a rien fait de tout ça.

Elle s'est contentée d'acquiescer, le visage grave.

Alors je me suis installé sur son lit, et j'ai caché le tremblement de mes jambes sous une couverture.

Et j'ai commencé à écrire.

Séance de psychiatrie 6

Armelle

– Et comment votre mère réagit-elle à tout ça ?

– Elle fait l'autruche, comme d'habitude. Elle est très douée pour faire semblant, je dois le reconnaître. Exactement comme pendant le divorce. Elle prétendait que tout allait bien dans le meilleur des mondes, ne s'autorisait jamais à verser une larme. Et elle refusait catégoriquement d'en discuter. Même quand mon père a annoncé qu'il allait se remarier, elle n'a eu aucune réaction.

– C'est sans doute un moyen pour elle de se protéger.

– Mouais. Si vous le dites.

– Et comment vous sentez-vous vis-à-vis de cela ?

– Je m'en tape royalement.

– Votre colère laisse plutôt entendre que cette situation vous affecte. Aimeriez-vous parler davantage de votre maladie avec elle ?

Soupir.

– À quoi bon ? Elle ne me comprendrait pas. Personne ne le peut.

– Vous devriez lui laisser une chance. Les gens peuvent parfois nous surprendre.

– Mais la plupart du temps, ils continuent de nous décevoir, encore et encore.

Chapitre 32

Je pensais ne jamais réussir à me concentrer avec Armelle à côté de moi qui dansait, fumait et enchaînait les disques comme s'il ne lui restait qu'une soirée à vivre. Mais contre toute attente, elle avait raison : changer d'environnement m'avait été bénéfique, et je suis très vite parvenu à taper des pages et des pages, si bien que je n'ai même pas remarqué que la nuit était tombée, avant que Steven frappe à la porte.

– *Hi*, Noah ! Tu es toujours là ?

– Il reste dormir, a répondu Armelle à ma place.

J'ai écarquillé les yeux, à la fois surpris et ravi. La tension qui planait entre nous depuis que nous avions abordé le sujet des idées suicidaires semblait s'apaiser un peu. J'étais bien décidé à obtenir des réponses, mais je ne voulais pas la brusquer non plus. *Chaque chose en son temps.*

– *Fine*. Un petit remontant ?

Il a passé le bras à travers le chambranle de la porte, dévoilant un plateau garni d'énormes brownies encore chauds. Une douce odeur de chocolat fondu m'a enveloppé et m'a réchauffé, comme si on avait posé une grosse couverture sur mes épaules.

– Super. Tu peux les poser ici.

Elle a désigné le sol d'un geste pressé. Steven, sans doute habitué au caractère expéditif d'Armelle, ne s'en est pas offusqué. Il a déposé le plateau à même le sol, sans émettre le moindre commentaire sur le bazar monstrueux, l'odeur de fumée ou la musique poussée à un volume plus qu'inconvenant, en considération de l'heure avancée. Il nous a même offert un grand sourire en prime au moment de refermer la porte. J'ai aussitôt revu mon opinion sur Steven, qui venait de gagner une bonne centaine de places dans le *palmarès des gens les plus cool que j'ai rencontrés au cours de ma vie.*

– Il se comporte tout le temps comme ça. Comme si... il avait quelque chose à se reprocher. C'est très étrange.

– Il aimerait que tu l'apprécies. Pour faire plaisir à ta mère, peut-être ?

Armelle a gloussé et a baissé le volume du tourne-disque.

– Qu'est-ce qui te fait rire ?

Elle a avalé deux grandes rasades de vin rouge (une bouteille d'exception chipée dans la cave de Steven) avant de trancher :

– Je n'ai pas envie de parler d'elle. J'ai des choses plus urgentes à faire.

Elle s'est allongée en face de moi et a entrepris de plonger le nez dans ses fiches de cours.

– Je peux t'aider à réviser, si tu veux ? j'ai proposé.

– Si tu as du temps à perdre...

Elle a poussé son classeur vers moi, et je l'ai ouvert. La première page était intitulée : « Cours d'introduction à la philosophie ». J'ai commencé à lire à voix haute le début du cours :

– « La philosophie est souvent définie comme “la recherche de la vérité”. Cependant, il est important de noter que la vérité en philosophie est complexe et multifacette. La philosophie ne se limite pas à répondre à des questions simples, mais plutôt à explorer les nuances et les ambiguïtés de la vie humaine. Un des concepts clés en la matière est celui de l'ontologie, qui se concentre sur la nature de l'existence et de l'être. Les ontologues traitent des questions telles que : qu'est-ce que l'existence ? Et comment pouvons-nous être sûrs de ce qui existe ? »

Je me suis interrompu, sonné.

– C'est... euh...

– Ça donne envie de se mettre un flingue dans la bouche, a complété Armelle en finissant son verre cul sec.

Avec la conversation que nous venions d'avoir, sa tirade a pris un sens plutôt littéral.

– Je ne l'aurais pas formulé comme ça, mais... oui.

– Je ne sais pas ce qui m'a pris de me réinscrire en licence de philo. Je hais tout ça.

Elle a repoussé le classeur et s'est allongée sur le dos, les jambes en l'air.

– Tu pourras toujours te réorienter l'année prochaine.

Elle a fait mine d'inspecter le vernis écaillé sur ses orteils, une moue boudeuse collée sur le visage.

– Non. Ce n'est pas la philosophie que je hais, c'est le système scolaire tout entier. Il ne prend pas en compte la singularité, les aspirations et les besoins individuels de chaque élève. On nous traite comme du bétail. Même le bétail n'a jamais connu l'humiliation de recevoir une sale note à un devoir qu'il a passé le week-end à rédiger.

– Il a d'autres problèmes.

– Certes. Et je ne parle même pas des professeurs, avec leur ego surdimensionné et leur arrogance qui suinte par tous leurs pores imbibés de caféine. Ils prennent un plaisir sadique à démonter les rêves des étudiants par peur que l'un d'entre eux accomplisse quelque chose d'extraordinaire qu'ils n'ont jamais eu le cran de faire. Et pourtant, nous sommes condamnés à apprendre par cœur leur enseignement puis à les laisser décider de notre avenir et de notre réussite, sans jamais nous plaindre ni émettre la moindre contestation. C'est tellement injuste.

Armelle avait la fâcheuse tendance à trouver des injustices là où il n'y en avait aucune. Mais cette fois-ci, j'étais plutôt d'accord avec elle. Au lycée, les professeurs se préoccupaient de notre réussite. Maintenant, c'était tout le contraire. Sous prétexte que nous étions majeurs depuis quelques mois, ils usaient de leur réplique favorite, « Vous êtes adultes », pour se décharger de toute responsabilité.

– Ils sont dépassés, j'ai objecté. Avec leur salaire de misère, ils n'ont aucune envie de s'investir. C'est compréhensible. Et puis, tous les profs ne sont pas si détachés. Certains sont géniaux.

– Pourquoi t'es si indulgent ?

– J'essaie de me mettre à la place des autres.

Armelle a laissé tomber ses jambes sur le lit. Elles ont rebondi deux fois, avant de s'immobiliser totalement.

– Tu sais, avant, je ne jurais que par les *bad boys*. Genre Edward dans *Twilight*. Je ne regardais que des films avec un beau gosse torturé, qui aurait préféré mourir dans d'atroces souffrances plutôt que d'ouvrir son cœur. Mais depuis que je t'écoute parler, avec tellement d'empathie et de gentillesse, je suis en train de changer d'avis. La gentillesse *est* sexy. *Tu* es sexy.

J'ai ignoré mon cœur qui faisait un salto arrière dans ma poitrine.

– Tu es devenu muet ? s'est amusée Armelle en remplissant à nouveau son verre.

Elle a rejeté ses cheveux derrière ses épaules, espiègle. Il n'existait personne de plus vif, malicieux et incorrigible qu'elle. Elle ne pouvait pas s'empêcher de troubler ses interlocuteurs. Elle ne cherchait pas à gagner, mais adorait tricher quand même. Et moi, je tombais dans le panneau à chaque fois.

Le rire d'Armelle m'a réchauffé le cœur. Elle s'est tournée sur le ventre et a récupéré son classeur.

– C'est peine perdue, elle a soupiré, redevenue grave.

– Ne dis pas ça. Il te reste encore quelques examens à passer. Tu pourrais être surprise.

Elle a balancé une copie double froissée sur mon clavier d'ordinateur. En haut, le sujet questionnait : « Peut-on être insensible à l'art ? » L'écriture ronde et hachurée d'Armelle noircissait le reste de la page.

– La note de ma dernière dissertation.

– 5/20. « Problème de méthode », j'ai cité.

– Je suis contre la thèse, l'antithèse et la synthèse. J'ai mon avis, et je m'y tiens. Je me suis entretenue avec trois professeurs pour essayer de les convaincre de changer de procédé, mais... sans succès.

Je n'ai pas pu m'empêcher de rire. Ça ressemblait tellement à Armelle.

– Tu aurais dû t'inscrire en philosophie, elle a continué. Tu aurais adoré. Aucune certitude. Des questions qui cachent d'autres questions. Parfois, je me dis qu'il est préférable de ne pas trop s'en poser.

Elle s'est relevée brusquement, comme possédée par le diable, et a vidé le cendrier dans la poubelle. Sa main a agrippé mon poignet. Malgré la température de la pièce qui pouvait concurrencer sans mal celle d'un sauna, sa peau était gelée.

– Viens. J'ai autre chose à te montrer.

Liste des choses que j'aime

Les salles de cinéma (climatisées)
Le confinement (surtout le 1er)
Les livres (féministes)
Les films (féministes)
Les séries télé (n'importe lesquelles)
Les discussions profondes
Faire changer quelqu'un d'avis
Les manifestations
La cigarette
La bière
La philosophie (parfois)
Écrire des listes
Les chansons de rupture
Pleurer
L'art abstrait
Les biographies
Les tarentules
Noah (souvent)

Chapitre 33

Armelle m'a entraîné au grenier, aménagé en véritable atelier d'artiste. J'ai avisé les chevalets, les tubes de peinture, les palettes enduites d'un tas de couleurs séchées qu'on n'avait pas pris la peine de nettoyer, la multitude de pots remplis de pinceaux et de crayons. Sur les étagères s'empilaient des poteries de toutes les tailles et de toutes les couleurs. L'unique velux était entrouvert, sans doute pour aérer les lieux, mais pas assez pour dissiper les effluves de gouache qui imprégnaient l'air. Des toiles s'accumulaient partout, formant des tours bringuebalantes. D'instinct, je m'y suis senti à l'aise. Tout ici appelait à la création.

– Je ne savais pas que tu aimais peindre.

– Je viens souvent ici pour tuer le temps pendant mes insomnies. Et puis, ma psy m'a conseillé d'extérioriser mes émotions négatives. De les transformer en quelque chose de palpable.

J'ai fait un tour sur moi-même pour considérer l'ensemble de la pièce et le fouillis qui s'y trouvait.

– Celles-là, elles sont de moi.

Elle a désigné le mur droit, recouvert de toiles immenses. Les couleurs sombres dominaient et se mélangeaient en grosses taches indistinctes qui ne représentaient rien. Rien de concret, du moins. Et pourtant, l'ensemble formait un tout cohérent, à la fois oppressant et intrigant. De l'autre côté, on trouvait des toiles plus petites mais lumineuses, qui représentaient des scènes de vie quotidienne avec un réalisme saisissant.

– Les créations de ma mère, a lâché Armelle alors que j'observais un tableau représentant une jeune laitière en plein travail. Elle peint depuis toute petite. Dommage qu'elle n'ait jamais eu le courage de lâcher son boulot de secrétaire pour se lancer à plein temps. Elle a énormément de talent.

– Elle aurait aimé être peintre ?

Armelle a haussé les épaules.

– Elle dit que non. Que son travail actuel lui convient très bien. Mais je ne peux pas croire qu'on puisse aimer s'enfermer dans un bureau et trier de la paperasse toute la journée quand nos mains sont capables de créer ça.

Elle a désigné les toiles de sa mère d'un geste las.

– Le pire, c'est que je suis persuadée qu'elle croit dur comme fer qu'elle n'a aucun avenir là-dedans. Elle se compare sans arrêt aux grands noms de la peinture. Quand quelqu'un lui demande si elle aime dessiner, tu sais ce qu'elle répond ? « Je gribouille. » Comme si son travail à elle ne valait rien. Mais le monde de l'art est grand. Il y a de la place pour chacun, et un œil peut admirer des millions de toiles en une vie. Je ne comprends pas pourquoi elle se sabote comme ça.

Je ne connaissais pas suffisamment sa mère pour donner mon avis, alors je n'ai rien répondu.

– Tu peux t'asseoir ici, a-t-elle fait en me désignant un petit tabouret dans l'angle.

Je me suis exécuté, un peu intimidé. Je venais de découvrir une nouvelle facette de la personnalité d'Armelle, et celle-ci me paraissait encore plus intime que sa chambre. Elle s'est installée derrière un chevalet, s'est emparée d'un gros pinceau biseauté et s'est mise au travail. Je l'ai regardée faire, fasciné. Au bout de quelques minutes à peine, elle semblait avoir oublié jusqu'à mon existence. Je me demandais comment elle arrivait à peindre tout en sachant que j'avais les yeux braqués sur elle : quand quelqu'un passait derrière mon ordinateur lorsque j'écrivais, même en coup de vent, je m'empressais de cacher l'écran, épouvanté à l'idée qu'on puisse décrypter une phrase.

Je ne connaissais rien à l'art abstrait, et je crois qu'Armelle non plus. Elle aimait juste travailler la matière, mélanger les couleurs et jouer avec les textures. Laisser le pinceau glisser sur la toile et esquisser des formes indistinctes. Quand je l'ai interrogée à ce sujet, elle n'a pas hésité à me livrer le fond de ses pensées :

– Je ne peins pas pour créer du beau. Je peins pour m'apaiser. Tout ça... (elle a désigné la multitude de toiles peinturées dans l'atelier), ça n'a pas besoin d'avoir du sens.

J'ai trouvé très admirable d'être capable de lâcher prise totalement, et de ne pas porter de regard critique sur ses œuvres. Moi, il ne m'était jamais venu à l'idée de dessiner pour le plaisir. D'ailleurs, je n'en tirais aucun, car le résultat n'était jamais à la hauteur de mes espérances. Je méprisais mes gribouillis informes, mes visages disproportionnés et mes paysages fades et lisses. Armelle ne nourrissait pas les mêmes scrupules.

Elle a continué à peindre une bonne partie de la nuit. Je crois que j'ai fini par m'assoupir car quand j'ai rouvert les yeux, le soleil était levé et diffusait une douce lumière à travers le velux. Armelle était toujours derrière son chevalet, même si le tableau n'était plus le même. Elle semblait infiniment triste et son visage avait cet air égaré, comme si elle attendait que quelque chose se produise, en vain. Je me suis posté derrière elle.

– Tu es toujours là, elle a murmuré.

– Bien sûr. Où tu voulais que je sois ?

Cette réponse a paru la satisfaire, car ses épaules se sont relâchées et ses paupières se sont faites tombantes.

– Tu devrais aller dormir.

Je l'ai raccompagnée jusqu'à sa chambre. Elle tenait à peine debout, et sa peau avait pâli. Je ne m'étais pas rendu compte qu'elle était aussi exténuée. Elle a tiré le tiroir de la commode avant d'attraper une boîte de médicaments et d'avaler deux gélules d'un coup. Puis elle s'est laissée tomber sur le lit et s'est glissée sous la couette, la rabattant sur son menton.

– Noah ?

Je me suis approché, mais elle s'était déjà endormie.

Séance de psychiatrie 7

Armelle

– Je me sens inutile. Vous savez, je passe mon temps à observer la route qui borde l'immeuble de Noah, depuis sa fenêtre. Je compte les voitures. J'essaie de deviner la couleur de la carrosserie avant qu'elles n'apparaissent dans mon champ de vision. Elles sont toujours là, à n'importe quelle heure du jour ou de la nuit.

– Et quel sentiment cela vous procure-t-il ?

– Je... je me sens mal.

– Mais encore ?

– J'ai l'impression que mon existence n'a aucun sens. Que je suis inutile. Le monde continuera de tourner, avec ou sans moi. Dans ces moments-là, c'est à peine si j'existe. Alors, à quoi bon ? Toutes ces questions sans réponses... C'est perdu d'avance.

– Je ne suis pas d'accord.

– Ah oui ? Vous avez un contre-exemple, je suppose ? Comme toujours.

– En effet. J'envisage la vie... comme un puzzle.

– Un puzzle ?

– Au début, il est impossible de trouver son sens. Toutes les pièces sont mélangées. Vous êtes bloquée à cette étape-là. Et l'ampleur du travail vous tétanise.

Silence.

– Mais, au fur et à mesure, quand vous assemblerez les morceaux, vous commencerez à y voir plus clair. Ces fragments de couleur et de matière créent du sens. Ce n'est qu'à la fin, quand vous posez la toute dernière pièce, que le tableau se révèle enfin.

– Je ne vois pas le rapport avec moi.

– Vous devez faire le ménage dans votre esprit. Comment composons-nous un puzzle ?

– En commençant par les bords ?

– Exactement. Une pièce après l'autre. Ne soyez pas trop dure avec vous-même. Une étape après l'autre. Le ciel se dégagera. Et vous serez capable d'y voir la beauté.

Silence.

– Vous êtes poétesse pendant votre temps libre, non ?

JANVIER

Chapitre 34

Depuis qu'Armelle m'avait invité chez elle, nous étions encore plus proches. Comme si une barrière invisible s'était écroulée. Je percevais davantage la vraie Armelle derrière cette carapace de colère et d'ironie. De fait, elle avait pris l'habitude de dormir chez moi à l'improviste. En réalité, elle ne dormait pas. Elle fumait, les genoux repliés contre sa poitrine, perchée sur un petit tabouret près de ma fenêtre. On ne parlait pas. Et moi, je me demandais à quoi elle pensait. Parfois, j'osais même l'interroger. Elle m'offrait toujours un sourire énigmatique et répondait *plein de trucs*. Alors je finissais par m'endormir, tiraillé par mes éternelles questions. Quand je me réveillais, généralement, elle n'était plus là.

Ça m'effrayait. J'avais l'impression de l'avoir rêvée.

J'ai scrollé les stories Instagram sur mon téléphone, jusqu'à tomber sur celles de Dario, où on le voyait jouer au bowling avec un type de sa promotion. Mon cœur s'est serré. Mon meilleur ami me manquait terriblement. Face à son mutisme, j'avais arrêté d'envoyer des messages. Nous n'étions jamais restés fâchés aussi longtemps, et nous avions fêté le Nouvel An chacun de notre côté pour la première fois depuis très longtemps.

J'ai verrouillé mon téléphone dans un soupir et ai reporté mon attention sur Armelle.

– Qu'est-ce que tu regardes ?

– Les gens. Ils se ressemblent tous.

Je m'étais fait la même réflexion. Je commençais à apprécier mon petit appartement au sixième étage. J'aimais prendre de la hauteur. Sur les passants. Sur le sol. Sur le monde. Mais généralement, je me lassais de ce petit jeu d'analyse en dix ou vingt minutes. Pas Armelle. Elle restait là des heures, immobile, silencieuse.

– Qu'est-ce que tu cherches ? j'ai demandé.

Elle a haussé les épaules.

– Je ne sais pas. Quelque chose qui sorte de l'ordinaire. Quelque chose qui m'interpelle.

Elle a resserré le plaid autour d'elle.

– Mais rien ne change. Les voitures n'arrêtent jamais de rouler sur cette putain de route. Tous les jours.

Je ne comprenais pas pourquoi ça la mettait dans un tel état. J'ai essayé d'être optimiste.

– Je trouve rassurant que certaines choses ne changent jamais. On a besoin d'un peu de stabilité dans la vie, non ?

Elle n'a pas répondu.

– Pourquoi tu restes ici si le paysage te déprime autant ? j'ai insisté.

– Parce que j'ai espoir que ça change !

Elle avait crié. Elle s'est allumé une cigarette, les doigts tremblants.

– J'ai espoir de trouver ce que je cherche, elle a repris avec douceur.

– Comment veux-tu trouver si tu ne sais pas ce que tu cherches ?

– Je le saurai quand je le verrai.

Je me suis allongé sur le lit, les pieds dans le vide. Quand Armelle devenait silencieuse, je me faisais tout petit. J'avais le sentiment que le moindre faux pas entraînerait un cataclysme. Mais pas aujourd'hui. Je me suis relevé et j'ai claqué la fenêtre.

– Je sais ce dont tu as besoin.

Elle a haussé un sourcil provocateur et un brin moqueur. *Un défi*. J'avais intérêt à me montrer à la hauteur.

– Ah oui ? elle a lancé d'un ton traînant.

– Oui. Tu as besoin de réponses à tes questions. Alors allons trouver quelque chose de concret, juste toi et moi.

Elle m'a dévisagé, les yeux écarquillés. Ça ne me dérangeait pas. Je ressentais même une pointe de fierté à la surprendre. Armelle m'aidait à travailler sur ma timidité et, malgré ses méthodes douteuses de coach en écriture, la rédaction de mon manuscrit avançait bien. Elle avait été là quand j'en avais besoin. À moi de lui rendre la pareille.

Elle a jeté un coup d'œil sur son téléphone à l'écran fracassé.

– Mais… il est 1 h 12.

– Et alors ?

– Tu as cours demain matin. Tu voulais être plus assidu, tu te souviens ?

– Ça, c'est mon problème.

Elle a froncé les sourcils.

– Qu'est-ce que tu manigances ?

– Je te propose une petite balade nocturne. Je croyais que tu adorais ça ?

Je l'ai tirée par le bras. Je me sentais d'humeur courageuse. Et il fallait une sacrée dose de courage pour faire face à une Armelle taciturne. Après de longues minutes de négociations et de soupirs, elle a concédé à me suivre dehors, les pieds traînants. J'ai tiré ma fermeture Éclair jusqu'au menton pour me protéger du froid cinglant. Armelle a enroulé son écharpe en laine autour de sa nuque, avec l'allure débraillée d'un ours qu'on aurait tiré de force de son hibernation. J'ai sorti mon téléphone portable et lancé l'application qui allait, je l'espérais, lui redonner le sourire.

– Qu'est-ce que tu fabriques ?

– On va jouer à Géocatching. Tu connais ?

Elle a secoué la tête et j'ai cru voir une étincelle d'intérêt s'allumer dans ses prunelles sombres. J'ai réfléchi à la meilleure formulation possible pour rendre le jeu plus attractif qu'il ne l'était vraiment.

– C'est comme... une chasse au trésor géante. Des caches sont dissimulées partout autour de nous. Et nous allons les trouver.

Je l'ai prise par la main. Ses doigts étaient gelés. L'idée de la chasse au trésor ne l'enthousiasmait pas, mais elle a quand même fait l'effort de m'accompagner sans émettre la moindre plainte. Nous avons suivi le premier point lumineux sur l'écran qui nous a conduits au parc Blandan, à dix minutes de marche de ma résidence. Des types squattaient les bancs qui bordaient l'entrée, mains dans les poches, à attendre je ne sais quoi.

– La cache est quelque part par ici, j'ai annoncé.

Mes doigts étaient tellement gelés que j'arrivais à peine à zoomer sur l'écran de mon téléphone.

– D'accord, elle a dit en roulant des yeux.

Armelle s'est mise à inspecter les renfoncements du muret tandis que j'avisais les bacs à fleurs, poteaux électriques et poubelles. Les types avachis sur les bancs se sont mis à ricaner en observant notre manège. Je commençais à désespérer quand une exclamation joyeuse m'a incité à relever la tête.

– Noah ! J'ai trouvé quelque chose !

Je me suis précipité vers elle. Elle a brandi un tube gris de la taille de sa paume au-dessus de sa tête, victorieuse.

– Il était calé entre deux dalles de pierre.

– Bravo !

– Et maintenant ? Qu'est-ce qu'on fait ?

J'ai ouvert la cache et déplié le rouleau de papier qui y était dissimulé. Il s'agissait d'une liste de noms, accompagnés de dates. La plus ancienne remontait à 2007.

– Il y a tant de personnes qui participent à ce jeu ? s'est exclamée Armelle.

Le froid colorait ses joues. Elle était diablement belle.

– À nous de laisser notre trace.

J'ai sorti un stylo de ma poche et j'ai écrit mon prénom. Armelle m'a imité, grelottante. On est restés là un long moment, à lire les signatures de toutes les personnes qui nous avaient précédés, à classer les prénoms selon notre ordre de préférence et à nous moquer de ceux qui étaient désuets. Une étrange émotion m'a enveloppé. Je me sentais lié à ces inconnus, d'une façon qu'il m'était difficile de décrire. Nous partagions le même secret. Et nous avions su explorer et trouver, là où les autres ne voyaient rien. J'ai songé à tous ces gens qui passaient et repassaient devant la cache sans jamais l'apercevoir. J'avais l'impression de détenir tout le savoir du monde, alors qu'il ne s'agissait en réalité que d'un bout de papier enveloppé dans un tube en plastique. Après une rapide recherche sur l'application, j'ai appris que les utilisateurs surnommaient les non-initiés les Moldus, en référence à *Harry Potter*, et je me suis fait la réflexion que c'était vachement bien trouvé ; un univers parallèle, dont les humains n'ont même pas conscience, pourtant juste sous leurs yeux. Armelle a serré le tube dans sa paume avec une certaine tendresse, et j'ai su qu'elle ressentait la même chose que moi.

Sa tête s'est posée dans le creux de mon épaule. Nous étions tous les deux frigorifiés, mais pour rien au monde je n'aurais voulu être ailleurs. J'ai fermé les yeux pour m'imprégner de cette atmosphère si particulière. Une profonde nostalgie m'a envahi, et ma poitrine s'est serrée.

Mono no aware (japonais, n.) : Mélancolie que l'on éprouve en prenant conscience que toute chose est éphémère.

Le moment m'a filé entre les doigts. Armelle s'est éloignée, et une sensation glaciale a remplacé le contact de sa joue contre ma veste. Mais le sourire en coin qu'elle affichait a balayé ma mélancolie.

– Merci. Tu avais raison.

Elle s'est levée. Son nez avait rougi.

– C'est exactement ce dont j'avais besoin.

Elle rayonnait. Et savoir que j'étais responsable de ce bonheur me comblait. Elle m'a donné une tape sur l'épaule.

– Alors, tu viens ? On a d'autres caches à trouver !

On a enfourché une trottinette électrique et on est partis à l'aventure, excités comme des gosses. L'application nous a trimbalés sur les pentes de la Croix-Rousse jusqu'à la presqu'île. On a exploré la place des Terreaux de long en large en passant par l'île Barbe et le parc de la Tête-d'Or, pour finir juste à côté de l'université, où une cache était aimantée en dessous de la boîte aux lettres. Je passais devant tous les jours et ne m'étais jamais douté que quelque chose s'y dissimulait. Je me sentais invincible d'avoir découvert ce mystère. Assis sur un trottoir, pelotonnés l'un contre l'autre pour nous tenir chaud, nous avons attendu le Uber qui ramènerait Armelle chez elle. Le froid l'empêchait d'allumer son briquet et elle a renoncé à fumer avec un grognement de frustration. Je me suis moqué d'elle, et elle m'a lancé une bourrade puis s'est blottie à nouveau contre moi. Quand son Uber est arrivé, je l'ai regardée partir, le cœur léger.

En français, quand on aime quelqu'un, on est amoureux. En arabe, en revanche, il existe une multitude de mots pour qualifier différents types d'amour. *Alkhoulla* pour une amitié amoureuse, *alta'abboud* pour un amour addictif, *allad'* pour un amour brûlant, *alwasb* pour un amour tellement passionné qu'il en devient douloureux, *alfana* pour un amour à mourir, *allam* pour un amour à en perdre la raison.

Mon amour pour Armelle était un condensé de tout ça.

Carnet de poésie de Noah

On a dansé
On a fumé
Dans cet appartement
Aux mille nuances colorées
On a bu
On a ri
C'était simple
Je n'ai jamais autant aimé la simplicité
Que dans tes bras

Séance de psychiatrie 8

Armelle

– Comment allez-vous, aujourd'hui ?

– Je... pas très bien. J'ai recommencé à... vous savez.

– Je vois. Et comment vous êtes-vous sentie, après ça ?

– Mal, évidemment. Vous en avez d'autres, des questions stupides ?

Silence.

– E... excusez-moi. Toujours cette foutue agressivité.

– Pas de problème. Vous avez envie d'arrêter de vous faire du mal, n'est-ce pas ? C'est ce que vous m'avez dit pendant notre dernière séance.

– Oui, bien sûr, mais... ce n'est pas facile.

– En effet. Pour vous aider, il serait judicieux de réussir à identifier vos facteurs déclencheurs. Quand vous êtes-vous brûlée pour la dernière fois ?

– À Noël.

– Comment vous sentiez-vous, à Noël ?

Silence.

– Est-ce que vous vous rappelez les exercices de stimulation sensorielle dont nous avons parlé ?

Haussement d'épaules.

– Armelle ?

– Je ne me souviens plus vraiment, non.

– La prochaine fois que vous aurez envie de vous faire du mal, j'aimerais que vous preniez un glaçon dans la main et que vous le serriez.

– J'ai déjà essayé. Ça ne marche pas.

– Alors nous devons opérer différemment. Je vous propose d'emporter partout une sorte de... trousse d'urgence. Elle doit contenir des objets vous permettant de vous changer les idées, de vous détendre et de vous empêcher de vous faire du mal. Une peluche, une photo, un souvenir... n'importe quoi. Dès que vous vous sentirez sur le point de faire une bêtise, je veux que vous ouvriez cette trousse et que vous vous concentriez sur toutes les émotions positives que ces objets suscitent en vous. Vous pensez que vous pouvez faire ça pour moi ?

Silence.

– Armelle ?

– Je peux essayer.

Chapitre 35

L'amphithéâtre D était universellement considéré comme le pire de la faculté. Situé au sous-sol, privé de fenêtres et donc de lumière naturelle, il s'apparentait à une grotte hostile. Son enfoncement dans les tréfonds de la terre empêchait toute utilisation de la 4G qui aurait pu offrir quelques précieuses secondes de divertissement entre deux prises de notes. Le mobilier délabré et les dessins obscènes gravés un peu partout achevaient d'offrir à la pièce une ambiance sordide. Une heure à barboter en ces lieux suffisait à arracher aux étudiants toute joie de vivre. Autant dire qu'après trois heures de droit constitutionnel dans cet enfer, je n'étais pas au meilleur de ma forme. À côté de moi, Willan tapait sur le clavier de son ordinateur, les yeux vitreux, comme hypnotisé. Tous les élèves affichaient le même air absent.

Flippant.

Pour couronner le tout, les bancs de l'amphi n'avaient jamais été aussi vides. Plus de la moitié des étudiants de première année avaient déjà abandonné ou s'étaient réorientés. À l'instar de Léon, qui avait pris la décision d'arrêter la fac pour travailler.

À force d'enchaîner les heures de cours, l'attention diminuait. Le débit des profs, en revanche, restait le même, à savoir humainement impossible à suivre. Parfois, mon cerveau se mettait à divaguer et des questions existentielles auxquelles je n'avais aucune envie de répondre m'assaillaient.

Pourquoi suis-je ici ?

Pourquoi avoir choisi le droit ?

Je n'ai aucun projet de carrière.

À quoi bon ?

Est-ce que tout ceci a un sens ?

Je n'arriverai jamais à tout retenir.

Je vais rater mon année.

J'étais tellement désespéré que j'ai fini par lâcher l'affaire et reprendre l'écriture de mon roman. Malheureusement, mon réservoir à concentration avait été siphonné par le prof jusqu'à la dernière goutte, et je ne suis parvenu qu'à pondre quelques phrases inintéressantes. La mort dans l'âme, j'ai supprimé le paragraphe que je venais de rédiger.

– Je crois que je vais sécher le prochain cours, j'ai lâché.

Pourtant, l'histoire du droit était une de mes matières préférées. Mais, dans cet amphithéâtre de l'horreur, les plaisirs se transformaient en cauchemars.

– Je te suis, a répondu Willan, sans hésitation.

On a attendu l'intercours pour se réfugier dans la cafétéria.

– Un double expresso et un cookie tout chocolat XL, s'il vous plaît.

La serveuse, une grande femme âgée aux joues rebondies, m'a ausculté de la tête aux pieds.

– Dure journée, hein ?

Je n'ai pas répondu immédiatement. Je n'avais plus l'habitude que d'autres humains fassent preuve de compassion envers moi. La fatigue extrême combinée au désespoir m'a rendu émotif, et j'ai dégluti pour ravaler le sanglot qui me bloquait la gorge.

– Vous n'imaginez pas à quel point.

La serveuse – qui s'appelait Proserpine, d'après le badge agrafé à son tee-shirt – a posé les mains sur ses hanches.

– Amphi D ?

Willan a hoché la tête, l'air grave.

– Amphi D.

Proserpine a répondu à son hochement en plissant les lèvres dans une moue fataliste. Elle s'est détournée pour préparer nos expressos. Au moment de payer la commande, elle a secoué la tête.

– Offert par la maison.

Cette fois, j'ai dû m'enfuir en courant pour que personne ne soit témoin de mes larmes. *Putain d'émotivité.* Willan m'a rejoint avec le plateau, livide. Même ce cadeau n'était pas suffisant pour lui redonner des couleurs.

– Cette serveuse m'a donné envie de chialer, il a lancé en mordant dans son cookie.

Savoir que je n'étais pas le seul étudiant sur les nerfs m'a rassuré un peu. *Tu es tout à fait normal, Noah.*

D'un commun accord, nous avons décidé de ne plus remettre un pied dans l'amphithéâtre D de la journée. À la place, nous sommes restés à la cafétéria pour relire nos cours. Les partiels du premier semestre étaient derrière nous, mais nous n'étions jamais à l'abri d'un examen surprise. Et puis, la quantité d'informations à retenir était telle que le concept de « semaine de révision » était totalement obsolète. En droit, les révisions, c'était chaque jour.

Willan épluchait ses différents devoirs en grommelant. Depuis le début de l'année, il pouvait compter ses notes au-dessus de la moyenne sur les doigts d'une main. Pourtant, contrairement à moi, il se tuait au travail et ne manquait presque jamais les cours. Ça m'a fait de la peine, de comprendre que les efforts ne sont pas toujours récompensés.

Armelle nous a rejoints vers 17 heures, juste après son cours de philosophie des religions, pendant que Willan me montrait une vidéo de son dernier match de hand. Il en jetait. Sa sportivité m'impressionnait, même si, personnellement, je considérais l'absence de cours de sport obligatoires dans les études supérieures comme la plus belle réussite de l'Éducation nationale.

– Tu as l'air déphasé, j'ai lancé en la voyant arriver à notre table, les yeux mi-clos.

– Parle moins fort, je viens de me réveiller.

La trace de sa main contre sa joue en témoignait.

– Quelle journée de merde, elle a lâché.

– Un peu de compassion pour ceux qui viennent de passer trois heures dans l'amphi D, est intervenu Willan en verrouillant son téléphone.

Armelle a abdiqué.

– Pardon.

Il était si rare de voir ces mots sortir de sa bouche que je me suis redressé d'un coup, comme piqué par une guêpe.

– Je passe mon temps à me plaindre.

Elle s'est tournée vers moi et ses yeux se sont faits suppliants.

– Tu vas me prendre pour une folle. Parfois, je peux fondre en larmes en croisant un sans-abri dans le métro ou un cadavre de hérisson ratatiné sur une bordure d'autoroute. Je ne pourrais même pas expliquer ce qui me rend malheureuse, Noah. Je suis peut-être déprimée.

– Tu n'es pas déprimée.

– Ah oui ?

– Enfin, peut-être. Mais ce que tu décris... m'évoque autre chose.

– Laisse-moi deviner : un autre de tes mots intraduisibles ?

Weltschmerz (allemand, n.) : Tristesse éprouvée lorsque l'on pense aux misères du monde.

– Ça ressemble vachement à une déprime, est intervenu Willan.

Armelle a trifouillé dans son sac puis en a sorti une longue trousse rouge couverte d'autocollants et de gribouillis. Ses mains ont plongé à l'intérieur.

– Tu cherches quelque chose ? j'ai demandé.

– Pas tes affaires.

– C'est quoi, cette trousse ?

– Toujours pas tes affaires, Noah.

Et puis soudain, Dario est apparu devant le comptoir. Il commandait son fameux cappuccino supplément chantilly chocolat fondu.

– Merde, voilà Dario, j'ai glissé.

– *Merde* ? a répété Willan. J'ai loupé un épisode ? On parle bien de ton meilleur ami depuis l'école primaire ?

Devais-je me lever pour le saluer, ou attendre qu'il vienne à moi ? Heureusement pour moi, je n'ai pas eu à trancher : il a récupéré sa commande et a quitté la cafétéria sans un regard dans notre direction.

– Tu dois te réconcilier avec lui, a décrété Armelle.

– Comment tu sais que nous nous sommes embrouillés ?

– Tu ne vas plus à la boulangerie avant les cours. C'était un peu votre QG, à Dario et toi.

J'étais flatté qu'elle ait remarqué ce détail.

– C'est à lui de s'excuser.

– Tu déconnes ? Tu comptes vraiment te cacher derrière ton ego ?

– Dario m'a blessé.

– Et je suppose que tu l'as blessé également. C'est le sens du mot « dispute ».

Je me suis résolu à tout leur relater. La façon dont je l'avais délaissé ces derniers mois, et l'après-midi où il m'avait avoué qu'il avait égaré l'*Encyclopédie des mots intraduisibles*.

– Je n'arrive pas à y croire. On la documentait depuis des années !

– Tu n'as pas une copie numérique ? s'est enquise Armelle.

– Aucune. Dario ne fait pas confiance aux systèmes informatiques.

Elle a soupiré.

– Vous en rédigerez une autre. Je suis certaine qu'il reste à travers le monde des milliers d'expressions sans queue ni tête qui n'attendent que vous.

Cet optimisme était tellement rare chez Armelle que j'ai eu envie de la croire. Et soudain, les raisons de ma rancœur envers Dario m'apparaissaient floues.

– Je ne sais pas.

– Pourquoi est-ce que tu fais ça ? Pourquoi est-ce que tu t'attaches tant aux mots ?

– Pour donner du sens, j'imagine. J'ai l'impression que si une émotion ne peut pas être nommée, alors elle n'est pas réelle. « Les mots sont un réservoir philosophique qui permet de saisir ce qui n'est pas visible, une occasion de s'affranchir du destin. » C'est un type vachement intelligent qui a dit ça. Pontalis, je crois.

Elle a fait mine de réfléchir.

– Donne-moi le numéro de téléphone de Dario.

– Pourquoi ?

– Il me considère comme responsable de votre éloignement. Alors, il est de mon devoir de faire mon possible pour régler ça. Je vais organiser quelque chose. Rien que tous les trois.

– C'est une très mauvaise idée. Dario n'est pas...

– Comme moi ? elle a complété.

– Ce n'est pas ce que je voulais dire.

– Aïe, a commenté Willan.

– Oh, si. C'est exactement ce que tu voulais dire, a repris Armelle. Tu sais, je ne suis pas égocentrée au point de ne pas avoir remarqué que ton meilleur ami ne t'a jamais accompagné à une seule soirée. J'en déduis donc qu'il n'apprécie pas de vider des bières par dizaines et de danser dans des clubs bondés.

– C'est bien le problème.

– C'est tout à son honneur, a rectifié Armelle. Nous sommes différents. Pas incompatibles.

Elle a tapé à toute vitesse sur l'écran de son portable.

– Tu es sûre que...

– Est-ce que tu me fais confiance, Noah ?

Pour un type à cheval comme moi sur les définitions, « confiance » n'était pas le mot. La vérité, c'était que mes sentiments me menaient par le bout du nez et me faisaient la suivre dans n'importe quel plan. Ce n'était pas flatteur et je doutais qu'il s'agissait de ce qu'elle avait envie d'entendre, alors je me suis contenté d'un simple mais non moins sincère « oui ». Elle m'a offert un grand sourire qui dévoilait ses dents du bonheur.

– Excellent. Maintenant, tais-toi et laisse-moi gérer.

Chapitre 36

Quelques jours plus tard, Armelle a débarqué à mon appartement vers 14 heures. Dario a sonné à ma porte exactement huit minutes plus tard. J'ai tout de suite compris que c'était là une façon de marquer son mécontentement, lui qui mettait un point d'honneur à ne *jamais* être en retard. Au moins, il avait accepté de passer l'après-midi chez moi ; j'en ai conclu que je n'avais pas définitivement détruit notre amitié.

Armelle était en mode « surexcitée », à bouger partout et à se lancer dans de grands discours enflammés pour combler le silence gêné qui s'était installé. Je l'écoutais à peine, le nez plongé dans mes cours. Je devais rendre un TD pour le lendemain, une dissertation sur les sources du droit des personnes. Un sujet tout à fait vague et fade – autant dire qu'il ne m'inspirait que des idées vagues et fades. Ça faisait une semaine que je procrastinais, préférant passer mes soirées à écrire plutôt que de bûcher sur ce devoir. Ma nouvelle histoire progressait, lentement mais sûrement.

Dario écoutait Armelle avec attention en hochant la tête de temps en temps tandis qu'elle déblatérait. Je me suis surpris à penser qu'ils formaient un très beau duo : Armelle aimait parler et Dario préférait écouter. Ils ont continué comme ça un long moment, et semblaient si à l'aise l'un avec l'autre que je n'arrivais même plus à me concentrer, tant la jalousie occupait mes neurones. J'ai immédiatement culpabilisé de ne pas me réjouir de la si belle entente de mes deux amis, et j'ai fourni un gros effort pour chasser le sadique pincement qui me titillait le cœur.

– Et si on jouait à un jeu ? a dit Armelle au bout d'un moment.

Elle a commencé à fouiller dans mes placards avec la délicatesse d'un troupeau d'éléphants en rut, écrasant tout sur son passage. Mon côté maniaque m'a rappelé à l'ordre, et mes mains rangeaient au fur et à mesure qu'elle mettait le bazar.

– Je n'ai pas de jeux de société, j'ai lancé avant qu'elle ne ratatine mon appartement.

J'ai attrapé au vol une feuille qui avait glissé d'un classeur.

– Ah oui ? Et ça, qu'est-ce que c'est ?

Elle a extirpé d'un carton une boîte de Monopoly cabossée. Je ne me rappelais même pas l'avoir emporté en emménageant ici : à bien y réfléchir, ce devait être un coup de ma mère.

Dario a donné son feu vert et Armelle a commencé à installer le plateau à même le sol. J'ai haussé les épaules, fataliste, et me suis assis à côté d'elle. Dans ses bons jours, Armelle adorait lancer mille idées d'activités et organiser des jeux (encore plus s'ils comprenaient des substances illicites), et ce n'étaient pas Dario et moi qui allions nous plaindre. Ma mère disait toujours que nous nous entraînions dans l'immobilisme. *On dirait que vous cherchez à fossiliser sur le canapé.* J'aimais bouquiner en silence et Dario pouvait très bien rester des heures, statique, sans s'ennuyer (il devait réfléchir en permanence à des façons de révolutionner le monde, intelligent comme il l'était). Prendre des décisions, c'était un peu ma *kryptonite* à moi.

Nous avons opté pour trois stratégies différentes : Armelle achetait toutes les propriétés sur lesquelles elle tombait sans réfléchir. Dario sélectionnait ses acquisitions en fonction de leur couleur (et probablement d'une autre tactique hautement pensée, inaccessible au commun des mortels). Quant à moi, j'avais la fâcheuse tendance à économiser. Sans compter que ma malchance aux dés me conduisait inévitablement sur les cases « Compagnie de distribution des eaux et d'électricité », à savoir les titres de propriétés qu'*aucun* joueur digne de ce nom n'achète jamais.

– Tu sais que le but du jeu est d'investir son argent, pas vrai ? a lâché Armelle lorsque, au troisième tour, je n'avais toujours qu'une pauvre carte *Boulevard de la Villette* en main.

– Je fais attention à mes économies, je me suis défendu.

– Je ne connais personne d'aussi déraisonnablement raisonnable, elle a marmonné.

Dans sa bouche, ça a sonné comme la pire des insultes, alors j'ai aussitôt essayé de me justifier :

– Pour m'inciter à faire attention à mes économies, ma mère me lisait souvent la fable de *La Cigale et de la Fourmi*. La première fois que je l'ai entendue, je lui ai demandé comment la cigale survivrait sans nourriture, après s'être fait jeter par la fourmi. Elle m'a dit qu'elle ferait la manche dans le froid pour trouver de quoi subsister, comme les sans-abri. Ça m'a traumatisé, je crois. Je ne veux pas être une cigale, j'ai conclu.

– Il faut croire que la technique « cigale » ne porte pas ses fruits, a renchéri Dario en avançant le pion d'Armelle. Avenue Foch. Tu me dois 1 275 euros.

Elle a lâché un juron avant de balancer ses billets froissés sur le plateau. Dario les a récupérés un à un, le visage impénétrable.

– Tu devrais jouer au poker, a marmonné Armelle. Ton absence d'émotions est inhumaine.

– Il pratique déjà, j'ai répondu. Il gagne à tous les coups.

– Mais alors... tu dois être riche !

J'ai haussé les épaules en lançant les dés.

– Je le soupçonne d'être millionnaire... mais je n'ai jamais pu vérifier.

– *Game over* pour Noah la fourmi, a répliqué Dario. Tu viens de tomber sur mon hôtel, rue de la Paix. Tu me dois 2 000 euros.

J'en suis arrivé à cette partie du jeu très humiliante où le participant est condamné à hypothéquer ses rares propriétés pour payer ses dettes, tout en sachant qu'il n'arrivera jamais à renflouer ses caisses. Armelle s'est défendue un peu plus longtemps, mais Dario le Grand a fini par avoir raison d'elle.

– Ce n'est qu'un jeu de merde, elle a lâché, en mauvaise perdante qu'elle était. Capitalisme à la con !

Elle s'est levée pour aller fumer une cigarette à la fenêtre. Dario, grand seigneur, a commencé à ranger les billets et les cartes sans broncher. Il ne s'est même pas plaint de l'odeur de fumée qui envahissait l'appartement.

– Et dire que des enfants jouent à ça ! Quelle morale est-ce qu'on leur transmet, hein ?

Je n'ai pas pu m'empêcher de rire.

– Tu n'as qu'à demander des comptes à Charles Darrow.

Armelle a émis un petit claquement de langue condescendant.

– Charles Darrow, *tu parles* ! Il a volé l'idée à Elizabeth Magie. Elle a conçu ce jeu pour dénoncer l'oppression des rentiers de l'immobilier sur les locataires. Pendant des années, ce salaud s'est rempli les poches sur son dos en toute impunité.

Sa tirade m'a laissé bouche bée. On pouvait compter sur Armelle pour rendre à César ce qui était à César. Elle en savait un rayon sur le féminisme et ses connaissances sur les femmes oubliées frôlaient l'indécence. Coincé comme je l'étais entre Dario et elle, mon manque de culture n'en ressortait que davantage. Et pourtant, à force d'écumer Internet et d'interroger des étudiants pour les articles du Club des Roses, j'en avais appris beaucoup.

Devenir féministe, c'est comme porter des lunettes magiques qui mettent en relief des détails du quotidien auxquels jamais, au grand jamais, tu n'as prêté attention auparavant. Ma vie avait changé. Ou plutôt, ma *perception* de la vie. J'avais pris conscience d'une multitude de problématiques sexistes auxquelles je n'avais jamais été confronté directement.

Et je commençais à avoir les nerfs. J'étais en colère contre le type qui balançait des réflexions grivoises à un groupe de filles dans la rue, contre celui qui écartait tant les jambes qu'il occupait trois sièges de métro à lui tout seul, contre celui qui se frottait, l'air de rien, dans les transports, sans oublier celui qui se moquait d'un adolescent maquillé, celui qui taguait des obscénités et celui qui commentait la longueur des jupes des serveuses.

Je me suis tourné vers Dario.

– Alors, avec Erika ?

L'expression impénétrable, il a laissé planer deux longues secondes avant de répondre. Il m'était impossible de deviner à quoi il songeait.

– Tout va bien entre nous. Nous allons fêter nos dix ans d'amour, comme prévu. Nous avons déjà loué une salle à Villeurbanne.

– C'est génial, Dario !

J'ai laissé éclater mon enthousiasme. Mon meilleur ami m'a offert un de ses rares sourires.

– Je lui ai parlé de ton... cas. Elle est d'accord pour t'aider.

Tirer les cartes. Découvrir mon avenir avec Armelle.

– C'est très gentil de sa part.

– Vous pouvez la jouer encore plus mystérieux ? Qu'est-ce que c'est que ces cachotteries ?

– Erika est une sorcière, j'ai lâché.

Armelle s'est étouffée avec sa cigarette.

– La vache ! Il faut que je la rencontre.

– Erika a hâte de te rencontrer, elle aussi. Elle a beaucoup entendu parler de toi.

Armelle a articulé un petit « ah oui ? » pendant que je me décomposais.

– Il y a un thème imposé ? j'ai demandé pour changer de sujet.

– Évidemment. Je t'enverrai le carton d'invitation, tout y est expliqué.

– Un carton d'invitation ? s'est exclamée Armelle. Waouh. C'est une sorte... de bal ?

– Mieux que ça.

– Je crois que je t'adore, Dario. J'ai toujours rêvé d'aller à un bal.

– Tu ne trouves pas ça... cliché ? je suis intervenu.

– Bien sûr que ça l'est. Mais tout le monde aime ça, à petites doses. Garde-le en mémoire quand tu écriras ton bouquin.

Le reste de l'après-midi a filé à toute allure. Armelle s'est donné comme objectif de battre Dario aux échecs. Après cinq défaites consécutives, elle a décrété que ce n'était qu'un jeu stupide indigne d'elle, et a juré sur son honneur qu'elle ne toucherait plus jamais à un pion.

– Gagner, ça creuse, a lâché Dario.

J'ai fouillé dans mes placards à la recherche de quoi nous remplir l'estomac. Évidemment, ils étaient tristement vides.

– Pâtes au ketchup ou pâtes au gruyère ?

Armelle a dégainé la carte bancaire de son beau-père et nous a commandé à tous des burgers et des frites. On s'est goinfrés en mangeant notre repas qui est évidemment arrivé froid. J'étais désespérément heureux. Armelle aussi, à en croire le beau sourire qui ne la quittait plus. Peut-être que c'était ça, la recette du bonheur. Un meilleur ami. Une amoureuse secrète. Et des burgers froids.

Quand j'ai raccompagné mes visiteurs dehors, il était minuit passé. Armelle fumait une cigarette à l'écart et je me suis retrouvé en tête à tête avec Dario. Avec l'après-midi que nous venions de passer, toute ma colère s'était envolée. Je me suis raclé la gorge pour masquer ma gêne.

– Dario... Pour l'autre jour, à la bibliothèque...

– Ce n'est rien, il m'a coupé.

– Non. Ce n'est pas vrai. Je n'aurais pas dû te parler comme ça. Je suis vraiment désolé.

Il a hoché la tête, l'air grave, et j'ai senti que mes excuses l'avaient touché en plein cœur.

– Moi aussi, je te dois des excuses. J'ai cherché l'*Encyclopédie des mots intraduisibles* dans tout mon appartement, sans succès. Je ne comprends toujours pas ce qui s'est passé. Et encore... pour ne pas avoir répondu à tes messages. J'étais en colère mais j'ai mis du temps à comprendre que je l'étais surtout envers moi-même.

– Ça arrive. Personne n'est infaillible. Pas même toi.

– Et aussi, je dois reconnaître que j'ai jugé Armelle un peu rapidement. Je comprends pourquoi elle te plaît.

Il m'a tendu la main.

– *Filotimo* ?

– *Filotimo*.

Nous étions officiellement réconciliés. J'avais envie de le prendre dans mes bras, mais je savais qu'il exécrait les contacts physiques, alors je me suis contenté d'une poignée de main.

– Je vais demain à la papeterie acheter une nouvelle encyclopédie, il a repris. Je t'enverrai mes coups de cœur en photo, pour que tu puisses choisir ton préféré.

– C'est génial. J'ai hâte de voir ça.

Je me suis tourné vers Armelle qui refermait les pans de son manteau autour d'elle, grelottante. On s'est regardés dans le blanc des yeux.

– Alors... à demain ? j'ai lâché, après un long silence inconfortable.

– Ouais. À demain.

Elle a fait mine de s'en aller, puis s'est retournée et a agité la main dans ma direction. J'ai répondu avec un mouvement de poignet, le cœur léger.

Dario a lâché un petit sifflement.

– Quoi ? j'ai demandé.

– Je viens d'assister à un magnifique *mamihlapinatapai.*

– Quoi ? j'ai répété, comme un pantin cassé.

Je savais qu'il s'agissait d'un de nos mots intraduisibles. Mais, contrairement à lui, je n'avais pas mémorisé l'intégralité de notre encyclopédie.

– *Mamihlapinatapai*, a récité Dario. Mot du yagan, langue parlée par les natifs de la Terre de Feu. Désigne un regard partagé entre deux personnes dont chacune espère que l'autre va prendre l'initiative de quelque chose que les deux désirent mais qu'aucune ne veut commencer.

J'ai médité ses paroles pendant une longue minute. Mon cœur a eu un sursaut.

– Qu'est-ce que tu essaies de me dire ?

Il m'a lancé un regard en biais.

– Tu le sais.

Et il m'a abandonné sur place.

Liste des choses que je déteste

L'hiver
L'été
Les misogynes
Les films Disney
L'écologie
Les couples qui s'embrassent dans la rue
Les gens qui cornent les pages des livres
Le développement personnel
Les étudiants
Les personnes âgées
Les enfants
Les playlists « chill »
Les réveils
Les vacances d'été
Le golf
Les ouvertures faciles jamais faciles
Les files d'attente
La petite paille qui tombe dans la canette de Coca
Les écouteurs qui s'emmêlent
Le papier des WC publics qui se désintègre dans les mains
Les limitations de vitesse/les radars
Le beurre qui refuse de s'étaler sur le pain
Les journées sans Noah

FÉVRIER

Chapitre 37

C'était une de ces journées magnifiques où les astres s'alignaient pour faire de la vie un enchantement. Je me suis réveillé avec la furieuse envie de soulever des montagnes. Mes boucles, si réticentes à se plier à la loi de la gravité, tombaient avec souplesse sur mon front sans que j'aie eu besoin de les torturer à coups de démêlant et de brosse à cheveux. Je me suis attelé à l'écriture de mon roman avant d'aller en cours, et les mots jaillissaient de mes doigts avec fluidité, sans effort. En marchant jusqu'à la fac, je suis tombé sur un billet de 5 euros. Puis, en arrivant dans le hall, j'ai appris que le cours d'histoire du droit était annulé, ce qui m'a offert la possibilité de réviser pour une dissertation de droit civil, à laquelle j'ai excellé grâce à un sujet que j'avais justement travaillé une heure plus tôt. Pendant le déjeuner, je me suis emparé de la dernière mousse au chocolat et, à 4 heures, un heureux coup du destin a fait tomber deux Kinder Bueno de la machine au lieu d'un. Bref, ma vie n'était qu'un enchaînement de bonnes nouvelles, et j'ai su que le *wu-wei* était avec moi, ce qui a achevé de me mettre de bonne humeur.

Wu-wei (chinois, n.) : Art de réussir sans avoir rien tenté pour. Le *wu-wei* est ce qui se produit quand ce que vous êtes en train d'accomplir se réalise naturellement, presque par enchantement.

Parce que, pour être honnête, la plupart du temps, j'avais l'impression d'être maudit. Un pauvre *schlimazl*.

Schlimazl (yiddish, n.) : Individu qui a fait preuve de malchance tout au long de sa vie.

Alors que je me dirigeais vers l'amphithéâtre D (à reculons), un sanglot étouffé a attiré mon attention. Là, juste à côté des toilettes, assise dans l'escalier de service, une fille pleurait. Grâce à sa veste à épaulettes et à ses cheveux roux plaqués en arrière, je l'ai reconnue au premier coup d'œil.

– Héloïse ? Tu pleures ?

Remarque pitoyable. Évidemment, qu'elle était en train de pleurer.

– Qu'est-ce qui se passe ?

Elle m'a regardé à travers un rideau de larmes. Je n'avais jamais été doué pour réconforter les gens. Ça m'a mis très mal à l'aise.

– Non, c'est rien... Je suis fatiguée, c'est tout.

J'ai eu très envie de répondre : « OK, à plus » pour échapper à cette situation, mais ça n'aurait pas été correct. À la place, j'ai fouillé dans mon sac à la recherche d'un mouchoir et je le lui ai tendu avec un sourire crispé.

– Tu veux en parler ?

Je n'étais peut-être pas le meilleur pour prodiguer des conseils mais j'excellais dans l'art d'écouter. Elle a reniflé et s'est essuyé le nez avec la manche de son blazer.

– J'ai eu une mauvaise note ce matin.

– Oh.

– Je sais, je fais un drame pour rien.

Voilà, tu as réussi à la faire culpabiliser. Bravo, champion.

– J'ai déçu mes parents. Je suis une bonne à rien.

J'ai pris un moment pour mettre de l'ordre dans mes idées. J'avais du mal à associer l'image d'Héloïse, si confiante et déterminée, avec celle de la fille démunie et tremblotante qui se trouvait devant moi.

– Une bonne à rien ? Je ne connais personne de plus doué que toi !

Un filet de morve lui coulait du nez et, même ainsi, elle demeurait insupportablement élégante.

– Tu es la meilleure élève de la promo, j'ai continué. De la fac, probablement. Ton avenir est tout tracé. Tu es engagée dans je ne sais combien d'associations, et tout le monde t'adore.

J'en ai rajouté un peu, mais j'ai eu le sentiment que c'était ce qu'elle avait besoin d'entendre.

– Pourtant, j'ai l'impression de ne jamais en faire assez.

Je me suis assis à côté d'elle et lui ai tendu mon gobelet de café tiède.

– Je n'en bois jamais. C'est mauvais pour le cœur.

J'ai baissé le bras, pataud.

– Mais... merci.

– Tu veux savoir ? Ça me rassure de te voir pleurer.

– Q... quoi ?

J'ai haussé les épaules, gêné par ma propre sincérité.

– Quand je t'ai vue pour la première fois, tu avais l'air tellement... parfaite. Lisse. À tel point que ça m'a fait flipper.

– Je te faisais peur ? elle a répété, ahurie.

J'ai confirmé d'un hochement de tête.

– Je crois que je te préfère comme ça. Plus humaine.

Elle a esquissé un petit sourire dissimulé derrière une mèche de cheveux.

– Ça te va bien.

– Et toi, comment ça se passe en cours ?

Elle ne semblait pas vraiment intéressée par ma réponse, mais j'ai senti qu'elle avait besoin de parler d'autre chose. De se cacher derrière des sujets qu'elle connaissait sur le bout des doigts.

– Je n'ai pas eu mon semestre, j'ai soupiré. Et le pire, c'est que je n'ai même pas osé le dire à ma mère. Je n'ai la moyenne que dans deux matières.

En réalité, les résultats étaient tombés plus de deux semaines auparavant, et je n'avais pas encore eu le courage de l'annoncer à quiconque. Pas même à moi : je m'étais drapé dans un déni aussi résistant que du béton et je continuais à assister aux cours comme si de rien était.

– Merci, Noah. C'est gentil d'avoir pris le temps de discuter avec moi. Tu dis que tout le monde m'adore, mais... quatre personnes, que je considérais comme des amis, sont passées à côté de moi avant toi. Aucune ne s'est arrêtée.

Elle s'est redressée puis a rajusté sa veste de costume. Son mascara avait coulé, laissant de grosses traînées noires sur ses joues.

– Bon, alors... à plus tard ? elle a murmuré, presque honteuse.

– Héloïse ?

Elle s'est figée.

– Mon meilleur ami organise un bal avec sa copine dans moins de deux semaines. Je me disais... enfin, si tu as envie de venir, ça pourrait être cool.

Elle m'a fixé avec des yeux ronds.

– Un... bal ?

– Ouais, Dario est vieux jeu, mais...

– C'est *génial* ! elle m'a coupé.

– Ah oui ?

Son visage s'est éclairé.

– Comme tu le sais, je pilote le projet pour le bal de fin d'année. Ça sera l'occasion idéale pour m'entraîner dans de vraies conditions !

– Oh, tu n'as pas à t'inquiéter pour l'organisation. Dario s'en occupe déjà et...

– Que nenni ! Il doit être débordé. Deux paires de bras valent mieux qu'une, pas vrai ?

Elle a insisté pour que je lui donne le numéro de téléphone de Dario. Elle s'est mise à déblatérer à propos d'une commande de ballons et de banderoles, puis à lister à voix haute des idées d'animations. Malgré ma réticence, j'ai fini par céder. D'abord parce que son enthousiasme était contagieux, et ensuite parce que je ne faisais décidément pas le poids face à Héloïse Van Deer. Elle aurait fini par obtenir ce numéro, c'était une certitude.

– Merci, Noah ! On se voit en cours !

Elle s'est engouffrée dans les toilettes, probablement pour rafraîchir son maquillage, me laissant seul. J'étais déboussolé, comme si une tornade venait de me tomber dessus. Et, bizarrement, j'ai eu l'impression de m'être fait une nouvelle amie.

Chapitre 38

– Putain de bordel de cravate de merde.

Je regardais le troisième tuto intitulé « comment réussir son nœud de cravate en deux minutes » sur YouTube. Pour le moment, tout ce que j'avais réussi en vingt-sept minutes, c'était me mettre les nerfs en pelote. Après une dizaine d'essais infructueux, je me suis résolu à appeler ma mère en FaceTime. J'ai écouté ses directives du mieux que j'ai pu, jusqu'à parvenir à un résultat à peu près correct. J'ai enfilé ma veste de costume bleu roi chinée dans une friperie la veille sous les yeux embués de ma mère.

– Tu es beau comme un cœur, Noah. Tu ressembles à cet acteur, tu sais… celui dont toutes les filles sont folles. Timothée-quelque-chose.

Même à travers l'écran, je pouvais percevoir son émotion.

– En plus beau, bien sûr, elle a ajouté.

J'ai enfilé mes nouvelles baskets blanches, offertes par mon oncle pour Noël. Elles juraient un peu avec le pantalon de costume et la veste, mais je n'avais rien de mieux sous la main. Et je n'avais ni le temps ni l'argent pour acheter des mocassins qui ne me serviraient probablement plus jamais.

– Rappelle-moi le thème de la soirée ?

– *Gatsby le magnifique*. Chic et démesure.

– Tu sais que j'aurais aimé venir, mais avec le boulot…

Évidemment, Dario avait invité ma mère à sa petite sauterie. C'était probablement le seul étudiant qui n'avait pas honte de mélanger amis et famille. Encore quelque chose qui m'impressionnait chez lui.

– Je sais, maman. J'aurais aimé que tu sois là.

Et je ne mentais pas. Je me suis rendu compte en prononçant ces mots à quel point je les pensais. La semaine de congé hivernale m'avait fait un bien fou, mais elle me manquait déjà. Certains s'empressaient de quitter le domicile familial sitôt leur majorité fêtée pour ne plus jamais revenir. Si ça n'avait tenu qu'à moi, je serais resté chez ma mère jusqu'à la fin des temps. Qui avait décrété que, passé un certain âge, on n'avait plus besoin de ses parents ? Qu'on ne pouvait plus se blottir dans leurs bras, se faire bercer par eux ?

– Amuse-toi bien. N'oublie pas de m'envoyer un tas de photos.

– C'est promis.

Ma mère a continué à s'extasier sur mon allure encore un moment, jusqu'à ce que je l'interrompe.

– Maman... j'ai rencontré une fille.

Son visage s'est rapproché de l'écran, sans doute pour mieux scruter mes traits. Elle arborait un grand sourire niais qui m'aurait probablement fait mourir de honte si elle s'était tenue devant moi en chair et en os.

– Mon Noah, amoureux ?

Je n'ai même pas cherché à la contredire. Amoureux, je l'étais. *Désespérément.*

– Le problème, c'est que cette fille... elle est assez... indépendante, tu vois ? Je ne sais pas si elle a envie d'être en couple. Encore moins avec moi.

Ma mère a secoué la tête, amusée.

– Elle changera d'avis en te voyant dans ce costume, crois-moi.

J'ai haussé les épaules, et la tristesse m'a enveloppé. Si seulement c'était aussi simple...

– Noah ? elle m'a appelé.

– Oui ?

– Ne te torture pas inutilement. Tu es un garçon fantastique et si elle n'en a pas conscience, ce n'est qu'une idiote.

– Maman !

Elle s'est esclaffée.

– Surtout, protège-toi et n'oublie pas de...

– Je n'ai pas du tout envie d'avoir cette conversation. Je dois y aller maintenant, d'accord ?

J'ai raccroché précipitamment, non sans un dernier « je t'aime », porté par le merveilleux *voorpret*. L'*Encyclopédie des mots intraduisibles* avait peut-être disparu, certains mots restaient gravés dans ma mémoire.

Voorpret (néerlandais, n.) : Plaisir anticipé. Sentiment de bonheur que l'on peut ressentir avant qu'un événement ait lieu, comme lorsqu'on parcourt des brochures avant de partir en vacances ou que l'on sent l'odeur d'un gâteau avant de le manger.

Oui, cette soirée allait être mémorable.

Séance de psychiatrie 9

Armelle

– L'autre jour, Noah m'a dit que je n'étais pas déprimée.

– Que vous a-t-il dit, exactement ?

– C'est un de ces mots intraduisibles, vous savez... le *Weltschmerz*. La tristesse qui nous envahit lorsque l'on songe à toutes les misères du monde, sur lesquelles nous n'avons aucun contrôle.

– Et qu'en pensez-vous ?

– Je ne sais pas quoi en penser.

– Vous savez que ces sautes d'humeur sont un symptôme de votre maladie, n'est-ce pas ?

Silence.

– Armelle ?

– Oui, je le sais.

– Vous n'avez pas à culpabiliser de ressentir ce que vous ressentez. Vous n'avez pas non plus besoin de trouver des explications, sauf si cela vous soulage.

Silence.

– Je... je sais. Mais parfois, je ne peux pas m'empêcher de me haïr. De haïr cette part d'obscurité en moi. Pourtant, je suis privilégiée. Je n'ai même pas besoin de travailler en parallèle des études, *bordel*, alors que Noah se tue à la tâche, comme la majorité des étudiants !

– Il n'y a pas de hiérarchie dans la douleur, Armelle. Votre peine est légitime, peu importe votre situation personnelle et professionnelle. En étouffant vos émotions, vous risquez de déclencher une autre crise. Vous le savez, n'est-ce pas ?

Sanglots étouffés.

Chapitre 39

Je me sentais comme la version masculine de Cendrillon juste avant de partir pour le bal qui allait changer le cours de sa vie. Mais à la place du carrosse, j'ai pris le métro, et cette petite mais significative différence a grandement contribué à amoindrir la magie du moment. J'ai ouvert un bouquin pour oublier les autres passagers pressés les uns contre les autres, le nez collé sur leur téléphone. *L'Attrape-cœurs* de J. D. Salinger, conseillé par Armelle, qu'elle avait décrit comme « un récit profond et brillant d'intelligence sur les affres de l'existence humaine ». Typiquement le genre de bouquin qui me filait le cafard et que j'aurais évité en temps normal. Et par « normal », j'entendais « ma vie avant *elle* ». Car, depuis que je l'avais rencontrée, ma définition de la normalité avait été maintes fois remise en question, jusqu'à perdre totalement sa substance.

D'habitude, je parvenais à occulter mon environnement sitôt un paragraphe dévoré, mais pas aujourd'hui. Il fallait croire que mon excitation était telle qu'elle me gardait enchaîné à la réalité, pour le meilleur et pour le pire.

J'ai fermé le livre pour me concentrer sur les passagers. Certains se baladaient avec une rose à la main, et je me suis rappelé qu'aujourd'hui, nous fêtions la Saint-Valentin. Dario et Erika avaient trouvé judicieux de programmer leur anniversaire un 14 février, pour célébrer l'Amour avec un grand A, sous toutes ses formes. J'avais longuement hésité à faire un saut chez la fleuriste du quartier, mais j'avais fini par laisser tomber l'idée. D'abord car j'étais certain qu'Armelle n'apprécierait pas de recevoir une rose et qu'elle considérait cette fête commerciale comme une tradition stupide issue d'un système capitaliste violent et injuste, alimentant la fracture sociale. Et ensuite parce que la queue devant la boutique était *beaucoup* trop longue.

Je suis descendu à l'arrêt République-Villeurbanne et j'ai marché jusqu'à la salle des fêtes, les poings enfoncés dans mes poches. Je me sentais stupide, affublé de ce costume bleu roi et de cette chemise repassée qui me démangeait affreusement. La veste était trop grande et les manches tombaient sur mes poignets mais bizarrement, ce détail me rassurait. J'avais l'habitude de porter des vêtements trop grands, d'abord pour cacher ma maigreur mais aussi parce que je m'y sentais en sécurité. Libre de mes mouvements. Prêt à prendre mes jambes à mon cou si les circonstances l'exigeaient.

Je suis arrivé à l'adresse indiquée où s'amassait déjà un attroupement de personnes en tenue de soirée. Tous les visages m'étaient inconnus. Pourtant, j'avais vérifié l'adresse une dizaine de fois et retracé le chemin juste avant de partir avec Google Maps ; je savais donc que j'étais au bon endroit.

Mais alors, qui étaient ces gens ? Des amis de la classe préparatoire d'Erika ?

Je me suis glissé dans la foule qui stationnait sur les marches du bâtiment, discutant en petits groupes. Beaucoup fumaient de gros cigares comme les patrons méchants et corrompus des dessins animés. Mais je devais admettre qu'ils n'avaient pas franchement le physique adéquat : aucune trace des épais sourcils froncés et des petits yeux rouges où se reflétait la perversion caractéristique des méchants Disney.

– Noah ! Approche !

Un type élégant m'a fait signe depuis le haut des marches. Il portait un costume trois pièces bordeaux dont les manches, brodées de délicates fleurs dorées, étaient rabattues sur ses avant-bras. Ses cheveux noirs plaqués en arrière avec du gel accentuaient la courbe de sa mâchoire et dégageaient son front, lui donnant un petit air de John Travolta dans *Grease*. Une grosse épingle vert canard en forme de libellule était agrafée à son veston, identique à celles qu'arboraient les fumeurs de cigares. Ils devaient faire partie du même clan.

– Aller, monte !

Merde. J'ai fini par reconnaître la voix de mon interlocuteur. Ce type, c'était mon meilleur ami.

– Dario, tu es...

Les mots me manquaient.

– ... impressionnant, j'ai tranché.

Il a rajusté ses grosses lunettes de soleil carrées sur son nez.

– Merci. J'ai bien failli ne pas te reconnaître. Ce costume te sied à ravir, même si la veste est un chouïa trop grande.

Je me suis penché sur son oreille et j'ai pris un air grave.

– Tu sais que tu peux tout me dire.

Même à travers les lunettes, j'ai vu ses yeux s'écarquiller.

– Ces gens sur les marches. Vos épingles en forme de libellule. Tu fais partie d'une sorte de gang, c'est ça ? Tu as des problèmes ? Je peux t'aider, tu sais, et...

Il m'a arrêté d'un geste de la main.

– Noah. Ce sont les membres de mon club de poker.

– Ah.

Dario s'est esclaffé à gorge déployée. C'était tellement rare que je parvienne à le faire rire de la sorte... dommage que ce soit à mes dépens.

– Tu lis beaucoup trop de polars, il a ajouté.

Il a glissé son bras autour de mes épaules. J'étais beaucoup plus grand que lui et je devais me plier dans une position inconfortable pour qu'il y parvienne.

– Tu peux rentrer à l'intérieur, faire connaissance avec les invités. Je vais continuer à accueillir les nouveaux arrivants.

Je me suis figé. Pénétrer dans un immense hall bondé d'inconnus et me joindre aux conversations ? Autant me demander d'improviser un strip-tease sur la scène d'un amphithéâtre.

– Ou tu peux rester ici et me tenir compagnie, il a conclu devant ma mine horrifiée.

Allez, Noah. Un peu de courage. J'ai glissé la main dans la poche de ma veste, où reposait la liste rédigée par Armelle pour me débarrasser de ma timidité. J'avais pris l'habitude de la garder près de moi. Elle me donnait la force dont j'avais besoin pour affronter des situations difficiles.

– Je t'attends à l'intérieur, j'ai articulé.

Dario a hoché la tête avec gravité, conscient de l'effort qu'il me fallait pour me détacher de lui.

Je suis passé sous une arche de ballons blancs et dorés assez spectaculaire, avant de tomber sur Héloïse, postée derrière un comptoir. Elle portait une somptueuse robe moulante noire et était juchée sur des talons vertigineux à paillettes. Un serre-tête à plumes audacieux enserrait ses cheveux cuivrés savamment bouclés et rassemblés sur le côté. Elle ressemblait à ces mannequins photoshopés qui font la une des magazines. À la différence près qu'Héloïse était tout à fait réelle.

– Noah ! Quel plaisir de te voir.

Elle m'a glissé dans les bras un petit sac en toile.

– Voilà ton kit ! Il contient tout ce dont tu as besoin pour passer une soirée inoubliable. Pense à laisser un petit mot sur le livre d'or à côté du buffet quand tu auras deux minutes.

Sous le choc, je n'ai pas réussi à aligner deux mots.

– Je t'avais dit que Dario avait besoin de moi ! Au passage, j'adore ton ami. Il a reconnu mes indispensables compétences dans l'événementiel et a accepté que je m'occupe de la décoration et de l'animation.

– S... super, j'ai balbutié.

– Bon, tu m'excuseras, mais je dois accueillir les autres invités. À plus tard !

Elle a regagné son comptoir au pas de course (une prouesse, quand on considérait les échasses à ses chevilles), tout émoustillée.

En découvrant la grande salle, j'ai eu le souffle coupé. Des compositions florales dignes d'une cérémonie de mariage d'un film américain encadraient un gigantesque buffet qui s'étendait sur quatre tables, recouvertes d'une épaisse nappe brillante. Les chandeliers, lustres et bougies nimbaient la pièce d'une lumière tamisée intimiste propice à la danse. Tout avait été pensé dans les moindres détails pour rappeler l'ambiance des Années folles, des coupes de champagne à l'orchestre de jazz installé sur une grande estrade de l'autre côté de la pièce. Plus par habitude que par peur, j'ai cherché des yeux les issues de secours (une à côté des toilettes, l'autre derrière la scène).

Près du buffet, j'ai repéré Willan et Léon, déjà en train de zieuter les victuailles. Des serveurs en tenue de soirée attendaient derrière les tables et saluaient les convives.

– Noah !

Willan m'a fait un geste de la main et je me suis précipité pour les rejoindre. Tous les deux étaient très élégants. Willan portait un costume semblable au mien mais plus ajusté. Et, à la place des baskets, des chaussures en cuir chic qui devaient coûter un bras. Léon, quant à lui, arborait une jupe longue et une chemise rouge cintrée qui lui allait à merveille. L'écharpe en plumes enroulée autour de ses épaules rappelait le thème de la soirée, tout comme la montre à gousset accrochée à sa ceinture. Nous n'avions plus l'occasion de nous voir aussi souvent depuis qu'il travaillait dans un magasin de jeux vidéo pour financer son inscription en école d'art, alors j'étais d'autant plus heureux de partager cette soirée avec lui.

– Ton meilleur ami, il ne serait pas millionnaire ? a lancé Willan.

Depuis plusieurs années, je le soupçonnais d'avoir amassé une fortune au poker grâce à son extraordinaire intelligence, et il avait toujours démenti. C'était même devenu une blague récurrente entre nous. Mais en contemplant cette décoration et ce buffet… je me demandais s'il n'y avait pas une part de vérité derrière cette vaste plaisanterie.

– Vous avez vu ? Il y a des tickets à gratter dans le « kit de soirée », s'est exclamé Léon.

Nous nous sommes dirigés vers les nombreux fauteuils mis à notre disposition pour gratter lesdits tickets. Ce faisant, j'ai découvert qu'un mini-casino avait été installé, avec notamment une table de poker tenue par une croupière, une roulette et trois machines à sous.

– Putain, je rêve, a murmuré Willan.

Était-ce une idée de Dario ou d'Héloïse ?

– Merde ! Encore perdu ! a grogné Willan en découvrant le montant de son dernier ticket. Quelle arnaque.

– Tu devrais tenter ta chance à la roulette, a raillé une voix rauque.

J'ai levé les yeux et suis tombé sur Armelle, postée devant nous, la mine moqueuse. Mon cœur s'est emballé.

– J'y compte bien, a grogné Willan.

J'ai fait un effort surhumain pour ne pas dévorer Armelle des yeux. Ni elle, ni sa petite robe blanche à sequins, ses longs gants noirs qui remontaient jusqu'à ses coudes, le porte-cigarettes qu'elle tenait avec désinvolture entre ses doigts fins, son regard fauve souligné de khôl, le collier de perles diaphanes reposant sur son cou, et encore moins les boucles sauvages qui encadraient son visage impénétrable.

– Tu as un peu de bave, juste ici, a glissé Willan.

J'ai secoué la tête, le rouge aux joues. J'adorais Willan, quand je ne le haïssais pas du plus profond de mon cœur, comme en ce moment précis.

– Tu es très belle, a lancé Léon, en me devançant.

– Tu n'es pas mal non plus, a répliqué Armelle avec un sourire enjôleur.

Elle a posé les poings sur ses hanches, mimant l'ennui.

– Y a de l'alcool gratuit à volonté et vous restez le cul planté sur des sièges ? Venez !

Elle nous a traînés jusqu'au buffet où les convives commençaient déjà s'attrouper. Willan a proposé de se faufiler entre les invités pour commander quatre verres de vin rouge.

– Je n'aime pas particulièrement le vin, a répliqué Armelle.

Évidemment, je l'avais vue boire des litres de vin blanc, rouge et rosé (parfois même les trois en même temps) ces derniers mois, mais sa déclaration ne m'a même pas interpellé : j'étais habitué à ce qu'Armelle fasse des choses qu'elle « n'aimait pas particulièrement ». Exactement comme lorsqu'elle s'enfermait dans une boîte de nuit bondée alors qu'elle ne supportait pas les espaces clos. Quant à savoir pourquoi elle s'infligeait de telles tortures, je n'en avais toujours pas la moindre idée.

– Mais c'est une cuvée de Château Malescot ! Une seule de ces bouteilles coûte plus de 100 euros ! s'est étonné Willan.

– Super. Je n'aime toujours pas particulièrement le vin après cette révélation, elle a répondu d'une voix blasée. Où est la tireuse à bière ?

Willan a marmonné un truc du genre : « Les gens n'ont aucun goût » et a hélé un serveur, accompagné de Léon.

– Tu connais ces gens ? a demandé Armelle en se rapprochant de moi.

Elle n'était pas à l'aise, entourée d'inconnus, et ça se sentait. Cela nous faisait au moins un point commun noyé entre les milliers de différences qui nous caractérisaient. Mais, par stupidité ou par amour (quoique les deux se confondent), cette infime ressemblance m'a donné l'impression d'être plus proche d'elle que jamais.

– Pas le moins du monde. Je ne savais pas que Dario avait autant... d'amis.

Pourquoi, parmi tous ces gens, m'avait-il choisi, *moi*, pour être son meilleur ami ?

Soudain, l'orchestre s'est arrêté de jouer et une silhouette fluette est montée sur scène. Il s'agissait d'Erika, sublime dans sa robe à franges mi-longue. Même à cette distance, sa chevelure rousse flamboyante ne passait pas inaperçue. Dario la talonnait, une coupe de champagne à la main et une main pressée sur ses reins. Erika s'est emparée d'un micro.

– Bonsoir à tous et à toutes ! Merci infiniment d'avoir fait le déplacement pour cette soirée si particulière à nos yeux. Comme vous le savez, Dario et moi fêtons nos dix ans d'amour ce mois-ci et nous avions envie de marquer le coup.

Des applaudissements ont salué sa déclaration.

– J'ai rencontré Dario alors que je n'avais que dix ans. La maîtresse avait jugé bon de le faire asseoir à côté de moi en classe. Dès que je l'ai vu, j'ai su que j'avais devant moi mon plus grand concurrent à la course aux bonnes notes.

Cette fois, des rires se sont élevés, dont le mien.

– Nous nous sommes livré une bataille acharnée toute l'année, n'hésitant pas à nous mettre des bâtons dans les roues chaque fois que nous en avions l'occasion. Et puis, un jour, nous avons compris que nous irions beaucoup plus loin en unissant nos forces. Dès lors, nous sommes devenus le meilleur binôme d'exposé que l'école ait jamais connu. Nous étions inséparables. Mon meilleur souvenir reste probablement le jour de la finale des Petits Champions du vocabulaire, en CM2... car notre victoire s'est scellée d'un baiser passionné que je ne suis pas près d'oublier !

Elle a gloussé, et Dario a resserré sa prise autour d'elle. Leur amour dégoulinait par tous les pores de leur peau, et je me suis rappelé pourquoi je détestais tenir la chandelle entre eux. Leurs paroles étaient encore plus douces et sucrées qu'un milk-shake au Nutella supplément macarons. *Diabète garanti.*

– Nous avons évolué ensemble, année après année, examen après examen. Aujourd'hui, nous fêtons nos dix ans d'amour. Je peux officiellement dire que j'ai passé plus de la moitié de ma vie à tes côtés, Dario. Et j'ai conscience de ma chance. Je la chéris, comme je chéris tous les moments de bonheur partagé qui jalonnent notre quotidien.

Elle a marqué une courte pause, probablement pour instaurer une certaine tension.

– À présent, nous entamons un nouveau chapitre. Depuis septembre, nous sommes des étudiants. Nous faisons face à de nouveaux défis redoutables, à commencer par appréhender cette vie d'adulte qui nous tend les bras. La majorité s'accompagne inévitablement de changements, parfois déroutants. Je pense que vous en avez fait l'âpre expérience ces derniers mois...

J'ai hoché la tête avec enthousiasme, arrachant un petit rire à Armelle.

– Mais, quand je songe à toutes ces années d'amour qui nous attendent, je suis heureuse. Et profondément reconnaissante aux astres d'avoir mis sur mon chemin quelqu'un d'aussi brillant.

La pomme d'Adam de Dario s'est levée alors qu'il déglutissait sous l'effet de l'émotion. Armelle, loin de partager le même attrait pour les effusions romanesques, a levé les yeux au ciel. Il s'est penché sur le micro pour déclarer :

– Je propose de porter un toast. À l'amour !

– Je n'ai jamais entendu un discours aussi... écœurant, elle a murmuré.

Et pourtant, elle souriait. Écœurant, ça l'était, sans aucun doute. Mais cela ne m'empêchait pas d'être ému pour Dario et Erika. Le *mudit* m'a envahi, suivi d'un sentiment d'euphorie, qui m'a traversé des orteils à la racine des cheveux.

Alors, après avoir raflé une coupe de champagne sur l'un des plateaux des serveurs, j'ai joint ma voix à celle des autres invités pour porter le toast le plus niais et romantique qu'il m'ait été donné de célébrer.

– À l'amour !

Chapitre 40

Après ce discours, l'orchestre de jazz a repris et Dario et Erika se sont mêlés à la foule, main dans la main, comme deux jeunes mariés. Toutes ces effusions d'amour n'étaient pas du goût d'Armelle, qui a décidé de stationner à côté de la tireuse à bière pour éviter le couple et ses œillades dégoulinantes d'amour. Léon, toujours prêt à rendre service, s'est proposé pour s'occuper de l'appareil capricieux et remplir les verres des invités. Willan enchaînait les verres de vin en calculant combien d'euros il buvait, corrélativement à la quantité ingérée.

– Elle est canon, Héloïse. Tu ne trouves pas ?

J'ai mis un moment avant de comprendre que Willan s'adressait à moi. En réalité, il avait parlé tellement fort que toute la salle devait à présent être informée de son béguin pour notre déléguée.

– Je suppose, oui.

– Tu *supposes* ?

Willan s'est mis à dresser la liste de ses innombrables qualités – un style vestimentaire digne d'une star de cinéma, des cheveux doux et soyeux, un sens de l'organisation hors norme, une âme de leader et un compte en banque plein à craquer – (quoiqu'il ne puisse pas vérifier avec certitude ce dernier point).

– Noah préfère les brunes, a fait Léon. Surtout si elles ont une forte tête.

– Et encore plus si elles se désintéressent totalement de lui, a renchéri Willan avec un gloussement.

Je me suis empourpré. Heureusement, Armelle s'était tournée pour remplir son verre et avait manqué leur brillante analyse des dédales obscurs de mon cerveau. J'ai marmonné une insulte qui n'a fait que renforcer leur hilarité.

– Tu devrais apporter un verre à Héloïse, a poursuivi Léon, une fois calmé.

Willan s'est approché de lui avec la démarche chaloupée de celui dont les jambes sont anesthésiées par l'alcool.

– Tu crois ?

– Ben, oui. Elle est tellement stressée à propos de l'animation qu'elle n'a même pas pris la peine de se servir. Regarde !

On s'est tous mis à lorgner Héloïse sans aucune discrétion. Et, en effet, l'intéressée avait les mains vides. Elle était en pleine discussion avec trois serveurs, probablement pour piloter l'arrivée de nouveaux amuse-bouches.

– Tu es très perspicace, Léon. On te l'a déjà dit ? a lancé Willan en s'appuyant sur lui.

Il n'a pas pris la peine de répondre. À la place, il a fourré un verre de bière dans les mains d'un Willan survolté.

– Tiens, champion.

Willan a passé les doigts dans ses cheveux gominés, a resserré sa cravate avec beaucoup plus de vigueur que nécessaire (à tel point que je me suis demandé comment il lui serait possible de respirer).

– La touche finale...

Il s'est penché pour piquer une rose dans la composition florale la plus proche.

– C'est la Saint-Valentin. Quoi de plus romantique ? il a lancé en roulant des épaules.

– Ce n'est qu'une fête commerciale ridicule destinée à enrichir les PDG, je l'ai contré. Pas vrai, Armelle ?

Elle a haussé les épaules.

– Moi, j'aime bien les roses.

– Ah... euh, oui, ça se tient, comme argument... j'ai bafouillé.

Bougre d'imbécile. Tu aurais dû lui acheter une fleur.

– Souhaitez-moi bonne chance ! a lancé Willan.

Il s'est dirigé d'un pas décidé vers Héloïse.

– Il va se faire jeter, a glissé Armelle.

Elle trépignait, les commissures de ses lèvres relevées en un sourire diabolique.

– Tu penses ? a demandé Léon d'une toute petite voix. Je n'aurais peut-être pas dû intervenir...

– Tout va bien se passer, j'ai lancé. Héloïse n'est pas méchante.

On a plissé les yeux pour mieux voir la scène. Willan a tapoté l'épaule d'Héloïse, puis lui a tendu le verre de bière et la rose avec un haussement de sourcils charmeur et une révérence maladroite. Ses lèvres bougeaient, mais j'étais trop loin pour discerner ou entendre quoi que ce soit. Héloïse l'a dévisagé avec curiosité pendant trois longues secondes, avant d'accepter les deux cadeaux. Ils ont continué à discuter un moment puis se sont dirigés vers le buffet, bras dessus bras dessous.

– Il a réussi ! s'est exclamé Léon.

Armelle a poussé un soupir à fendre le cœur.

– Ce bal est en train de nous laver le cerveau, elle a murmuré.

Si seulement ça pouvait fonctionner avec toi, j'ai songé.

C'est alors qu'une main s'est abattue sur mon épaule. Mon corps a tressauté, saisi d'effroi.

– Excuse-moi. Je ne voulais pas t'effrayer.

Le visage rond et doux d'Erika me faisait face.

– Vous vous amusez bien ?

Léon s'est fendu d'un politiquement correct : « Oui, c'est parfait », tandis qu'Armelle se confondait en remerciements. Il n'était pas commun de la voir aussi détendue et ouverte, surtout avec une inconnue. Elle faisait de gros efforts pour se montrer sous son meilleur jour, et son amabilité, même un peu forcée, faisait plaisir à voir.

– Cette fête est géniale, j'ai renchéri, et je le pensais vraiment.

– Merci Noah. Si tu le souhaites toujours, je peux procéder à ton tirage de cartes. J'ai installé un barnum à l'écart à cet effet.

Erika parlait d'un ton lent et posé, prenant le temps d'articuler chaque syllabe. Le rendu était hypnotique. J'avais bien essayé de la convaincre d'ouvrir une chaîne YouTube d'ASMR, mais elle n'avait rien voulu savoir.

– Je peux venir à vos trucs vaudous, moi aussi ? a lancé Armelle.

– Bien entendu.

Erika nous a entraînés dans une tente dressée tout au fond de la salle, non loin de la scène, entourée d'une multitude de guirlandes électriques qui la faisaient clignoter comme une boule de Noël.

– Entrez.

Elle a levé le drap et nous nous sommes engouffrés à l'intérieur. L'espace clos et étroit contribuait à créer une ambiance intimiste et de fausses bougies illuminaient la table drapée de rouge, diffusant une lueur fantomatique.

– Qui souhaite commencer ?

Armelle m'a poussé en avant et je me suis installé sur le minuscule tabouret, les mains croisées sur mes genoux, aussi inquiet qu'un gosse pendant un conseil de discipline. Erika a pris place en face de moi et s'est emparée du jeu de tarot. Ses bracelets cliquetaient alors qu'elle battait les cartes avec la dextérité d'une croupière professionnelle. Elle a étalé les arcanes devant moi.

– Ferme les yeux et laisse ta main vagabonder au-dessus des cartes. Quand tu te sens prêt, choisis-en trois.

Je me suis exécuté, les mains moites. Dans un autre contexte, la situation m'aurait peut-être amusé, mais le visage grave d'Erika m'intimidait. J'ai fini par désigner trois cartes, qu'elle a alignées devant moi avant de reformer une pile avec les arcanes restants. Derrière moi, Armelle s'agitait.

– Est-ce que tu vas... lui dévoiler son avenir, ou un truc du genre ?

– Pas exactement. Les cartes vont me permettre de discerner l'état d'esprit de Noah, d'identifier ses blocages, qu'ils soient conscients ou inconscients, afin de l'aider à travailler sur lui-même.

Elle reporta son attention sur moi.

– Retourne la première carte.

J'obtempérai, et découvris le dessin d'un homme d'âge mûr doté d'une longue barbe blanche, tenant dans la main une lanterne.

– L'Hermite. Réflexion, introspection, prudence. Je vois très clairement un blocage.

La suivante représentait trois personnages et un cupidon planant au-dessus d'eux, l'arc bandé. L'Amoureux.

– Ton cœur est tiraillé. Tes sentiments engendrent une grande confusion.

J'ai retourné la dernière carte, le cœur au bord des lèvres. J'ai failli défaillir en découvrant l'image. Un squelette tenant une faux dans sa main. La Mort.

– Je vais mourir ? je me suis exclamé.

– Il va mourir ? a renchéri Armelle.

Erika a secoué la tête, amusée.

– La mort n'évoque pas un décès, mais une transformation radicale, une renaissance. Elle t'invite à tourner la page et annonce un changement profond, mais nécessaire. Tu es à un tournant de ton existence, Noah.

– Et cette transformation est... positive ? je me suis enquis d'une petite voix.

– Seul l'avenir nous le dira. Mais la mort n'est pas un arcane négatif, rassure-toi. Généralement, les transformations sont synonymes de délivrance, et donc de bonheur.

J'ai articulé un « super » peu assuré et cédé ma place à Armelle.

– Je te préviens : je ne crois *pas du tout* à la magie.

– Le tarot n'a rien de magique, a répliqué Erika.

Elle a étalé les cartes comme elle l'avait fait pour moi. Armelle a joué le jeu et a sélectionné trois cartes après un instant de réflexion. En retournant la première, Erika a froncé les sourcils.

– La Roue de la Fortune. La stabilité n'est pas d'actualité, on dirait.

– Elle ne l'a jamais été, a confirmé Armelle en buvant une grande gorgée de bière.

– Ton présent et ton avenir sont inconstants. De gros bouleversements sont à prévoir. Tu vas devoir les affronter, être réactive. Au risque de passer à côté de la bonne fortune.

– Réactivité : c'est noté ! a lancé Armelle avec désinvolture.

Mais je la connaissais assez bien pour savoir qu'elle n'était pas aussi détendue que ce qu'elle prétendait. Le second arcane s'intitulait « La Maison-Dieu ». L'illustration, un homme tombant du haut d'une grande tour, m'évoquait un drame imminent. Et, à en croire le pli contrarié entre les sourcils d'Erika, je ne devais pas être loin de la vérité.

– Une bonne nouvelle ? a demandé Armelle avec un petit rire.

– La Maison-Dieu est une carte négative. Elle évoque une forte déstabilisation, une hostilité, un danger.

– *Un danger* ? j'ai relevé, paniqué.

– Je vois… une grande adversité. Je ne sais pas d'où elle vient, a continué Erika en m'ignorant superbement.

J'ai commencé à lister toutes les potentielles menaces de la vie d'Armelle.

– Il te faudra faire preuve de courage.

Armelle ne souriait plus du tout, à présent. Erika a secoué la tête, et son visage a retrouvé un peu de légèreté.

– N'oublions pas qu'une épreuve est idéale afin de rebondir et de se débarrasser des chaînes qui nous emprisonnent !

Elle s'est dépêchée de dévoiler l'ultime carte. Le Pendu. Le sourire d'Erika s'est figé.

– Alors, quoi ? s'est impatientée Armelle.

– Le Pendu est attaché par un pied, tête en bas, et n'a pas les mains libres. Il est contraint, forcé dans une position très inconfortable.

– Je vois bien, a marmonné Armelle. Mais qu'est-ce que ça veut dire ?

– Cette situation qui te tourmente… n'est pas près de s'améliorer. Tu es totalement bloquée. Je vois une grande souffrance, et…

– J'en ai assez.

Armelle a bondi sur ses pieds, renversant le contenu de son verre sur la moquette.

– Ce ne sont que des cartes. Ça ne veut rien dire du tout ! TU N'ES QU'UNE MENTEUSE !

Armelle a balayé la table d'un geste de la main. Les cartes se sont mises à voltiger dans la tente. Je pensais qu'elle s'arrêterait là, mais non : elle en a profité pour renverser la table dans un grognement de rage pure.

– Armelle, arrête ! j'ai hurlé.

Mais elle ne m'entendait plus. Elle a balancé son pied dans la table et s'est mise à frapper, encore et encore, jusqu'à ce que le socle se brise sous les impacts.

– Armelle, STOP !

J'ai enserré ses épaules pour l'immobiliser, mais elle s'est mise à se débattre avec une violence inouïe.

– LÂCHE-MOI !

Son coude s'est écrasé sur ma mâchoire. Sous le choc, j'ai relâché ma prise et suis tombé à la renverse. Erika s'est jetée à genoux à côté de moi.

– Noah ! Tout va bien ?

J'ai hoché la tête en retenant une grimace de douleur. Mes côtes avaient heurté le pied de la table dans ma chute, mais c'était bien le dernier de mes soucis. J'ai reporté mon attention sur Armelle. Sa poitrine se soulevait et s'abaissait à un rythme effréné, et ses yeux étaient humides de larmes.

– Noah, je... je ne voulais pas. Je...

J'ai chassé ses excuses d'un geste de la main et me suis redressé en prenant appui sur l'avant-bras d'Erika.

– Tout va bien. Je n'ai rien de cassé.

Les yeux d'Armelle ont balayé le carnage qu'elle venait de produire, et sa respiration s'est accélérée. J'ai tendu la main pour la retenir mais elle est sortie de la tente en trombe. J'ai secoué la tête pour reprendre mes esprits et j'ai commencé à rassembler les cartes éparpillées un peu partout.

– Je suis vraiment désolé, Erika...

Elle s'est penchée pour ramasser le Pendu qui avait atterri sur le tabouret renversé.

– Ne le sois pas. J'ai l'habitude de ce genre de réactions. Personne n'aime être confronté à ses propres démons. Et, la plupart du temps, le tirage met l'accent sur les problèmes, et non sur les solutions, ce qui peut engendrer une grande frustration.

– Je comprends. Merci encore.

Nous avons remis en ordre la tente dans le silence. Je m'apprêtais à partir mais elle m'a retenu par le bras.

– Fais attention à toi, Noah.

– C... comment ?

Elle a plongé ses yeux sombres dans les miens, jusqu'à me faire frissonner.

– Armelle est comme une bombe à retardement. Et le jour où elle explosera... Il est préférable que tu ne sois pas dans les parages. Tu comprends ?

J'ai acquiescé même si, au fond, je ne comprenais pas un traître mot de ce qu'elle disait. Armelle était lunatique, sensible, mystérieuse. Parfois méchante, peut-être, mais plus par maladresse que par réelle volonté de blesser. Et même si Erika disait vrai, j'aurais bien été incapable de tourner le dos à Armelle. Je ne pouvais pas rester insensible à sa souffrance.

J'ai secoué la tête pour m'éclaircir les pensées. Jamais Armelle ne me ferait du mal intentionnellement, j'en avais la certitude. Ce qui s'était passé aujourd'hui... n'était qu'un simple accident.

J'ai quitté la tente, déboussolé. Mes côtes droites m'élançaient, mais je repoussais la douleur dans un coin de ma tête. Les invités discutaient gaiement, dispersés en petits groupes dans la salle, tandis qu'une bonne partie s'était jetée sur le buffet. Évidemment, Armelle était introuvable. J'ai essayé de me calmer, mais les avertissements d'Erika me collaient à la peau. Et pourtant, ce n'était pas pour moi que j'étais le plus inquiet. Où avait filé Armelle ? Elle devait se sentir terriblement coupable. Je devais la retrouver, je devais...

– Noah ! Je t'ai cherché partout.

Dario, royal dans son costume trois pièces, queue-de-pie comprise, a posé une main sur mon épaule.

– Je veux te présenter des amis.

Plusieurs types m'ont salué, tous vêtus du même costume rouge vif, une libellule agrafée à la poche de leur veston. *Des membres du club de poker*, il m'a expliqué. J'ai enchaîné les poignées de main sans retenir un seul prénom. Tout en faisant mine de participer à la conversation, j'ai étiré ma nuque pour balayer l'assemblée du regard. Aucune trace d'Armelle.

– Elle est à côté de la tireuse à bière, a lâché Dario.

– Quoi ?

– Armelle.

J'ai esquissé un sourire gêné, et Dario m'a tapoté le dos.

– *Filotimo.*

– *Filotimo*, j'ai répondu avec solennité.

J'ai faussé compagnie au groupe alors qu'ils commençaient à parler quinte, flush et brelan avec animation. La tireuse était installée tout au fond de la salle. Visiblement, les convives préféraient le champagne et les assortiments de vins, car l'endroit était désert.

– Tu es là, a dit Armelle en m'apercevant.

Son verre était déjà à moitié vide. Sa respiration s'était calmée mais ses mains étaient toujours parcourues de tremblements.

– Je suis là.

– Pourquoi ?

Elle avait parlé avec tant de véhémence que j'ai fait un pas en arrière, comme si elle m'avait giflé.

– Comment ça ?

– Pourquoi es-tu toujours là ? Tu as entendu Erika. Je suis complètement paumée. Et si tu restes à mes côtés, tu le deviendras, toi aussi.

– Ce n'est que de la divination, Armelle. Tu l'as dit toi-même : tout ça ne veut rien dire.

Ma voix manquait clairement de conviction.

Elle a avalé trois grandes gorgées sans reprendre son souffle. Je me suis rapproché et j'ai enveloppé ses mains des miennes. J'avais tendance à m'emballer au moindre contact entre nous, mais pas cette fois-là. Le geste m'était naturel, comme si je l'avais déjà répété des milliers de fois.

– Écoute... peut-être que ce tirage n'est qu'une immense connerie. Et peut-être que tout ça est vrai, et que tu vas passer un sale quart d'heure très bientôt.

– Je...

– Tu veux connaître la bonne nouvelle, celle qu'ont oublié de mentionner les cartes ? j'ai enchaîné. C'est que je suis là, moi. Je n'irai nulle part. Peu importe la difficulté, je sais que tu es assez forte pour l'affronter. Et, si tu as quand même besoin d'une oreille attentive ou d'une épaule sur laquelle t'appuyer... tu n'auras qu'à m'appeler.

Armelle a cligné des yeux, la bouche entrouverte. Je me suis rendu compte que je serrais ses mains dans les miennes un peu trop fort, alors j'ai rompu notre étreinte, gêné par ma propre intensité. Mais Armelle a ouvert les bras et m'a enlacé si fort que j'arrivais à peine à respirer. Après une seconde d'embarras, j'ai retrouvé l'usage de mes membres et passé les bras autour de ses épaules.

– Merci, Noah. Je ne sais pas ce que je ferais sans toi.

– Tu serais sans doute en train de torturer un autre étudiant, le forçant à boire, à fumer, et à se plier à un tas de défis ridicules.

Elle s'est éloignée un peu, les joues cramoisies. Ses rougeurs étaient-elles dues à l'alcool ou à notre proximité ? Je n'ai pas eu le temps de m'attarder sur la question car elle m'a fourré son gobelet de bière dans la main et s'est tournée pour en remplir un autre. Sur la scène, l'orchestre de jazz a cédé la place à un DJ qui commençait à titiller ses platines. Très vite, la musique a pulsé dans les haut-parleurs, le son poussé au maximum, et les invités se sont mis à taper du pied, à balancer des hanches et à bouger la tête en rythme. La playlist était affreusement ringarde, du genre *Les Démons de minuit* ou *Partenaires particuliers*. Le genre de musique qui est diffusé pendant les soirées camping en été et où les vieux se trémoussent à en perdre haleine.

– Viens.

J'ai tiré Armelle sur la piste de danse, puis j'ai improvisé une chorégraphie ridicule sous ses yeux ébahis. Elle m'a très vite imité, hilare. Mes côtes ne me faisaient presque plus souffrir, à croire que la proximité d'Armelle agissait comme un baume réparateur. Les autres convives nous observaient, un sourire aux lèvres, et certains se sont joints à nous. Je me suis rapproché d'Armelle, jusqu'à ce que mes lèvres frôlent son oreille :

– Tu te rends compte qu'avant de te connaître, je ne dansais jamais ?

Sa poitrine a été secouée d'un gloussement mi-attendri, mi-moqueur.

Il y a quelques mois, j'aurais eu honte de me déhancher devant une foule d'inconnus. Mais grâce à Armelle, je n'avais plus peur. Son stratagème pour me dépouiller de ma timidité avait fonctionné à merveille. Je ne cherchais plus à éviter les critiques. Je ne m'empêchais plus d'agir, par peur des moqueries. Je me sentais libéré.

Et ça faisait un bien fou.

Chapitre 41

– Bonjour. Enfin, bonsoir. Je raccompagne Armelle car… elle est, euh… fatiguée. La soirée a été mouvementée, vous comprenez.

Steven nous a jeté un drôle de regard, mais s'est effacé pour nous laisser passer.

– *Of course*. Tu connais le chemin.

Il s'est incliné comme l'aurait fait un valet sophistiqué. Décidément, Steven était vachement cool. Du moins, c'était la conception que je me faisais d'un type cool : poli, arrangeant et bienveillant.

– J'espère que vous avez passé une bonne soirée ! il a ajouté alors que je longeais le couloir en faisant le maximum d'efforts pour marcher droit malgré le poids d'Armelle sur mes épaules.

Je l'ai traînée jusqu'à son lit. Elle s'est écroulée, exténuée, la tête dans l'oreiller. J'ai retiré ses bottes avec délicatesse et ai glissé une couverture sur son corps frigorifié. Elle a entrouvert les paupières et marmonné quelque chose qui ressemblait à du français.

– Quoi ? j'ai demandé.

– Approche.

Je me suis assis près d'elle.

– Plus près.

J'ai penché mon visage vers le sien.

– Encore.

J'ai obtempéré, jusqu'à ce que nos nez se frôlent. Ma respiration s'est coupée net. Armelle me faisait toujours cet effet-là. Je n'étais pas certain qu'il s'atténuerait un jour. Ses yeux verts étaient grands ouverts, maintenant.

– Embrasse-moi, idiot.

J'ai obéi. Je l'ai embrassée. J'ai effleuré sa joue et j'ai fermé les yeux, savourant cet instant. Mon cœur s'est emballé ; il pulsait si fort que j'étais persuadé qu'elle l'entendait. Sa main gelée a agrippé ma nuque et envoyé une décharge électrique dans ma colonne vertébrale. Ses doigts bagués se sont aventurés dans mes cheveux avec une douceur inattendue, avant de descendre au niveau de mon cou. Ses lèvres capturaient les miennes avec possessivité, et je répondais à ses baisers avec plus de ferveur encore, pendant que nos respirations s'entremêlaient dans une parfaite harmonie. J'aurais aimé pouvoir prolonger ce moment jusqu'au petit matin. Dans mon euphorie, je me suis demandé comment j'allais pouvoir reprendre le cours de ma vie après *ça*. Car j'étais maintenant convaincu que rien ni personne sur cette terre ne pouvait ne serait-ce qu'égaler le plaisir qui me consumait lorsque j'embrassais Armelle.

Mais la pression sur ma nuque s'est relâchée. J'ai rompu notre étreinte pour observer sa réaction, le visage en feu.

Elle s'est recroquevillée dans les draps et a posé la tête sur mes genoux en étouffant un bâillement.

– Tu restes un peu avec moi ?

Tous les muscles de son corps se sont relâchés quand j'ai hoché la tête.

– Et si tu me racontais quelque chose ?

Je me suis penché pour ramasser le premier livre à portée de main, *La Cloche de détresse*, de Sylvia Plath. Un exemplaire de poche, tout corné et abîmé, aux pages gondolées, comme si on l'avait plongé dans l'eau. Le tenir en devenait presque douloureux, pour moi qui accordais un soin extrême à mes livres.

J'ai commencé à lire. Évidemment, je ressentais avec une acuité démultipliée le contact du visage d'Armelle sur mes jambes, ce qui rendait toute concentration impossible. C'était à peine si je comprenais ce que je lisais. Mais ça n'avait pas d'importance.

Les paupières d'Armelle se sont faites de plus en plus lourdes au fur et à mesure que les pages se tournaient.

– J'aime ta voix. Je te l'ai déjà dit ? elle a murmuré dans un demi-sommeil.

Son compliment m'a tiré un sourire béat. J'ai plongé une main dans ses cheveux pour les caresser avec langueur. Très vite, la respiration d'Armelle s'est faite plus profonde.

Elle s'était assoupie.

J'aurais peut-être dû me sentir déçu qu'elle s'endorme si rapidement, juste après notre premier baiser, mais les frissons qui parcouraient mon corps m'empêchaient de ressentir autre chose qu'un émerveillement mêlé d'excitation.

Armelle m'a embrassé. J'ai embrassé Armelle.

Extrait du journal intime de Noah

Samedi 18 février. 2 h 34

Ç'aurait pu être le début de notre histoire d'amour.

À la place, ç'a été le début de notre descente aux Enfers.

Chapitre 42

Trois jours de silence.

Depuis que j'avais raccompagné Armelle chez elle trois jours plus tôt, je n'avais eu aucune nouvelle. Pas un seul SMS. J'ai repris les cours, la mort dans l'âme, me repassant en boucle le souvenir de notre premier baiser dans mon esprit jusqu'à ce qu'il soit tellement usé qu'il m'apparaisse délavé, comme un rêve agréable qui se dissipe juste après le réveil.. J'ai retrouvé Dario à la bibliothèque universitaire en fin de journée. Évidemment, Armelle n'avait pas mis un pied à la fac, et personne ne l'avait vue ni ne lui avait parlé depuis le bal.

– Armelle ne répond à aucun de mes messages, j'ai lancé en guise de préambule.

Dario a retiré son casque à réduction de bruit (précaution bien inutile à mon sens : on aurait pu entendre une mouche voler dans la BU).

– Depuis combien de temps ?

– Soixante-quatre heures et vingt-sept minutes, j'ai répondu sans hésitation.

Dario est resté muet. Parfois, certains silences sont plus éloquents qu'un long discours, et celui-là me disait clairement : « Arrête de te monter la tête pour rien, imbécile. » Mais la personnalité délicate et bienveillante de mon meilleur ami l'empêchait évidemment de le formuler en ces termes. À la place, il a répliqué :

– Venant d'elle, c'est chose fréquente, n'est-ce pas ?

– Oui, c'est vrai, mais...

– Si ma mémoire est bonne, et à en croire les messages que tu m'as laissés à ce sujet depuis septembre, il s'agit même de la...

Il a fouillé dans son téléphone, faisant défiler nos conversations.

– ... neuvième fois qu'elle te fait ce coup-là. Et systématiquement, elle réapparaît comme une fleur après quelques jours.

– Oui, mais...

– Et que dit-elle, à chaque fois qu'elle revient ?

– Qu'elle avait besoin de temps pour elle. Pour se retrouver.

– Tu as ta réponse, Noah. Je ne vois pas pourquoi ce silence radio serait différent des précédents.

Dario avait probablement raison, comme toujours. Et pourtant... je ne pouvais pas m'empêcher de m'inquiéter. Mon instinct me hurlait que cette situation était différente. Alarmante.

Devant mon affolement grandissant, Dario a proposé que nous poursuivions la conversation dehors. On s'est assis sur le rebord de la fontaine, engloutis par le flot des étudiants qui profitaient de l'intercours pour prendre l'air.

– Tu penses que c'est une simple coïncidence qu'Armelle disparaisse juste après notre baiser ? j'ai repris.

Il m'a lancé un regard sévère. Je me suis efforcé d'ignorer son air condescendant.

– Armelle a bu pendant le bal, il a répondu, prudent. Tu as dit qu'elle s'était endormie après votre baiser.

– Et alors ? j'ai demandé avec une virulence que je ne contrôlais pas.

– Alors... tu devrais envisager la possibilité qu'elle ne s'en rappelle pas. L'alcool a ce genre d'effet.

J'ai ouvert la bouche pour hurler que, bien sûr que non, Armelle ne pouvait pas avoir oublié quelque chose d'aussi magnifique et sensationnel que notre premier baiser. Mais je ne l'ai pas fait. Car, même si ça me coûtait de l'admettre, il y avait bien une infime chance qu'elle n'ait gardé aucun souvenir de la fin de notre soirée.

– Et... dans l'hypothèse où elle s'en souviendrait effectivement... même si je ne prétends pas connaître Armelle par cœur...

– Arrête de prendre des pincettes, Dario.

– Il me semble qu'elle n'est pas le genre de fille à remettre en cause ses habitudes pour un simple baiser.

Simple baiser. Ça sonnait comme la pire des humiliations.

– Ne te vexe pas, Noah...

– Armelle n'en a rien à faire, de moi. C'est ce que tu penses ?

Dario était un piètre menteur. Aussi inexpressif qu'était son visage, je suis parvenu à y saisir le fond de sa pensée, et elle était loin de me plaire.

– Armelle tient à toi, c'est évident.

– Mais elle n'est pas amoureuse.

Mon meilleur ami a émis un long soupir. De toute évidence, cette conversation l'ennuyait.

– Je ne lis pas dans son esprit. Je ne peux pas l'affirmer, non.

J'ai tiré une cigarette de mon sac et je l'ai allumée, même si je savais que Dario détestait ça. Ce simple geste me rappelait Armelle, et j'avais plus que jamais besoin de me sentir connecté à elle.

– Pourquoi est-ce que tu ne lui dis pas ce que tu ressens, tout simplement ?

À l'entendre, je n'avais aucune raison de me torturer. Mais rien n'était simple, dans la vie, surtout ce qui concernait Armelle.

– Pourquoi ?

Dario a opiné. J'ai tiré une grande bouffée sur la cigarette avant de lâcher les vannes :

– Parce que je suis un lâche. Parce que je ne peux pas concevoir un refus. Je ne peux pas encaisser ce vicieux « non » qui me pend au nez et qui changerait mon existence, qui m'obligerait à étouffer mes sentiments, à maquiller mes émotions. Je ne pourrais pas supporter l'inévitable douleur qui m'envahirait à chaque fois que j'effleurerais sa peau par inadvertance, tout en sachant qu'elle ne partage rien du tourbillon qui me consume à tout contact. À choisir, je préfère passer le reste de ma vie à espérer plutôt que de savoir que mes sentiments ne sont et ne seront jamais réciproques. Car, pour le moment, tout est encore possible. Je me délecte de ce « et si ? » qui renferme à lui seul une infinité de possibles. Je suis libre d'imaginer ce que je souhaite, je n'ai pas à me flageller de ressentir ce que je ressens car je suis encore plongé dans cette période magique et euphorique du *peut-être*. Alors, non, je ne vais pas *simplement* lui ouvrir mon cœur.

J'ai continué à fumer dans un silence éloquent. Même Dario n'osait plus rien dire. J'ai jeté mon mégot dans une poubelle et, lorsque je suis revenu, il a posé sa main sur mon épaule.

– Je ne prétends pas comprendre ce que tu ressens, mais... tu risques de passer à côté de quelque chose d'incroyable à cause de tes craintes. Tu sais, parfois, l'après « et si ? » vaut la peine d'être vécu.

Dario et moi nous sommes quittés quelques minutes plus tard. Je suis rentré à mon appartement, le moral dans les chaussettes. Je n'ai pas résisté à la tentation d'envoyer un énième message à Armelle.

Je ne te demande pas de revenir,
tu sais. Juste un petit message
pour savoir si tout va bien.

Et, même si j'ai regretté au moment d'appuyer sur la touche « Envoi » :

Tu me manques.

Je me suis enfermé chez moi, j'ai écouté du Céline Dion jusqu'à vider mes canaux lacrymaux et me suis écroulé sur mon minuscule lit sans manger.

Je n'avais pas l'énergie pour cuisiner et, dans tous les cas, mes nœuds à l'estomac m'auraient empêché d'avaler quoi que ce soit. Tout mon corps était tiraillé. Je n'arrivais pas à penser à autre chose qu'à elle. Ses cheveux, son sourire taquin, ses dents du bonheur... oui, même ses dents du bonheur. J'ai allumé mon ordinateur portable à la recherche du mot qui collerait parfaitement à mon état d'esprit.

Abattu.

Chagriné.

Affligé.

Attristé.

Découragé.

Tourmenté.

Comme je m'y attendais, aucun ne me convenait. Après quelques recherches, j'ai fini par trouver ce que je cherchais.

Viraag (hindi, n.) : Désigne la tristesse ressentie quand on est loin de la personne aimée, douleur provoquée par son absence.

À force qu'Armelle me répète que je n'étais pas comme les autres, j'avais fini par y croire. Ce n'était qu'à travers ses yeux que je me sentais digne d'intérêt. Intéressant. Intelligent. Drôle, parfois, même.

Et maintenant qu'elle n'était plus là, j'avais la sensation d'être redevenu un être insignifiant.

Chapitre 43

J'ai essayé de l'appeler une fois, sans succès. Alors je l'ai appelée quatorze fois, mais ça n'a rien changé. L'humeur changeante d'Armelle n'était plus un secret. Mais c'était justement parce que je commençais à bien la connaître que je pressentais que quelque chose de grave s'était passé. En grand amoureux transi et pitoyable que j'étais, j'avais mémorisé son emploi du temps, aussi, je savais qu'elle se rendait au Club des Roses le jeudi à 16 heures. J'ai poireauté dix minutes devant le local avant qu'une nana daigne m'ouvrir la porte.

– C'est pour quoi ?

– Est-ce qu'Armelle est ici ?

À la mine dégoûtée qu'elle m'a lancée, j'ai eu l'impression de lui avoir demandé de me masser les pieds.

– Elle n'est pas là. Elle ne fait plus partie du club.

– Vous l'avez exclue de l'association ? Mais... pourquoi ?

– Exclue ? Non, elle s'est désistée toute seule. Mais, entre nous, ce n'est pas une grande perte. Elle était beaucoup trop extrême, si tu veux mon avis, et pas assez régulière. Elle donnait une mauvaise image du féminisme que nous prônons au Club des Roses.

J'ai eu envie de la gifler. Et de pleurer. Je me suis contenté de tourner les talons en marmonnant un vague « merci », comme l'aurait fait n'importe quel garçon bien élevé. Ma mère aurait été fière de moi.

Mais c'était juste avant de me raviser et d'opérer un magistral demi-tour. La fille m'attendait devant la porte, poings sur les hanches, un rictus narquois au bord des lèvres.

– Quoi, encore ?

– Vous venez de perdre un élément important. Et, au passage, murmurer dans le dos d'Armelle et ricaner quand elle passe près de vous à chaque fois qu'elle met un pied dans l'asso, ça s'appelle du harcèlement. Et tu peux être sûre qu'Héloïse en sera informée.

Je l'ai plantée là, immobilisée sous le coup de la surprise, la mâchoire ouverte au point de se décrocher.

J'ai continué à chercher Armelle dans toute la faculté, sans succès. Désespéré, j'ai même fini par envoyer des SMS à Cricri, Titi, Longues Jambes et tous ses pseudo-potes de soirée. Tous m'ont répondu la même chose :

Je ne l'ai pas vue. Tu ne devrais pas t'inquiéter: c'est du Armelle tout craché.

Négatif. Elle doit être en train de pioncer devant un film!

Pas depuis la semaine dernière. En même temps, avec Armelle...

Au bout du cinquième SMS de ce genre, j'ai eu envie de balancer mon téléphone par la fenêtre. Pourquoi personne ne s'inquiétait pour elle ? Pourquoi tout le monde agissait comme si cette situation était normale ?

Tu ne vaux pas mieux qu'eux, j'ai songé.

À chaque disparition d'Armelle, j'avais gobé ses vagues explications, sans chercher à creuser davantage.

Mais aujourd'hui, j'avais besoin de réponses.

Alors je suis allé chez elle.

Chapitre 44

J'ai fait le pied de grue devant la porte comme un imbécile, en proie aux doutes. Armelle ne répondait pas à mes textos : elle n'avait donc aucune envie de ne me parler. Elle avait sans doute séché les cours pour se reposer, et je m'apprêtais à détruire cette bulle de tranquillité en faisant irruption chez elle. Et si je passais pour un gros lourd ? Un maniaque du contrôle ?

– Noah ? Qu'est-ce que tu fabriques, devant l'entrée ? *Come in !*

J'ai reconnu l'accent américain de Steven avant de le voir.

Maintenant, plus question de faire machine arrière. J'ai poussé la porte et suis tombé sur le prestigieux vestibule et son lustre doré qui devait valoir plusieurs Smic à lui tout seul.

– Noah, comment tu vas ? *Fine ?*

Nous avons échangé une poignée de main. Steven y a mis tellement d'énergie que mes phalanges ont craqué sous la pression.

– Armelle est ici ? Je dois lui parler à propos... d'un examen.

Le bobard m'était venu naturellement. Et, pour une fois, je l'ai trouvé plutôt convaincant.

– Je ne l'ai pas vue aujourd'hui, *sorry*. Elle doit être en ville, ou je ne sais où. *Who knows ?* il a ajouté avec un petit rire haut perché.

– Sa mère alors ? J'aimerais lui parler.

– Emily ? Je crois qu'elle est dans son bureau. Je vais la chercher. *Stay here !*

J'ai attendu qu'il disparaisse au bout du couloir pour me précipiter dans la chambre d'Armelle, à l'étage. Peut-être avait-elle laissé un indice sur l'endroit où elle était allée ?

Pourquoi est-ce qu'elle aurait fait ça ? m'a craché la partie raisonnable de mon cerveau.

Je me suis glissé à l'intérieur avant de refermer la porte derrière moi. La chambre d'Armelle était toujours dans un état chaotique. Trouver quelque chose là-dedans allait me prendre des heures. Mais je n'avais que quelques minutes avant que sa mère ne débarque.

J'ai commencé par fouiller son bureau où régnait un désordre sans nom : des préventes de boîtes de nuit chiffonnées, des feuilles de cours chiffonnées, des paquets de cigarettes à moitié vides, une corbeille pleine de briquets colorés, des chips entamées, des Polaroid d'une de nos innombrables soirées. Sur un des clichés, on pouvait voir Armelle accrochée à mes épaules, ses jambes entourant ma taille, brandissant une bouteille de bière comme la Statue de la liberté tenait son flambeau. Je souriais, un bob qui ne m'appartenait pas enfoncé sur les cheveux, une cigarette à la bouche. Je ne me rappelais même pas le moment où cette photo avait été prise. J'ai retourné la photographie. Armelle avait griffonné une phrase au stylo noir tout en bas à gauche : « Noah & moi », accompagnée d'un petit cœur, et de la date. J'ai reposé le cliché, un léger sourire flottant sur mes lèvres. J'ai continué mon investigation, approfondissant les recherches au fur et à mesure que le temps passait. Jusqu'à tomber sur un papier froissé en boule au fond d'un tiroir. Je l'ai déplié avec précaution, le cœur tambourinant. Sans que je sache pourquoi, mon instinct me hurlait que ce qui était inscrit sur cette feuille revêtait une importance capitale.

Et je me demande si je saurai t'aimer autant que tu m'aimes
Et je me demande si ton amour saura me combler
Et je me demande si je ne vais pas trop t'en demander
Et je me souviens que je ne fais que ça, exiger

Et je crains de déjà connaître la fin avant même qu'elle ne soit rédigée
Et je redoute que tu ne l'aies deviné aussi
Et je me demande qui de nous deux aura le plus le cœur brisé
Et je crains de déjà connaître la vérité
Et je continue à croire que les choses pourraient changer
Et je persiste à penser que le destin n'est pas tout tracé
Et je me plais à espérer que mon amour pour toi chasse mes sombres pensées
Et je me rappelle que rien n'est jamais parvenu à les étouffer
Et je pleure sur cette belle histoire partagée
Et je me dis qu'elle est à peine plus âgée qu'un nouveau-né
Mais que je suis déjà en train de tout gâcher.

Un poème. Depuis quand Armelle écrivait-elle des poèmes ? Les doigts tremblants, j'ai glissé le papier dans la poche arrière de mon jean. Je n'avais pas le temps de songer à tout ça. De réfléchir à ce que ces mots signifiaient. À la place, j'ai repris mes recherches avec une fébrilité grandissante.

J'ai fouillé dans les tiroirs blindés de vêtements mal repassés, sur les étagères poussiéreuses où s'accumulaient de vieux DVD et des peluches aux sourires figés. J'ai ouvert chaque coffre où Armelle entreposait ses souvenirs. Des sacoches entières remplies de billes, des Barbie aux cheveux teints, brûlés, coupés. Des pièces de Lego, une vieille DS à la vitre cassée, des cartes Pokémon. Je suis tombé sur un carnet rempli de listes, parfois sans queue ni tête.

Liste des techniques pour dormir confortablement en cours sans se faire cramer.
Liste des réflexions des personnes âgées les plus agaçantes.
Liste des métiers que je rêvais de faire étant enfant.

Liste des chansons tristes qui me rendent heureuse.
Liste des mots qui devraient avoir une autre définition.
Liste des prénoms de chat les plus ridicules.

Plus je tournais les pages, plus les thèmes étaient morbides.

Liste des choses que j'aimais mais qui ne me font plus aucun effet.
Liste des tortures les plus douloureuses.
Liste des épidémies les plus meurtrières au monde.
Liste des jours où le nombre de suicides est le plus élevé dans le monde.
Liste des meilleures techniques pour mettre fin à ses jours.

Même si la fascination malsaine d'Armelle pour les sujets glauques n'était plus un secret pour moi, l'intitulé de ces listes était loin de me rassurer. Mon appréhension grimpait en flèche et je brûlais d'envie de les parcourir, mais le temps me manquait et j'ai remis ça à plus tard.

Armelle ne jetait rien. Sa chambre était le musée de sa vie, et j'ai eu l'impression de violer son intimité. Je m'apprêtais à cesser l'exploration : de toute évidence, elle n'avait laissé aucun indice sur l'endroit où elle se terrait. Elle n'avait aucune envie d'être trouvée. Mais un placard entrouvert au fond de sa chambre a attiré mon attention. Je me suis juré que ce meuble-là serait le dernier où je mettrais mon nez, avant de tirer sur la poignée.

Mon souffle s'est coupé en découvrant ce qui s'y cachait.

Des rangées de caisses étiquetées par ordre alphabétique. Contrairement au reste de la chambre, elles étaient parfaitement classées et alignées, avec une précision quasi chirurgicale. Sur chaque compartiment était scotchée une petite étiquette avec un prénom. J'ai repéré immédiatement le mien, placé entre une Noémie et un Martin. Les mains tremblantes, j'ai tiré la caisse et l'ai déposée à mes pieds.

Et ce que j'ai découvert m'a laissé sans voix.

Mon stylo rose à pompon, que je croyais avoir égaré. Mon porte-monnaie en cuir, où je conservais ma petite monnaie pour la machine à café. Mon répertoire à idées. Un badge « Mon voisin Totoro », que je gardais épinglé à mon sac. Et d'autres objets, dont je n'avais jamais remarqué l'absence : des sachets de mayonnaise, deux cuillères à café, un bouquin de Jane Austen, des chaussettes à pois, des tickets de métro non compostés, une gourmette...

La gorge nouée, j'ai parcouru les étagères jusqu'à tomber sur un prénom familier, celui de Dario. Au fond de la caisse, notre *Encyclopédie des mots intraduisibles* reposait, intacte. Accompagnée d'un paquet de Tic-Tac et d'un dictionnaire néerlandais-français.

J'ai sorti mon téléphone d'une main tremblante pour prendre une photo, accompagnée d'un :

Désolé, j'ai été con.

La réponse m'est parvenue presque instantanément.

Ça t'arrive, ouais.

Et, comme Dario était beaucoup plus perspicace que moi, il a ajouté :

Armelle?

J'étais en train de taper à toute vitesse sur mon portable quand un bruit de pas m'a fait lever la tête. J'ai fourré les deux caisses dans le placard sans aucune précaution avant de claquer les portes.

– Noah ? Tu es là ?

Je me suis redressé et j'ai composé le visage le plus innocent que j'avais en stock. Heureusement qu'Emily ne pouvait pas entendre les battements effrénés de mon cœur ni sentir le filet de transpiration qui coulait le long de mon dos. Lorsqu'elle m'a aperçu, la mère d'Armelle a esquissé un petit sourire qui se voulait bienveillant, mais ses yeux fatigués rompaient le charme. C'était la première fois que je me retrouvais face à elle. Je ne savais pas à quoi m'attendre : peut-être à un sosie d'Armelle, fougueux et impertinent, avec quelques rides en plus. Je n'aurais pas pu viser plus mal. Tout en Emily, de ses épaules tombantes à ses cheveux ternes, transpirait la lassitude. De gros cernes violacés auréolaient ses yeux gris. Ce n'était pas le genre de cernes causés par une mauvaise nuit de sommeil, mais plutôt par l'accumulation de plusieurs années d'insomnies et d'abattement. Ceux-là ne s'effacent jamais.

– Excusez-moi de vous déranger. Je suis à la recherche d'Armelle. Elle n'est pas venue à l'université depuis deux semaines, et elle ne répond pas à mes messages.

Emily m'a écouté sans laisser transparaître la moindre émotion. J'aurais pu parler météo que sa réaction n'aurait pas été différente.

– Je commence à m'inquiéter, j'ai insisté. Vous n'avez pas une idée d'où elle peut être ? Quand l'avez-vous vue pour la dernière fois ?

Emily a haussé les épaules en poussant un long soupir. Son dos s'est voûté un peu plus. De près, j'ai remarqué que des mèches blanches, trop nombreuses pour son âge, parsemaient sa chevelure.

– Il est fréquent qu'Armelle quitte la maison quelques jours... Elle a régulièrement besoin de se recentrer sur elle-même.

Un rire mesquin s'est échappé de ma gorge.

– Se recentrer sur elle-même ? C'est réellement ce que vous pensez ? Ça ne vous inquiète pas plus que ça ?

La colère faisait vibrer ma voix. L'indifférence générale et tous ces faux-semblants me donnaient envie de hurler.

– Tu devrais arrêter ça.

– Arrêter de m'inquiéter pour elle ? Et si je ne le fais pas, qui s'en chargera ? Pas vous, visiblement !

– Ce n'est pas ton rôle, elle a répliqué sèchement.

– Non, en effet. C'est le vôtre.

Emily s'est affaissée contre le chambranle de la porte, comme si ses jambes peinaient à soutenir le poids de son corps. Un instant, j'ai éprouvé de la pitié pour cette femme, éteinte et apathique.

– Armelle n'a jamais été une enfant facile. Petite, elle piquait de terribles crises pour un oui ou pour un non. Ses caprices à répétition nous épuisaient, mon ex-mari et moi, mais nous parvenions à les contenir. Après le divorce… les choses ont dégénéré. À sa première fugue, Armelle n'avait que huit ans. J'ai passé des heures à la chercher dans tout le quartier, pour la retrouver chez une voisine, en train de déguster des gâteaux au chocolat. Plus grande, elle faisait le mur, disparaissait à des soirées, logeait chez des inconnus. Rien de ce que j'ai pu dire, ou faire, n'a fonctionné. Depuis toujours, ma fille n'écoute qu'elle-même. Je ne me rappelle pas la dernière fois où nous avons fait une activité toutes les deux. À la maison, ce ne sont que des cris, des reproches et des portes qui claquent.

Elle a passé la paume sur son visage, dépitée.

– Je sais que tu veux bien faire, Noah, mais tu dépenses ton énergie en vain. Tu n'es pas responsable d'Armelle. Si tu continues comme ça, tu vas passer ta vie à la chercher et elle, la sienne à te fuir. Elle finira par te détruire. Je ne sais pas quels sentiments tu entretiens à son égard, mais…

– Je l'aime.

Les mots m'avaient échappé. Emily a secoué la tête, et son expression s'est assombrie davantage.

– Tu dois penser à toi, d'accord ? Ne la laisse pas te piétiner.

J'en avais assez entendu. J'ai foncé en direction de l'escalier, la bousculant au passage. Sa voix a résonné dans mon dos :

– Elle reviendra. Elle revient toujours.

J'ai pris soin de claquer la porte en partant. Une fois dans la rue, je me suis adossé à un mur pour reprendre mon souffle.

J'ai plongé une main dans ma poche pour en tirer un document que j'avais raflé sur le bureau d'Armelle.

Ordonnance délivrée par Karen Durieux, psychiatre.
112, rue Marius-Berliet, 69007 LYON

Qu'importait ce que sa mère pouvait dire.
Je n'avais aucune intention d'abandonner.

Je ne te laisserai pas tomber, Armelle.

Chapitre 45

Il était 18 heures quand j'ai déboulé dans la salle d'attente du cabinet de psychiatrie de Mme Durieux. Devant le refus de la secrétaire de me laisser entrer sans rendez-vous, j'ai improvisé un bobard.

– Si je ne lui parle pas maintenant, je risque de faire une bêtise.

Je n'étais pas fier de ce mensonge-là, mais j'avais l'impression qu'il s'agissait bien d'une question de vie ou de mort. La secrétaire s'est immédiatement adoucie et a noté mon nom dans son registre.

Je me suis assis dans la salle d'attente impersonnelle, les jambes prises de soubresauts. Aux murs, des posters encadrés représentant des corbeilles de fruits, dupliqués sous tous les angles. Combien de fois Armelle avait-elle fixé ces images en se morfondant, à la même place que la mienne ?

De vieux magazines gisaient sur la table basse, avec des visages souriants en couverture, estampillés de titres bidons tels que *La Santé mentale, comment en prendre soin ? Dix astuces pour lutter contre les insomnies* ou encore *Le Miracle de la pensée positive.* Une fausse plante poussiéreuse complétait le tableau.

Lorsque le dernier patient de la journée est sorti du cabinet, j'ai pris mon courage à deux mains et j'ai frappé à la porte.

– Entrez, a répondu une voix douce, étouffée par le battant.

J'ai pénétré dans le bureau, le cœur au bord des lèvres. Contrairement à la salle d'attente, la pièce était décorée avec goût, dans des tons chauds qui invitaient à la relaxation. Un long bureau en acajou reposait sous la fenêtre. À droite, un sofa beige et un fauteuil moelleux trônaient près d'un téléviseur qui projetait un feu de cheminée. Un bâton d'encens se consumait, diffusant une douce odeur de vanille.

– Monsieur ? Vous aviez rendez-vous ?

La psychiatre m'observait avec intérêt. Elle portait un chemisier à fleurs boutonné jusqu'au col et un long pantalon fluide uni, du genre de ceux que revêtent les professeurs de yoga. Ses cheveux étaient relevés en un chignon haut à l'aide d'une grosse pince en forme de fleur. Tout dans son être respirait la sérénité et la confiance en soi.

Enfin une adulte à même de m'aider, j'ai pensé, et mes muscles se sont relâchés.

– Je suis désolé de vous déranger après votre journée de travail. En fait, je ne viens pas pour moi.

J'ai déposé l'ordonnance froissée sur le bureau. Karen a récupéré ses lunettes pour parcourir le document. Je me suis mis à parler à toute vitesse pour exposer la situation. La psychiatre m'a écouté jusqu'au bout sans m'interrompre, les mains croisées.

– Je crois qu'elle ne va pas bien, madame Durieux, j'ai conclu, à bout de souffle. J'essaie de l'aider, je vous jure. Je regarde des conseils sur Google. Je sais qu'il ne faut pas se fier à Internet et consulter un spécialiste. C'est pour ça que je viens vous voir. Elle a besoin d'aide. Et moi aussi. J'ai besoin d'aide pour l'aider. Vous comprenez ?

Elle m'a observé pendant un long moment. Elle devait être en train de m'analyser, comme le font tous les psys. Du moins, c'était ce que j'imaginais.

– Votre démarche est remarquable, jeune homme, elle a fini par répondre avec douceur. Vous avez bien fait de venir.

Elle a fait glisser son fauteuil jusqu'à la bouilloire, posée sur une petite commode.

– Un peu de thé ?

J'ai secoué la tête. Elle a rempli sa tasse avec des gestes mesurés qui n'ont fait qu'amplifier ma frustration, puis s'est mise à feuilleter son agenda.

– J'ai vu Armelle avant-hier, en fin de matinée. Elle ne rate jamais une de nos séances.

Avant-hier? Je l'avais déjà bombardée d'une centaine de messages.

– Oh. Je vois.

J'ai essuyé mes paumes moites sur mon pantalon.

– C'est... une bonne nouvelle. Je suppose.

J'ai levé le nez pour me soustraire au regard inquisiteur de Karen.

– Armelle est... malade ? j'ai demandé.

Je connaissais déjà la réponse, mais j'avais besoin de l'entendre.

– Les patients qui viennent me voir sont en proie à des souffrances plus ou moins profondes, elle a éludé en sirotant une gorgée de thé.

– Mais de quoi souffre-t-elle, exactement ? j'ai insisté.

– Je ne peux rien divulguer : le secret médical me l'interdit. C'est à elle de se confier quand elle sera prête.

J'ai récupéré l'ordonnance d'un geste rageur.

– Elle m'a volé un tas d'objets, j'ai lâché. Et je ne suis pas sa seule victime. Elle compile tout ce qu'elle récupère dans des boîtes qu'elle étiquette.

J'ai observé sa réaction. Évidemment, Karen ne semblait pas surprise pour un sou.

– C'est un des problèmes sur lesquels Armelle travaille.

Les larmes m'ont piqué les yeux. La psychiatre d'Armelle était ma dernière carte à jouer. Je n'avais plus personne à consulter. Plus personne pour m'aider. Et cet ultime recours avait le goût de l'échec. Je me maudissais d'avoir espéré qu'une psychiatre allait m'aider à localiser Armelle. Elle n'était pas informée des moindres faits et gestes de ses patients ! En dehors des séances, elle ne savait pas plus que moi où traînait Armelle.

– La cleptomanie peut s'expliquer par un sentiment de vide intérieur que la personne ne parvient pas à combler. Un besoin de toute-puissance et d'adrénaline destiné à compenser une faible estime de soi, a poursuivi la psychiatre. C'est un comportement difficilement contrôlable, mais il n'y a aucune volonté de faire du mal. Et, dans le cas d'Armelle, cela entraîne une forte culpabilité.

– Qu'est-ce que je dois faire ? j'ai interrogé, le menton tremblant.

– Veillez simplement à être là pour elle. C'est le mieux que vous puissiez faire.

J'ai ravalé ma déception. Ces paroles ressemblaient trop aux conseils bateau que j'avais repérés sur Google.

– Je n'aurais pas dû vous déranger. Merci pour le temps que vous m'avez accordé.

Je me suis levé, mais Karen m'a arrêté d'un geste.

– Et vous ?

– Comment ça, moi ?

– Comment allez-vous ?

La question m'a tellement pris de court que je n'ai pas su quoi répondre.

– Je… j'irais bien mieux si je savais Armelle en sécurité, j'ai balbutié.

Karen a hoché la tête d'un air entendu, avant de me tendre sa carte.

– N'hésitez pas si vous avez besoin de parler. Je suis là pour vous.

J'ai marmonné un vague remerciement avant de quitter le cabinet. J'ai marché longtemps sous la pluie sans destination.

Stravaig (scots, v.) : Se promener sans but.

CHAPITRE 45

J'ai laissé mes larmes couler, puis se mélanger aux gouttes de pluie. Les passants couraient se mettre à l'abri, un parapluie à la main ou une veste sur la tête pour les moins prévoyants. J'ai shooté dans une canette, qui a rebondi sur une bouche d'égout avant de terminer dans la rigole.

J'ai fini par me réfugier chez moi, trempé jusqu'aux os. Et j'ai commencé à réfléchir à la suite.

J'aurais pu appeler la police. C'était la solution la plus logique, la plus raisonnée. Ce que n'importe quel adulte sensé aurait fait à ma place. Enfin, si on oubliait le fait que les adultes concernés ne le faisaient même pas.

J'ai cogité toute la soirée, pour trouver une solution. Ce n'est qu'un peu après minuit que j'ai eu l'illumination. C'était une entreprise hasardeuse, insensée même, qui risquait de m'attirer de gros ennuis si je me faisais prendre.

Un plan qu'Armelle aurait pu orchestrer, j'ai songé.

Chapitre 46

Avant toute chose, j'avais besoin d'un allié. Aucun plan génialissime n'aboutit lorsqu'il est mené par un seul homme.

Mes options étaient limitées. J'avais assez mêlé Dario à mes problèmes, et je me doutais qu'il n'approuverait pas mon idée. J'aurais pu demander aux camarades de beuverie d'Armelle, mais je doutais qu'ils veuillent s'impliquer à 100 % dans le projet, et je ne leur faisais pas suffisamment confiance de toute façon. Il me fallait un partenaire qui tienne suffisamment à Armelle pour me suivre dans ma folie.

J'avais besoin d'un adulte. D'un adulte plus adulte que moi. Quelqu'un qui prendrait la situation en main et m'aiderait à la retrouver.

– Allô, Steven ?

Je lui ai donné rendez-vous le lendemain matin, le temps de finaliser les détails de mon plan. Bien évidemment, je n'ai pas fermé l'œil de la nuit.

– Noah ? *Are you OK ?*

Steven m'avait ouvert la porte, l'air inquiet. En même temps, je faisais peine à voir, avec mon manteau trempé et mes cernes de dix kilomètres de long.

– Armelle a besoin d'aide. Nous devons agir, *maintenant*.

J'ai peut-être un peu surjoué l'affaire. Certes, j'ignorais toujours où se trouvait Armelle mais je savais dorénavant qu'elle avait assisté à sa séance chez la psychiatre. Peut-être que ces interminables journées ponctuées d'angoisse et de colère m'avaient fait perdre l'esprit. Toujours est-il que j'ai exposé mon plan à Steven, sans rien omettre. Son visage avenant s'est décomposé au fur et à mesure de mon récit.

– Si je résume bien… tu veux pénétrer par effraction dans le bureau de la psychiatre d'Armelle pour voler son dossier et découvrir de quelles pathologies elle souffre ?

– À moins que vous ne soyez au courant de tout et que vous vouliez partager ces informations avec moi ?

– Hélas, *no*… Emily refuse de m'en parler. Et je n'ai jamais insisté. Tout ça… c'est la *private life* d'Armelle !

J'ai ignoré sa remarque.

– Dans ce cas, nous n'avons pas d'autre possibilité. C'est le seul moyen de l'aider.

Steven a pincé les lèvres. J'avais conscience de renvoyer un piètre tableau : mes cheveux dégoulinaient, mes vêtements imbibés d'eau pesaient une tonne, mes chaussures émettaient un grand *splach* à chacun de mes pas. Mais l'adrénaline qui se diffusait dans mes veines m'aurait donné assez d'énergie pour soulever des montagnes.

– Est-ce que tu veux vraiment aider Armelle… ou simplement satisfaire ta curiosité, *son* ?

– Je fais ça pour elle ! je me suis insurgé.

Steven a secoué la tête de gauche à droite, avant de sortir son téléphone dernière génération (*waterproof*, à en juger par la façon dont il le tenait, sans chercher à lui épargner l'averse).

– Quel est le *number* de cette psychiatre ? Je peux essayer de la convaincre de nous transmettre le dossier d'Armelle.

– NON ! j'ai crié. Vous risquez de tout faire capoter ! Elle n'acceptera jamais de nous livrer ces informations. J'ai déjà essayé, croyez-moi. Vous n'êtes même pas son tuteur légal, et Armelle est majeure.

Je voyais qu'il hésitait encore, alors j'ai décidé d'utiliser mon joker. J'ai fouillé dans ma poche à la recherche d'un petit objet.

Une montre en or à gousset. Je l'avais repêchée dans la caisse dédiée à Steven, celle qu'Armelle dissimulait dans son placard.

– Elle est à vous, n'est-ce pas ?

Je n'ai pas eu besoin de m'attarder sur les explications. Le regard de Steven s'est voilé.

– Je vous en supplie. J'ai l'impression que personne ne prête suffisamment attention à Armelle pour partir à sa recherche. Vous savez, je crois qu'elle vous apprécie vraiment, même si elle n'en montre rien. Emily n'a pas l'intention de bouger le petit doigt pour elle, alors... vous êtes mon seul espoir.

Steven s'est pincé l'arête du nez.

– Je n'arrive pas à croire que je vais dire ça, mais... *I agree.*

Ma joie était telle que j'aurais pu lui sauter au cou pour l'embrasser.

– Parfait ! On peut se mettre en route immédiatement. Je connais l'adresse du cabinet...

Steven a abattu sa main sur mon épaule.

– *Calm down, son.* Nous n'irons nulle part aujourd'hui.

– Comment ? Mais... le temps presse !

J'avais déjà planifié la scène dans les moindres détails : moi, courant au garage de Steven pour « emprunter » le marteau qui servirait à briser la vitre du cabinet. Je me serais infiltré en un rien de temps tandis que Steven aurait fait le guet à l'extérieur. J'imaginais que tous les dossiers seraient rangés par ordre alphabétique dans un long tiroir. J'aurais dérobé celui d'Armelle, qui constituait la clef pour la sauver d'elle-même, en un clin d'œil, puis nous nous serions enfuis à bord de sa BMW.

– J'ai accepté de t'épauler dans ton plan. Mais on va faire les choses à ma façon, *right* ?

Nous sommes rentrés nous mettre à l'abri dans le manoir.

– Mange un peu. Tu es tout pâle.

Il a poussé une assiette où s'empilaient une tonne de cupcakes glacés, recouverts d'un épais nappage au chocolat. Malgré l'aspect alléchant des gâteaux, j'avais l'estomac trop noué pour avaler quoi que ce soit. Steven m'a demandé de l'attendre à la table de la cuisine pendant qu'il montait à l'étage. Il est revenu un peu plus tard avec son ordinateur portable dernier cri sous le coude et un gros dossier à spirale.

– Qu'est-ce que c'est ?

– Le dossier médical d'Armelle, *of course*. Emily en garde une copie dans son bureau. Malgré ce que tu as l'air de penser, elle est très impliquée dans le bien-être de sa fille.

– Mais... je... vous...

– Il ne contient que les années de suivi de son enfance jusqu'à ses dix-huit ans, mais ça devrait être suffisant pour nous faire une idée.

C'était diablement efficace, je devais l'admettre. Et beaucoup moins risqué que de pénétrer par effraction dans le bureau d'un professionnel de santé. Moins délirant, aussi.

– Tu es prêt, *son* ?

J'ai pris une grande inspiration. Au moment d'ouvrir le dossier, j'ai été pris d'un doute. Et la certitude que j'étais en train de commettre une terrible erreur m'a terrassé.

Je n'avais pas à savoir ça. Je pouvais continuer à aider Armelle comme je le faisais, à mon échelle. De toute façon, je n'étais pas médecin, encore moins psychiatre, alors avoir connaissance de la maladie dont elle souffrait ne me serait d'aucune utilité, à part peut-être pour affûter mes recherches de conseils pour aider un proche souffrant.

– Je crois que... je ne vais pas le faire.

– *Why* ?

– Ce n'est pas bien. Pas comme ça.

J'ai repoussé le dossier d'un geste las. Un nœud s'est formé dans ma gorge, m'étranglant presque. Je n'arrive pas à croire que j'ai pu, ne serait-ce qu'une seconde, l'envisager. Tout ça appartient à sa vie privée.

Bordel, je n'ai vraiment plus les idées claires. Qu'est-ce qui ne tourne pas rond chez moi ?

– Je suis vraiment désolé de vous avoir dérangé, Steven. À l'avenir, je ne vous embêterai plus avec mes bêtises.

J'ai fait mine de me lever, mais Steven a attrapé mon poignet.

– Tu vas lire ce dossier, Noah. *Right now.*

– Mais... et Armelle ?

– Elle est d'accord.

– Je... *Quoi ?*

– Je lui ai demandé si elle acceptait de partager son diagnostic avec toi.

– Comment ?

– En envoyant un message sur son téléphone, *obviously* !

– Mais... elle ne répond plus depuis des jours !

– C'est vrai. Mais elle a répondu à celui-là.

Je me suis laissé tomber sur la chaise. Ma tête tournait dangereusement.

– Bon, tu ouvres ?

J'ai secoué la tête pour rassembler mes pensées et j'ai empli mes poumons d'air.

– Allons-y.

Chapitre 47

J'ai fini par prendre connaissance du dossier d'Armelle. Je mentirais si je disais que j'avais tout compris, mais le diagnostic était sans appel : Armelle était atteinte d'un trouble borderline et de cleptomanie, et avait traversé plusieurs épisodes dépressifs au cours de son adolescence. Elle avait fait un séjour en hôpital psychiatrique alors qu'elle était au lycée, puis avait connu une seconde hospitalisation l'année dernière, ce qui expliquait en partie son redoublement. Bizarrement, je ne me suis pas senti mieux après avoir ouvert ce document. C'était même tout le contraire. J'étais complètement dépassé par cette découverte. Minable. Inutile. Et profondément impuissant.

J'avais été stupide de croire que ma seule présence pouvait changer quoi que ce soit.

Et pourtant, Armelle avait accepté de se livrer à moi. Pourquoi ?

La connaissant, je me disais qu'elle l'avait fait uniquement pour m'effrayer. Elle espérait sans doute que je rompe tout lien avec elle après ça. Mais je n'avais pas l'intention de la laisser tomber. Pas même après avoir découvert qu'elle était responsable de la disparition de l'*Encyclopédie des mots intraduisibles*. Ce qu'elle m'avait dérobé n'avait aucune valeur. La preuve : je ne m'étais même pas rendu compte de l'absence de la moitié des objets. Ce n'étaient que des babioles. Dario avait déjà racheté une encyclopédie, encore plus belle que la précédente, et nous ne tarderons pas à la remplir avec un tas de nouveaux mots. Tout était rentré dans l'ordre. Un carnet, quel qu'il soit, est facilement remplaçable. Mais pas Armelle. C'était elle qui comptait.

Une seule pensée m'obsédait : comment l'aider ? Mon premier réflexe a été de me jeter sur mon téléphone pour écumer Internet à la recherche d'articles en vue de mieux comprendre et appréhender cette maladie. Pour être honnête, je n'en avais jamais entendu parler. Mais, en découvrant les symptômes, je devais admettre qu'ils expliquaient certaines réactions d'Armelle.

Efforts effrénés pour éviter les abandons réels ou imaginés.

Alternance entre idéalisation excessive et dévalorisation.

Instabilité persistante de la notion de soi.

Impulsivité dans des domaines potentiellement dangereux (dépenses, sexualité, toxicomanie, conduite automobile dangereuse, boulimie...).

Répétition de comportements, gestes ou menaces suicidaires ou automutilation.

Instabilité de l'humeur (malaise intense, anxiété, qui dure quelques heures).

Colères intenses et inappropriées (bagarres, mauvaise humeur...).

Idées persécutoires.

J'ai été interrompu par le bruit des doigts qui frappent un clavier à toute vitesse. Steven avait le nez plongé dans l'écran, un air ultra-concentré collé au visage, les sourcils froncés par l'inquiétude.

– Qu'est-ce que vous comptez faire avec ça ?

– Localiser Armelle grâce à l'adresse IP de son smartphone.

– Vous... vous savez faire ça ?

– J'ai travaillé sept ans dans une boîte informatique avant de me lancer à mon compte, *son*.

Il a tapoté sur son clavier cinq minutes. Puis ses doigts se sont immobilisés, et ses sourcils se sont froncés.

– Alors ? Vous avez trouvé ? j'ai demandé, plein d'espoir.

Il a tourné l'ordinateur vers moi sans rien dire. La localisation s'affichait :

Rue du Repos, 20e arrondissement, Paris.

– À Paris ? Qu'est-ce qu'elle serait allée faire là-bas ?

Steven s'est remis à taper à toute vitesse pendant que je réfléchissais. Était-elle partie rejoindre une connaissance ? De la famille ?

– Il n'y a pas grand-chose dans cette rue, si ce n'est le cimetière du Père-Lachaise.

Un cimetière.

Pris d'un mauvais sentiment, j'ai monté les marches quatre à quatre jusqu'à la chambre d'Armelle. J'ai foncé droit sur la liste que j'avais aperçue la veille.

Liste des meilleures façons de mettre fin à ses jours

Contrairement aux autres listes, rédigées d'une belle écriture ronde, celle-ci comprenait une tonne de ratures et d'annotations. La feuille était froissée, comme si Armelle avait été tentée de la jeter, avant d'y renoncer.

Noyade : 6/10, difficile à mettre en œuvre
Accident de voiture : 1/10, dangereux pour les autres usagers
Immolation : 3/10, trop douloureux
Armes à feu : 5/10, difficile de s'en procurer une
Pendaison : 4/10, traumatisant pour la personne qui te trouve
Défenestration : 7/10, pas mal, mais un peu trop théâtral
Se couper les veines : 4/10, trop salissant
Coma éthylique : 2/10, grande probabilité d'être sauvée à l'hôpital

Plus je poursuivais ma lecture, plus l'étau autour de ma poitrine se resserrait. J'ai eu l'impression de m'enfoncer dans un abîme de noirceur. Jusqu'à arriver à la dernière ligne :

Allergie alimentaire : 10/10, facile à mettre en œuvre, idéal pour déguiser ça en accident

Et, tout en bas de la page, une date : le 22 février, entourée à plusieurs reprises, jusqu'à perforer le papier.

C'était aujourd'hui.

– Armelle...

Une main s'est posée sur mon épaule. Steven m'observait, un pli soucieux entre les sourcils. Je ne l'avais même pas senti approcher, ni même lire par-dessus mon épaule.

– Vous... vous avez vu ? Elle va...

Ma respiration s'est bloquée. L'air semblait se raréfier alors que mon champ de vision se rétrécissait dangereusement.

– Il... il faut faire quelque chose. Il faut que je la rejoigne. Il n'est pas trop tard. Je peux encore l'en empêcher.

Steven a hoché la tête, l'air grave. Puis il a dégainé son téléphone et a passé un appel.

Chapitre 48

Vingt minutes plus tard, un chauffeur nous déposait à la gare de Lyon-Part-Dieu. Steven avait réussi je ne sais comment à nous obtenir deux billets en première classe pour le prochain TGV Lyon-Paris. Nous avons couru comme des dératés pour arriver à temps. Je n'ai pas desserré les dents de tout le trajet. Des images terribles d'Armelle m'assaillaient de toutes parts. Armelle agonisant, le visage et la langue gonflés par l'allergie alimentaire. Armelle immobile, les yeux figés pour l'éternité, le corps blanc et dur.

À côté de moi, et même s'il essayait de faire bonne figure, Steven n'en menait pas large. Il transpirait à grosses gouttes, comme en témoignaient les deux auréoles au niveau de ses aisselles qui ne cessaient de gagner du terrain. Pour s'occuper les mains autant que pour contenir son anxiété, il n'arrêtait pas de faire et de défaire les boutons de manchettes de sa chemise. Il s'est décidé à téléphoner à Emily sur son lieu de travail pour la prévenir. Je n'entendais pas ce qu'elle lui racontait, mais l'appel n'a duré qu'une poignée de minutes. Les réponses de Steven se limitaient à des « oui », « oh », « je vois », « *right* ».

J'ai bombardé Armelle de messages, de plus en plus alarmés au fur et à mesure que mon angoisse s'intensifiait.

Pourquoi t'es à Paris?

Je m'inquiète pour toi. Je prends le premier train pour te rejoindre.

S'il te plaît, réponds-moi, je commence vraiment à flipper.

Quoi que tu aies prévu de faire, ne le fais pas.

Évidemment, elle n'a répondu à aucun. Le trajet ne durait qu'une heure cinquante et pourtant, je n'en voyais pas la fin. Quand la voix du conducteur s'est élevée à travers les haut-parleurs pour annoncer que nous étions arrivés en gare, j'étais au bord du malaise. Pas le temps d'attendre le bus. Vingt minutes de course effrénée plus tard, et je discernais enfin l'entrée du cimetière. Un torrent de questions me harcelait sans relâche, jusqu'à me donner le tournis.

Et si elle n'était plus là ?

Et la pire :

Et s'il était trop tard ?

Au moment de franchir les grilles, je me suis rendu compte que Steven s'était immobilisé, plusieurs mètres derrière moi. Les mains sur ses genoux, hors d'haleine, il luttait pour reprendre sa respiration. Pour un type qui prônait un mode de vie sain, son mauvais cardio devenait suspect.

– Qu'est-ce que vous faites ? j'ai demandé, excédé.

Il s'est redressé et a essuyé ses paumes moites sur sa chemise trempée de sueur. Nous n'avions même pas pris la peine d'enfiler une veste en partant et le froid me cinglait le visage, s'infiltrant sous mes vêtements.

– Pars... pars devant. Je... te rejoins ! il a lancé entre deux halètements.

Je ne l'ai pas fait répéter deux fois et j'ai foncé droit sur le point d'information. Un type aimable m'a fourni un plan dépliable et a eu la délicatesse de ne faire aucune remarque sur mon allure débraillée et mes cheveux dégoulinants de transpiration. J'ai vite déchanté en lisant que le cimetière n'abritait pas moins de 70 000 tombes. Trouver Armelle ici allait me prendre des heures.

Concentre-toi, Noah. Laquelle de ces personnalités aurait pu retenir son attention ?

Eugène Delacroix, pour ses peintures romantiques ?

Colette, pour ses nombreux romans ? (Non pas qu'elle en ait déjà lu un seul, mais je me suis rappelé qu'elle avait adoré l'adaptation audiovisuelle de sa vie pendant notre marathon filmesque.)

Édith Piaf ? Elle avait écouté un de ses trente-trois tours, une fois.

L'avocate Gisèle Halimi ? Je me suis souvenu de son discours enflammé teinté d'admiration lors d'une réunion au Club des Roses, quand nous avions dû présenter une figure féminine inspirante à tour de rôle.

Devant ma panique manifeste, le type de l'accueil (décidément un chic type) est venu à ma rescousse :

– Tu ne sais pas par où commencer ? Je te conseille de jeter un coup d'œil à la tombe de Jim Morrison. Plus de quarante ans après sa mort, elle reste l'une des plus visitées du cimetière.

– Jim Morrison ? j'ai répété, hagard.

J'avais déjà entendu ce nom, mais j'étais incapable de le restituer.

– Le cofondateur du groupe The Doors, il m'a expliqué, la voix vibrante d'excitation. Le mystère plane toujours autour de sa mort... La version officielle prétend qu'il est décédé d'un arrêt cardiaque, dans sa baignoire. D'autres parient sur la surdose d'héroïne (il s'est rapproché pour me souffler à l'oreille, provoquant un frisson d'horreur le long de ma colonne vertébrale). Mais moi, je penche pour la thèse du suicide.

Il s'est reculé avec un petit gloussement, sans remarquer la confusion qu'il avait engendrée en moi.

– Les visiteurs ont l'habitude d'y laisser une bouteille de whisky, un chewing-gum ou un mégot de cigarette en hommage. Bonne visite ! il a conclu avec un clin d'œil.

J'ai forcé mes jambes à avancer, à suivre les panneaux jusqu'à la tombe du chanteur, comme désincarné. Voilà pourquoi son nom m'était familier : Armelle était fan du groupe. J'étais maintenant persuadé qu'elle avait choisi cette tombe pour passer à l'acte. D'autant plus maintenant que le guide m'avait révélé que les circonstances autour de sa mort restaient floues. C'était typiquement le genre de mystère qui aurait pu l'obséder.

Après ce qui m'a semblé une éternité, j'ai fini par localiser la tombe. J'ai piqué un sprint, le cœur tambourinant dans ma cage thoracique, ignorant les coups d'œil intrigués des visiteurs. Une petite dizaine de personnes étaient amassées devant, téléphones brandis pour prendre des photos. Juste à côté, un grand arbre se dressait, le tronc recouvert de chewing-gums de la base jusqu'à la naissance des branches. Un peu à l'écart, assise à même le sol dans la terre humide, Armelle fumait, les genoux repliés contre sa poitrine. Elle portait une épaisse doudoune dans laquelle elle se noyait. Les yeux brumeux, la peau d'une pâleur extrême, elle semblait totalement déconnectée de son environnement. Mais rien de tout ça n'avait d'importance. Elle était ici. Saine et sauve.

Je l'avais trouvée.

Sans réfléchir, je me suis jeté à genoux devant elle et je l'ai enlacée de toutes mes forces.

– No... Noah ? elle a murmuré, la bouche à moitié étouffée par mon épaule.

Je me suis reculé un peu pour la contempler. Elle avait une sale mine. Ses cheveux hirsutes, sales et emmêlés, pendaient tristement le long de son visage. Ses yeux étaient rouges et enflés, comme si elle avait pleuré ou fumé, ou les deux. Elle dégageait une forte odeur d'alcool.

– Tu vas bien, j'ai soufflé, et le soulagement était tel que j'ai eu envie de fondre en larmes.

Elle a hoché la tête très lentement, comme si elle n'était pas sûre de la réponse à donner.

– Qu'est-ce que tu fais ici ?

Son visage s'est fermé d'un coup et j'ai senti ses muscles se crisper. Passé le premier moment de stupeur, la colère d'Armelle avait repris le dessus. Les explications s'entrechoquaient dans ma tête, mais ma confusion était telle que je n'arrivais pas à organiser mes pensées.

– Ça... ça fait deux semaines que tu n'as plus donné signe de vie, j'ai balbutié.

Elle a soupiré puis a croisé les bras autour de sa poitrine, dans une posture clairement défensive.

– T'es de la police ?

Sa mesquinerie m'a fait l'effet d'un coup de pied en pleine poitrine. Je n'avais pas réfléchi à ce qui se passerait une fois que je l'aurais retrouvée, mais je ne m'attendais certainement pas à ça. À ce mépris. À ce nouveau rejet, plus douloureux que tous les autres.

– Sérieusement, Armelle, j'ai répondu, presque suppliant.

– Je n'ai pas de comptes à te rendre !

Elle avait pratiquement hurlé. Consterné par la violence de ses propos, j'ai eu un mouvement de recul. Quelques têtes se sont tournées vers nous, alertées par les éclats de voix. Mais je ne comptais pas me laisser marcher sur les pieds. Pas cette fois.

– J'ai trouvé une liste dans ta chambre, j'ai lâché, les mâchoires serrées. Sur les façons dont tu t'y prendrais pour te suicider.

Elle a haussé les épaules, feignant l'indifférence. Mais je n'étais pas dupe : elle n'arrivait même pas à me regarder dans les yeux.

– Ce n'est qu'une liste parmi tant d'autres, elle a prétendu.

Elle a tiré une longue bouffée sur sa cigarette. Son insolence me sidérait.

– Je ne te crois pas. Tu as écrit la date du jour. *Tu l'as entourée*, Armelle.

Elle a jeté son mégot de l'autre côté des barrières qui entouraient la tombe de Jim Morrison.

– Ça ne veut rien dire.

Sa voix était glaciale, tranchante comme une lame. J'ai eu envie de vomir.

– Arrête de me mentir !

– Dans ce cas, arrête de poser des questions.

Quelque chose s'est mis à vibrer dans ma poitrine. *La colère*. D'un geste, je lui ai arraché son sac à dos.

– Qu'est-ce que tu fous, putain ?

Elle s'est jetée sur moi au moment où je tirais la fermeture Éclair. Elle s'est mise à me rouer de coups de poing. Les gestes d'Armelle étaient lents, désordonnés. Elle était complètement ivre. Je n'ai eu aucun mal à m'emparer du sac plastique qui s'était échoué sur le sol devant elle. Je l'ai brandi entre nos visages.

– Et *ça*, c'est quoi ?

Elle a secoué la tête, les lèvres scellées. Puis a laissé échapper, dans un filet de voix :

– Rien du tout...

J'ai ouvert le sac. Sans surprise, il était à moitié rempli de cacahuètes. Armelle s'est rassise. Ou plutôt, elle s'est laissée tomber par terre. Elle a enfoui la tête dans ses genoux et, très vite, de puissants spasmes ont secoué ses épaules.

– Vous voulez un peu d'eau ?

Une mère de famille s'était approchée. Je me suis emparé de la bouteille en plastique qu'elle me tendait, avec reconnaissance. Elle s'est éloignée avec ses trois enfants, non sans un dernier regard compatissant. Je me suis accroupi près d'Armelle avec prudence. Je me haïssais pour ma maladresse. J'aurais aimé la réconforter, trouver les mots pour l'apaiser, ne serait-ce qu'un tout petit peu... À la place, je n'osais même pas l'effleurer, comme un animal sauvage qui aurait pu me mordre à tout moment. Finalement, c'est elle qui s'est décidée à rompre le silence. Elle a redressé la tête et a pris une grande inspiration pour calmer ses sanglots. Ses larmes avaient tracé des sillons humides sur ses joues rougies par le froid.

– Je n'allais pas le faire, Noah. Je te le jure. Jamais je n'aurais fait ça.

J'ai acquiescé, la gorge nouée. J'aurais aimé la croire, mais j'en étais incapable. Et même si elle n'avait pas eu l'intention d'aller jusqu'au bout, elle avait acheté ces foutues cacahuètes et les avait mises dans son sac. Ce geste était loin d'être anodin.

– Comment t'as su où me trouver ?

– Steven m'a aidé.

– Il est ici ?

– Il doit être en train d'errer quelque part dans le cimetière, fou d'inquiétude.

Je lui ai tendu la bouteille d'eau et elle l'a ouverte pour avaler plusieurs gorgées. Ses mains tremblaient. Elle avait rongé les cuticules de ses ongles jusqu'au sang. Je détestais la voir dans cet état.

– Tu as fouillé ma chambre.

Ce n'était pas une question.

– Oui.

– Alors tu sais.

Elle n'a pas eu besoin de préciser sa pensée.

– Oui.

Il y a eu un silence inconfortable, lourd de sous-entendus, avant que je reprenne la parole, presque en murmurant :

– Tu m'as laissé accuser Dario, alors que tu savais pertinemment où était notre encyclopédie.

Si elle n'avait pas vaguement hoché la tête, j'aurais juré qu'elle ne m'avait pas entendu. J'ai poussé un long soupir, las. Je n'avais même pas envie d'aborder le sujet de l'encyclopédie. Après les journées d'angoisse que je venais de vivre, sa disparation m'apparaissait comme insignifiante. La seule chose qui m'importait vraiment, à l'heure actuelle, était de la savoir saine et sauve. La colère avait complètement disparu, dissoute dans l'inquiétude croissante de la savoir seule à Paris. Et puis, ce n'était vraiment pas le bon moment pour formuler des reproches.

– Ce n'est pas grave. Tout va bien.

Cette fois, elle s'est redressée d'un bond, comme traversée par un éclair.

– *Ce n'est pas grave ?* elle a craché.

Je me suis levé à mon tour et j'ai fourré mes poings dans mes poches.

– J'ai volé ta putain d'encyclopédie. Tu sais, l'objet auquel tu tiens le plus au monde. Celui qui incarne ton amitié avec Dario. Vous vous êtes engueulés à cause de moi. Vous avez failli mettre un terme à votre amitié à cause de *moi*.

Elle a allumé une nouvelle cigarette. Elle a dû s'y prendre à trois fois pour faire jaillir une flamme du briquet à cause de ses doigts gelés. La tête rentrée dans ses épaules, elle semblait plus démunie que jamais.

Je me suis rappelé les paroles de Mme Durieux. « C'est un comportement difficilement contrôlable, mais il n'y a aucune volonté de faire du mal. Et, dans le cas d'Armelle, cela entraîne une forte culpabilité. »

J'ai soupesé mes mots avant de reprendre la parole.

– L'*Encyclopédie des mots intraduisibles* est très importante pour moi, c'est vrai. Je suis heureux de savoir qu'elle n'est pas définitivement perdue. Mais... si notre amitié ne reposait que sur ce livre, c'est qu'elle n'était pas destinée à durer.

Elle s'est pincé l'arête du nez.

– Tu devrais me haïr pour ce que je t'ai fait, Noah ! Ouvre les yeux. Je t'ai fait du mal.

– Ça, c'est à moi d'en décider.

– Je t'ai volé. Je t'ai menti. Je...

J'ai posé la main sur son avant-bras, mais elle s'est dégagée. J'ai ignoré la douleur qui m'a traversé la poitrine avec la puissance d'une balle de revolver.

– Tu n'étais pas censé réagir comme ça. Pourquoi est-ce que tu continues à te voiler la face ? Toi et moi, ça ne marchera pas !

Parfois, l'après « et si ? » mérite d'être vécu. Ce n'était pas une déclaration à proprement parler, mais j'ai eu l'impression de déposer mon cœur sanguinolent entre ses mains lorsque j'ai répondu :

– On ne le saura pas avant d'avoir essayé.

– Tu m'abandonneras, toi aussi.

Ses yeux se sont embués de larmes. Je n'avais qu'une envie : la prendre dans mes bras jusqu'à ce que son corps se relâche, jusqu'à ce que l'expression douloureuse qui déformait ses traits disparaisse enfin. Mais je n'en ai rien fait. J'étais bien trop lâche pour ça.

– Alors tu préfères tout saboter ? j'ai lancé, la voix chargée d'amertume. J… jeter l'éponge avant même d'essayer ?

Je ne savais même plus de quoi je parlais. D'une potentielle relation amoureuse ? De notre amitié ? De sa propre santé mentale ? Tout se mélangeait dans ma tête.

– C'est mieux comme ça.

Elle a fait mine de se lever, mais j'ai attrapé son poignet et me suis posté devant elle, les pieds ancrés dans le sol, imperturbable.

– Écoute, j… je me fous que tu sois malade. Enfin, non. Ce n'est pas ce que je veux dire.

J'ai fermé les yeux pour me soustraire à l'intensité des siens et faire le tri dans mes pensées, mais j'étais incapable de me concentrer sur autre chose que les battements frénétiques de mon cœur qui pulsait dans ma poitrine.

– Je veux rester près de toi, dans les bons comme dans les mauvais moments. Peu importe que tu n'aies pas envie de sortir, ni de parler. Même rester des heures à regarder un plafond blanc à côté de toi me paraît plus enviable que la vie là-dehors, j'ai lancé en désignant le cimetière, l'horizon, le monde tout entier.

Armelle a souri à travers ses larmes.

– On dirait une déclaration d'amour.

– C'est le cas. Tu ne peux pas débarquer dans ma vie, foutre le bordel et disparaître comme si de rien n'était !

– Si, je peux.

Son visage s'est fait grave. Sa décision était prise. Elle l'était déjà bien avant que cette discussion ne commence.

– S'il te plaît. Arrête de me fuir. Je sais que tu ne crois plus en l'amour, que tu n'y as jamais cru, et que tu penses que tu n'arriveras jamais à t'attacher à quelqu'un mais tout ça, c'est des conneries. Tu n'es pas une lâche. Arrête de me fuir, j'ai répété.

Ses lèvres scellées ont tremblé, retenant les mots qu'elle se refusait à prononcer.

– Je suis prêt à me contenter d'une amitié, j'ai continué. C'est vrai, je n'ai jamais eu d'amis comme toi avant. Même être ton élève, ça m'allait très bien. Tout ce que tu veux, tant qu'on reste ensemble. S'il te plaît.

Et même si ma tirade prenait des inflexions pathétiques, je ne pouvais plus m'arrêter. Armelle m'avait métamorphosé. Et j'avais besoin d'elle, peut-être presque autant qu'elle avait besoin de moi, même si elle n'osait pas l'admettre. Car l'amour, c'était peut-être ça : deux personnes qui se soutiennent l'une l'autre, sans jugement, envers et contre tout.

– Tu devrais l'écrire.

– Quoi ?

– Ça irait super bien dans ton livre.

– J... je te parle de toi et moi, là, pas de mon putain de bouquin !

Le contact entre nos peaux nues s'est fait brûlant et j'ai relâché ma prise.

– Je suis malheureuse, OK ? Ça fait des années que ça dure. Puis je t'ai rencontré et... j'ai pensé que ça pourrait changer. Que je pourrais être stable. Mais je me suis rendu compte que ce n'était pas le cas. Et ça m'a fait mal. Très mal.

Elle a chassé une larme qui roulait sur sa pommette avec le dos de sa main d'un geste rageur.

– Évidemment. Personne ne peut te rendre heureuse, à part toi, j'ai soufflé.

– Et si je n'y arrivais pas ? Jamais ?

J'ai ouvert mes bras et elle s'est réfugiée à l'intérieur. Je l'ai serrée comme si c'était la dernière fois que je la voyais, comme si elle allait disparaître d'une minute à l'autre. Et de son côté, elle me rendait mon étreinte avec plus de fougue encore.

– Tu y arriveras, j'ai murmuré dans ses cheveux. J'y veillerai.

J'avais envie de lui murmurer tant de choses encore, mais ma gorge nouée m'en a empêché. Et je me suis demandé comment je pouvais aimer les mots à ce point tout en étant incapable de les manier dans les instants aussi importants que celui-là.

On est restés enlacés pendant un long moment, jusqu'à ce qu'elle laisse retomber les bras contre ses flancs.

– Tu as parlé avec ma psychiatre, elle a murmuré.

– Je sais que je n'aurais pas dû, et que tout cela relève de ta vie privée. Mais je...

– Je suis contente que tu l'aies fait, elle a coupé. J'avais donné mon feu vert à Steven. Au moins, tu sais la vérité maintenant. Je n'avais pas le courage de te l'annoncer de vive voix.

– Tu n'as pas à avoir honte de ta maladie, Armelle.

Elle a eu un petit sourire.

– C'est ce que ma psy me répète tout le temps. Pourtant, j'en ai honte. C'est vrai, être obligé de voler des trucs pour se sentir exister, c'est... pathétique. Et encore, ce n'est pas le pire.

Le pire ?

Elle a ouvert sa doudoune et relevé son tee-shirt, dévoilant des zébrures rouges et boursouflées sur le bas de son ventre. Certaines, plus claires, presque blanches, semblaient entièrement cicatrisées tandis que d'autres présentaient encore des croûtes et des rougeurs.

La douleur qui m'a frappé à la vue de ses plaies a tout balayé sur son passage. Je n'arrivais même plus à articuler.

– Armelle, je...

Elle a lâché son tee-shirt, masquant les scarifications.

– Je viens de te dévoiler un autre de mes secrets, elle a murmuré. Je crois que c'est le dernier. Maintenant, tu sais tout.

Sa voix ne tremblait plus. Elle venait de dresser une barrière invisible entre elle et moi pour se protéger de ma réaction.

– Pourquoi est-ce que tu t'infliges ça ?

Armelle a baissé la tête :

– Parfois, quand le vide devient trop épais, j'ai l'impression de sombrer. Je n'arrive plus à ressentir la moindre émotion. Alors je me brûle... C'est douloureux, mais c'est moi qui l'ai décidé. Je contrôle la situation. Et la souffrance me fait me sentir vivante. Elle chasse ce vide pendant un instant. Après ça, je me sens... apaisée.

Elle a haussé les épaules avant de conclure :

– Exactement comme lorsque je vole quelque chose.

– Je ne savais pas, je... je suis désolé que tu aies eu à vivre tout ça.

– Je... je ne le fais plus. Enfin, plus depuis Noël. J'ai réussi à arrêter, grâce à l'aide de Mme Durieux. J'ai rechuté, mais je ne veux plus me faire souffrir. Plus *jamais*.

Je me suis rapproché d'elle et j'ai levé la main pour effleurer sa joue.

– Je suis fier de toi. Je suis sûr que tu y arriveras.

Elle a grimacé, comme si mes paroles lui étaient douloureuses. Peut-être l'étaient-elles vraiment. Mon doigt a couru le long de sa mâchoire puis est remonté pour lisser le pli soucieux entre ses sourcils. J'aurais aimé être capable d'alléger sa peine, de prendre un petit peu de sa souffrance et de partager ce fardeau avec elle. Mais face à ses démons intérieurs, j'étais totalement impuissant. J'ai penché le visage vers elle, sans réfléchir. Je voulais qu'elle sache qu'elle pouvait compter sur moi. Qu'elle sache que mon amour pour elle était sincère, pur, et si grand qu'il pouvait l'accueillir tout entière, avec ses failles et ses imperfections.

Mes lèvres ont effleuré les siennes. Elle ne s'est pas dérobée, mais elle ne m'a pas rendu mon baiser non plus.

– Il est encore mieux que notre premier baiser, elle a murmuré contre mes lèvres.

Je me suis un peu écarté sous le coup de la surprise.

– Tu t'en souviens ?

– Évidemment.

Ce simple mot aurait pu me combler de joie, mais la mine triste qu'elle a affichée m'en a empêché. Elle avait parlé avec douceur, presque avec nostalgie. Comme lorsqu'on raconte un souvenir d'enfance particulièrement marquant, qui nous laisse un goût doux-amer sur la langue, car on sait que cette époque-là est révolue et que l'on ne revivra jamais quelque chose de semblable.

– Je suis désolée, Noah. Je… je ne peux pas.

Elle m'a filé entre les doigts et a descendu les marches en courant. J'ai tendu un bras pour la retenir, mais ma main s'est refermée sur du vide. Elle s'était enfuie. Encore.

Et cette fois, je n'étais pas certain de réussir à la retrouver.

Juste avant de quitter le cimetière, j'ai jeté un dernier coup d'œil à la tombe de Jim Morrison. Son épitaphe me narguait :

Fidèle à ses démons.

Chapitre 49

Je suis resté un moment atterré après le départ d'Armelle, à vagabonder entre les tombes, sans savoir où aller, emporté par le *stravaig*. J'ai fini par tomber par hasard sur une des nombreuses sorties. Dehors, aucune trace de Steven. Mes jambes m'ont mené d'elles-mêmes jusqu'au métro le plus proche.

Au moment de récupérer un ticket dans ma poche arrière, mes doigts ont effleuré un papier froissé. Mon cœur a eu un sursaut. Avec tout ce qui s'était passé, j'avais oublié la note dérobée sur le bureau d'Armelle.

Le poème.

En le dépliant pour la seconde fois, j'ai remarqué que quelque chose était rédigé sur le verso.

Tu mérites plus
Tu mérites une fille qui te dise je t'aime
Tu mérites une fille qui fait passer tes priorités avant les siennes
Tu mérites une fille qui t'envoie les messages que tu rêves de recevoir
Tu mérites une fille qui a autre chose à t'offrir que ses silences
Et ses absences
Une fille qui ne s'enferme pas dans son royaume
En te laissant sur le pas de la porte
Une fille
Qui n'est pas moi

J'ai serré le papier dans mes mains à m'en faire blanchir les phalanges.

– Vous passez, oui ou non ?

Je me suis rendu compte que j'étais toujours planté devant les portiques du métro, bloquant l'accès aux autres usagers. J'ai bafouillé des excuses et j'ai fait demi-tour avant de m'enfuir. Je me suis mis à suffoquer. Mes jambes ne me soutenaient plus.

Alors je me suis assis à côté d'un SDF installé près de la bouche du métro et j'ai pleuré. C'était gonflé, d'étaler mon malheur qui n'en était pas vraiment un, devant un inconnu qui avait de bonnes raisons de souffrir. Mais je ne savais pas quoi faire d'autre. Vers qui me tourner. Et j'ai supposé que quiconque avait côtoyé le Malheur d'aussi près pourrait comprendre ma douleur.

Il n'a même pas cherché à me réconforter. C'était parfait. Je ne voulais pas de réconfort. Je ne voulais pas qu'on me dise : « Ne t'inquiète pas et ça ira mieux et relève la tête et essaie de voir le positif et regarde comme le monde est beau quand on plisse bien les yeux et qu'on prend du recul. »

Personne ne faisait attention à moi tandis que mon corps était secoué de sanglots intarissables. Les passants passaient et repassaient sans me voir. Mon horizon se réduisait à une mer de genoux et de bras ballants. Ça m'a fait du bien de me sentir totalement invisible pendant deux minutes, mais après j'ai éprouvé une immense déchirure dans la poitrine, et je me suis demandé pourquoi le seul moyen de ne plus exister aux yeux des autres, c'était de souffrir, de souffrir tant et si bien que plus personne n'avait le courage de soutenir notre regard empli de chagrin.

Pourtant, souffrir, c'était déjà un appel à l'aide, un appel à être vu, à être entendu, à être compris. Et puis je me suis rappelé à quel point la souffrance pouvait être lourde, qu'elle écrasait, qu'elle comprimait, qu'elle tassait et qu'elle ratatinait, et qu'un humain ne pouvait en porter qu'une à la fois, et qu'il avait déjà bien du mal à supporter la sienne. Pourtant, j'avais essayé de m'approprier celle d'Armelle. J'avais essayé de la décharger de ce tas de pierres dures et froides qui l'ensevelissait, mais c'était trop lourd, je devais me rendre à l'évidence, j'en étais incapable. Et je me suis demandé comment faisaient tous les gens qui devaient porter la souffrance d'un proche malade, d'un parent alité, d'un ami en convalescence. J'ai pensé à un tas de choses déprimantes, et j'ai pleuré comme un gosse, ce genre de sanglots dégoulinants qu'on ne montre pas en public, qu'on garde enfouis sous sa couette, sous son oreiller, sous sa dignité, tant ils éclaboussent et salissent autour d'eux.

Mais mes pleurs ont fini par se tarir. Je me sentais mou et léger, comme une serpillière imbibée d'eau qu'on aurait passée au rouleau compresseur jusqu'à l'essorer totalement.

– Ça fait du bien, pas vrai ? m'a lancé le sans-abri.

Il était jeune. Trop jeune pour être à la rue, si tant est qu'il y ait un âge acceptable pour dormir dehors en plein hiver. L'envie de pleurer est revenue avec la force d'un ouragan mais cette fois, je l'ai contenue.

– Ouais, j'ai murmuré dans un reniflement peu ragoûtant. Ça fait du bien.

J'ai ouvert mon porte-monnaie. Je venais de recevoir ma paie du mois et j'avais pris l'habitude de garder une grosse somme en liquide, au cas où. Je l'ai entièrement vidé et j'ai tout donné au jeune homme qui me faisait face.

– Tenez. Merci pour…

Je n'arrivais même pas à finir ma phrase. Merci pour m'avoir tenu compagnie pendant un instant ? Pour m'avoir *vu* vraiment, alors que tous les autres faisaient semblant de ne pas voir ?

– À ton service.

– Noah ?

J'ai reconnu l'accent de Steven avant même de le voir. Il m'observait, un air peiné sur le visage. Je n'osais même pas imaginer l'image que je renvoyais, à ce moment-là.

– Comment vous m'avez retrouvé ?

– Tu as ton téléphone sur toi, il a lancé. C'est un jeu d'enfant à localiser.

J'ai cligné des yeux, désorienté. Je n'aurais même pas su dire depuis combien de temps j'étais prostré ici. Steven avait dû me traquer à travers tout le cimetière. J'étais tellement bouleversé que je n'avais même pas songé à le prévenir.

– Viens, rentrons.

– Et Armelle ? j'ai soufflé.

Elle s'était de nouveau volatilisée dans la nature. J'avais pris soin de jeter le sac de cacahuètes dans une poubelle du cimetière, mais elle avait très bien pu faire demi-tour pour les récupérer. Ou en acheter d'autres. Et cette fois-ci, personne ne serait là pour l'arrêter.

Est-ce que mon futur ressemblerait à ça ? Passer mon temps à me ronger les sangs, à craindre pour sa vie, à lui courir après ?

– Je l'ai eue au téléphone, a répondu Steven. Elle m'a dit qu'elle souhaitait retourner chez son père pour un petit temps, alors je lui ai pris un billet et je l'ai raccompagnée à la gare.

Il m'a donné une tape maladroite sur l'épaule.

– Viens, *son*. On rentre à la maison.

Je me souviens à peine du trajet de retour en TGV. Je crois que j'ai continué longtemps à pleurer en silence. Steven s'est contenté de me glisser un paquet de mouchoirs, que j'ai vidé intégralement pendant les deux heures qui nous séparaient de Lyon. Une fois que nous sommes arrivés en gare, il a insisté pour me payer un taxi jusqu'à mon appartement et m'a fait promettre de ne pas trop m'inquiéter.

La fille que j'aimais n'avait plus envie de vivre. Comment pourrais-je « ne pas trop m'inquiéter » ? J'ai promis quand même, juste pour avoir la paix.

J'ai regagné mon appartement en traînant des pieds, les yeux douloureux à force d'avoir pleuré, les muscles courbaturés. Au lieu de m'écrouler sur le lit, j'ai ouvert mon ordinateur. J'avais besoin d'un catalyseur. Il fallait que je déverse cette douleur quelque part, au risque qu'elle finisse par me consumer entièrement.

Et j'ai commencé à taper.

MARS

Chapitre 50

Ma session d'écriture s'est éternisée jusqu'au petit matin. Après ça, je n'ai fait que tourner et retourner dans mes draps froissés, me repassant les souvenirs de la veille en boucle.

J'ai finalement renoncé à trouver le sommeil et me suis levé. Par l'intermédiaire de Steven, j'ai appris qu'Armelle était bien arrivée en Bretagne. Il m'a assuré que son père était parfaitement informé des troubles psychiatriques de sa fille, et qu'il saurait prendre bien soin d'elle. Il s'est lancé dans un discours dégoulinant d'optimisme, sans doute pour me remonter le moral. Je me suis fait la réflexion que, si je devais avoir un père, il ressemblerait à Steven.

Je n'avais pas le cœur à rester seul, aujourd'hui. Alors j'ai envoyé un message à Dario.

Je dois te parler.
Où es-tu?

En route pour la piscine.

J'ai pris le métro direction Garibaldi et j'ai rejoint le bâtiment à pied. Sitôt le portique d'entrée passé, une odeur de chlore m'a assailli les narines. Je détestais nager. Et la piscine, particulièrement, déclenchait en moi une réaction de rejet total. Barboter dans une eau tiède où se succédaient des centaines de personnes à l'hygiène corporelle plus que discutable ? *Non merci.* Porter un affreux bonnet en silicone qui, en plus d'écraser les oreilles jusqu'à déclencher une migraine, me faisait ressembler à un œuf mi-cuit ? *Sans façon.* S'exhiber publiquement en petit caleçon moulant ? *Pitié, pas ça.*

Mais j'avais désespérément besoin de parler à Dario, alors j'ai pris sur moi et j'ai enfilé ledit caleçon. Je me suis empressé de passer mes claquettes antidérapantes pour épargner à mes pieds verrues, champignons et autres joyeusetés. Je me suis enroulé dans une longue serviette et ai foncé vers le premier bassin. J'ai fini par repérer Dario en train d'enchaîner les longueurs. J'ai beuglé son prénom cinq bonnes minutes (ce qui m'a valu un regard assassin de la part du maître-nageur perché sur son échelle), et il a fini par m'entendre. Il m'a rejoint en quelques brasses, a retiré ses lunettes et s'est accoudé sur le bord.

– Noah ? Tu es venu à la piscine ? Ça doit être grave.

– Oui, ça l'est.

Je lui ai résumé ma journée de la veille, sans pour autant entrer dans les détails. Armelle avait peut-être accepté de partager avec moi son diagnostic, mais il ne m'appartenait pas de le divulguer à Dario. Parfois, les secrets sont inévitables, même entre meilleurs amis.

– Tu ne peux pas aider Armelle, il a répété pour la dixième fois au moins, toujours avec douceur. C'est une bataille qu'elle doit mener seule. Comme Thésée face au Minotaure.

De rage, j'ai frappé l'eau avec mon pied.

– Ariane l'a aidé, je l'ai contré. Sans elle, il n'aurait jamais retrouvé la sortie du labyrinthe et serait mort piégé.

– D'accord. Je suppose que derrière chaque héros se cache un personnage secondaire sous-exploité à qui il doit sa victoire. Mais laisse-moi te donner un autre exemple.

Dario était très fort pour trouver des métaphores. Il a empoigné l'échelle pour sortir du bassin. Après s'être essuyé méticuleusement, il a dégainé son téléphone portable planqué sous sa serviette et a tourné l'écran vers moi.

– C'est... un cocon ? j'ai demandé en plissant les yeux.

– Exact. À ton avis, qu'est-ce qu'il y a à l'intérieur ?

– Une chenille prisonnière ? j'ai tenté.

– Mieux : un papillon. Un papillon qui cherche désespérément à creuser un chemin vers la sortie. Et toi, en tant que personnage secondaire sous-exploité, tu pourrais aider ce pauvre papillon. Prendre un crayon et agrandir l'ouverture pour lui permettre de se faufiler. Mais alors... le papillon serait trop faible pour survivre. En croyant l'aider, tu le condamnerais à mort.

Sa voix était devenue grave.

– Certaines batailles se mènent seul, il a répété. Tout ce que tu entreprendras pour aider Armelle ne fera qu'empirer la situation, crois-moi.

J'ai secoué la tête.

– Elle est nulle, ta métaphore.

– Je peux savoir pourquoi ?

– Les papillons, ça ne vit qu'une journée. Alors n'essaie pas de me faire croire que briser son cocon par ses propres moyens l'a rendu plus fort.

Dario a retiré son bonnet de bain. Ses cheveux se sont dressés sur son crâne.

– Je suis à court de métaphores, Noah.

J'ai resserré la serviette autour de moi.

– Il ne te reste plus qu'une chose à faire.

– Laquelle ? j'ai questionné, plein d'espoir.

– Attendre. Le temps est ton meilleur allié.

Il m'a enlacé. Dario n'était pas du genre tactile. Et cette affection soudaine m'a bouleversé. J'ai dû me mordre la langue pour retenir mes larmes.

– *Filotimo*. N'oublie pas, Noah.

Je m'accrochais à ce mot comme à une bouée de sauvetage. D'habitude, la certitude d'être lié à Dario suffisait à me garder la tête hors de l'eau. Mais cette fois, je n'étais pas certain que notre amitié pourrait m'empêcher de sombrer.

AVRIL

Chapitre 51

Je peux affirmer sans me mouiller que le mois qui a suivi ma brève excursion à Paris a été le pire de toute mon existence. Pourtant, ma situation n'avait rien de dramatique.

– Une rupture amoureuse, ça fait toujours mal, Noah, m'a lancé Willan alors que la tristesse m'avait envahi une fois de plus, en plein cours de droit civil.

– Nous n'étions même pas en couple, j'ai répondu, et cette constatation n'a fait qu'accentuer ma détresse.

Willan a tapoté l'écran de son ordinateur pendant qu'il réfléchissait. Il a fini par lâcher :

– Les ruptures amicales, ça fait foutrement mal aussi.

À la douleur s'est ajoutée la culpabilité. De quel droit passais-je mes journées à me morfondre et à broyer du noir ? J'étais parfaitement sain de corps et d'esprit, contrairement à Armelle et à tant d'autres personnes. J'étais entouré d'amis qui me soutenaient et d'une mère qui m'aimait profondément. Je n'avais jamais manqué de rien. Je dormais au chaud dans un lit tous les soirs. Mon appartement, que je ne cessais de critiquer à longueur de journée, restait un endroit à l'abri, qui m'appartenait, dans lequel j'étais libre de faire ce que je voulais.

Je me rendais toujours à la machine à café pendant les intercours dans l'espoir de la retrouver. Évidemment, elle n'était jamais là. J'aurais pu questionner des étudiants en philosophie jusqu'à mettre la main sur son emploi du temps, faire en sorte que nos chemins se croisent. Mais je n'avais plus envie de lutter. Plus envie de lui courir après. Pour la première fois, j'étais en colère contre elle.

Car le regard qu'elle avait au moment de s'enfuir ne mentait pas. Armelle avait des sentiments pour moi. J'ignorais leur intensité et leur profondeur, mais ils existaient bel et bien. Et j'étais furieux qu'elle ne prenne même pas la peine de se battre pour les sauver. Ne méritais-je pas que l'on se batte pour moi, même un tout petit peu ?

Mon téléphone a sonné un vendredi soir, alors que je révisais à la bibliothèque universitaire. C'était ma mère.

– Allô ? Tout va bien, maman ?

– *Tout va bien ?* C'est tout ce que tu as à me dire, après m'avoir envoyé ton relevé de notes ?

J'ai fondu en larmes, d'abord parce que j'en mourais d'envie depuis ce matin, comme tous les jours depuis un mois, et aussi parce que ça me semblait la stratégie idéale pour attendrir ma mère et me sortir de ce pétrin. Évidemment, ça a fonctionné. Elle m'a cuisiné jusqu'à ce que je lui ouvre mon cœur et que je lui raconte dans les moindres détails ce qui s'était passé ces dernières semaines.

– Je viens te voir le week-end prochain, elle a conclu avant de raccrocher. Je vais réserver l'hôtel.

J'ai rangé mon téléphone. Je me sentais un peu mieux. Ma mère allait venir. Elle allait s'occuper de moi. Rien ne pouvait m'arriver avec elle dans les parages, non ? À ce moment, je me suis senti si petit. Comme si l'enfant que j'avais été, que j'étais encore certainement, refaisait surface. J'avais besoin qu'on m'écoute. J'avais besoin qu'on me serre dans des bras. On a tendance à négliger l'impact positif d'une étreinte d'une mère sur notre humeur. Moi, je n'avais pas oublié l'effet que ça faisait. Et j'en avais besoin.

À l'université, avril était aussi le mois des partiels du second semestre. Et, en considérant les notes catastrophiques que j'avais accumulées tout au long de l'année, j'allais devoir mettre les bouchées doubles pour obtenir le tant recherché 10. En réalité, pour compenser mon premier semestre, je devais obtenir la note exacte de 12,13. Autant me demander de gravir l'Everest pieds nus. Mais, en faisant l'effort de me pencher sur mes devoirs, j'ai compris que les cours constituaient une bonne diversion à mes pensées pessimistes et à ma tristesse permanente. Parfois, je parvenais même à oublier Armelle une heure ou deux, quand j'étais plongé dans la rédaction d'une dissertation particulièrement complexe. J'ai donc décidé que ma vie se résumerait aux cours, à partir de maintenant. En parallèle, je m'en remettais au *han*.

Han (coréen, n.) : Sorte de tristesse que l'on éprouve et subit en attendant patiemment que les choses s'améliorent.

Willan, qui devait occuper la seconde place au palmarès de la nullité en droit, m'accompagnait dans ce challenge. Nous nous soutenions mutuellement, allant même jusqu'à poireauter devant la BU avant l'ouverture pour être certains d'avoir une place. J'étais devenu le genre d'étudiant obsédé dont je me moquais au début de l'année.

– Plus que soixante-quinze pages de droit constitutionnel à apprendre, il a lancé lors d'une de nos interminables sessions de révisions. On touche au but, mon pote.

– Bonjour mon lapin !

Héloïse Van Deer nous a rejoints, plus radieuse que jamais. Elle a claqué un rapide baiser sur les lèvres de Willan. Depuis le bal, ces deux-là étaient inséparables. Et même si je me réjouissais sincèrement pour mon ami, être témoin de ces effusions d'amour et de ces surnoms niais ne m'aidait *absolument* pas à oublier l'épisode « Armelle ».

– Héloïse me donne des cours particuliers en histoire du droit, il a expliqué avec un sourire gêné.

– C'est super, j'ai articulé.

– Mais... on pourrait réviser tous les trois ? Qu'est-ce que vous en pensez ?

– Excellente idée ! s'est exclamée Héloïse en tapant des mains.

– Je... je ne sais pas. J'allais rentrer, de toute façon. J'ai... du ménage qui m'attend.

Je n'avais même pas fait l'effort d'improviser un bobard crédible. Je n'avais plus l'énergie pour mentir. On a tendance à oublier à quel point être triste, ça fatigue. Je concentrais toute mon énergie sur l'apprentissage des cours. Le reste du temps, mon corps comme mon esprit étaient réduits à l'état de loque larmoyante.

– Tu es sûr ? a insisté Willan.

J'ai marmonné un « mais oui, bien sûr, profitez bien tous les deux » avant de m'enfuir. Une fois chez moi, je n'ai pas fait le ménage, même si mon appartement en avait bien besoin. Je me suis réfugié sur mon ordinateur, dans mon histoire d'amour fictive, à défaut de pouvoir en vivre une en vrai. L'écriture était douloureuse et me rappelait constamment Armelle mais à la fin de chaque session, je me sentais un peu plus léger. Alors que je m'apprêtais à me traîner sous la douche, la sonnette a retenti.

J'ai ouvert la porte et suis tombé sur une fille dont le visage m'était vaguement familier. Ça n'a été que lorsque j'ai entendu un miaulement strident que j'ai pu la resituer.

– Roméo !

Le matou s'est mis à feuler au son de ma voix. *Bon, pour les retrouvailles chaleureuses, on repassera.*

– Tout va bien ?

La fille tirait une tête d'enterrement et pas besoin d'être un fin analyste pour comprendre qu'elle avait pleuré récemment. Quand bien même, j'étais devenu un expert sur le sujet.

– J'ai raté mon semestre. Je jette l'éponge. La fac, c'est pas fait pour moi.

– Oh. Je suis vraiment désolé pour toi, j'ai répondu, même si je ne voyais pas du tout où elle voulait en venir.

– Écoute… Tu vas trouver ça très étrange, mais je suis venue te demander si tu serais d'accord pour garder Roméo.

– Garder Roméo ?

– Je retourne chez mes parents, et mon père est allergique aux chats. C'est du genre sérieux. Alors… malheureusement, je vais devoir m'en séparer. J'ai déjà contacté la SPA du quartier, mais… je n'ai pas le cœur à le laisser là-bas. Et, tu vas me prendre pour une folle, mais je crois que Roméo t'aime bien.

– Qu'il m'aime bien ? j'ai répété, au moment même où le matou dévoilait ses canines dans un feulement redoutable.

– Il a mauvais caractère. Mais c'est sa façon à lui de montrer son affection.

Je me suis accroupi pour faire face au félin. À travers les barreaux, ses pupilles réduites à deux fentes menaçantes étaient braquées sur moi.

« Il a mauvais caractère. Mais c'est sa façon à lui de montrer son affection. » Le félin me faisait penser à Armelle. Le premier jour où je l'avais vu, il avait tenté de s'échapper de sa cage, de s'enfuir de la résidence.

Après tout, pourquoi pas ? J'avais bien besoin de compagnie. Et ce chat manquait d'amour, à n'en pas en douter. Moi, de l'amour, j'en avais à la pelle à donner.

– Je veux bien le…

– SUPER ! Ne bouge pas, je vais chercher sa litière et ses jouets.

Elle est revenue cinq minutes plus tard avec une grosse litière à couvercle, trois paquets de croquettes, une montagne de pâtées en boîte, son carnet de santé, une laisse, des jouets en caoutchouc et même un arbre à chats miniature.

– Je te laisse mon numéro de téléphone. Si... si ça ne te dérange pas, je veux bien que tu m'envoies quelques photos de temps en temps. Et aussi...

– Tu peux passer quand tu veux pour le voir, j'ai complété.

La fille m'est tombée dans les bras. Je voyais qu'elle faisait de gros efforts pour ne pas pleurer. Elle a libéré Roméo de sa cage et a essayé de l'enlacer, mais le félin s'est faufilé entre ses doigts. D'un saut souple, il s'est hissé sur la plus haute pile de livres de mon appartement et a entrepris de se lécher le derrière, sous les yeux débordants d'émotion de sa maîtresse.

– Bon... Je crois qu'il se sent déjà chez lui. C'est bien.

Elle est restée un petit moment à le fixer, immobile. Roméo, de son côté, poursuivait sa toilette intime, imperturbable. Elle a fini par partir, non sans une dernière liste de recommandations – ne lui faire boire de lait sous aucun prétexte, au risque d'essuyer une diarrhée carabinée, le brosser une fois par semaine pour éviter les nœuds et acheter du shampooing antipuce.

Dès lors, je n'étais plus seul. Le matou me réveillait chaque nuit à coups de miaulements suraigus. Ce n'étaient pas des plaintes, comme s'il regrettait sa maîtresse, non : il s'agissait de miaulements sadiques, du genre : « Réveille-toi humain, je vais te rendre la vie infernale juste parce que j'en ai envie. »

Même si mes nuits s'étaient raccourcies de deux heures depuis que Roméo était dans les parages, je ne regrettais pas un seul instant de l'avoir adopté. L'odeur de ses déjections qui emplissait quotidiennement mon minuscule appartement ne suffisait pas à me mettre en rogne. Car, dans les rares moments où Roméo était de bon poil, il daignait grimper sur mes genoux.

Il ne ronronnait pas (il ne fallait pas trop lui en demander), mais me permettait de passer la main dans sa fourrure soyeuse. Et cette simple caresse m'apportait un réconfort immense.

Évidemment, j'ai dû faire face à une crise monstre quand ma mère a débarqué chez moi et a découvert la bête. Mais pour une raison aussi obscure qu'agaçante, mon nouvel animal de compagnie l'a tout de suite adorée. Je le soupçonnais de se dandiner devant elle juste pour me mettre hors de moi. Derrière ses yeux jaunes se dissimulait une redoutable intelligence (et un penchant pour la méchanceté et la mesquinerie très développé, cela allait sans dire).

En parallèle des partiels, j'ai continué à cocher les objectifs anti-timidité de la liste d'Armelle. Maintenant qu'elle n'était plus là pour me décoincer, j'allais devoir m'y coller moi-même. J'ai d'ailleurs réussi à prendre du plaisir en accomplissant certains défis. « Dîner seul au restaurant », par hasard, s'est avéré une expérience incroyable. J'ai pu savourer mon burger sans me soucier de ce que j'allais dire à la personne attablée avec moi, sans m'assurer d'être assez intéressant pour qu'elle ne regrette pas d'avoir accepté de manger avec moi. J'ai eu beaucoup de mal à cocher l'objectif « Prendre la parole en amphithéâtre ». J'ai commencé par participer en travaux dirigés, devant une classe de vingt personnes. Une fois le cap franchi, j'ai osé lever la main pendant un cours de droit civil. J'ai réfléchi une demi-heure avant de poser une question que je jugeais assez pertinente pour être formulée à voix haute. Je n'ai rien écouté de la réponse du professeur tant j'étais angoissé de devoir supporter le regard des autres élèves sur moi (tout le monde regardait l'étudiant qui participait, règle universelle), mais à la fin, j'étais fier de moi.

J'ai même réussi à envoyer chier mon responsable au travail, Loïc. Bon, en réalité, je me suis juste forcé à dire « non » lorsqu'il a décrété que je devais me coltiner des heures supplémentaires. Mais ce refus, aussi petit soit-il, signifiait beaucoup. Loïc m'a d'ailleurs regardé avec des yeux exorbités (c'était à croire qu'il ne me pensait pas doué de parole), et a fait machine arrière. C'est fou, la force d'un tout petit mot. Depuis ce jour, j'ai décidé que je l'utiliserais plus souvent.

Mi-avril, j'ai coché la derrière case de la liste en appuyant sur la touche « Envoyer » de mon ordinateur. Le mail contenant mon manuscrit finalisé est parti vers une dizaine de maisons d'édition que j'avais sélectionnées en amont. Ce point-là a été moins libérateur que les autres. Je me sentais mis à nu, vulnérable et stupide. Qui étais-je pour croire que ce que j'écrivais était digne d'être publié, exposé en librairie, lu par d'autres personnes que moi-même ?

– Miaou.

Roméo marchait sur mon ordinateur. Il adorait faire ça (il avait sans doute compris que cet ordinateur était mon bien le plus précieux et s'appliquait à l'abîmer chaque fois qu'il en avait l'occasion. L'écran avait déjà essuyé quelques coups de griffe). Je l'ai décalé avec douceur.

– Tu es fier de moi, Roméo ? Je l'ai fait. J'ai coché tous les points de la liste.

Il a poussé un feulement terrifiant avant de bondir sur une pile de livres, la renversant intégralement.

– Je vais prendre ça pour un oui.

MAI

Chapitre 52

– Alors, tu vois ton nom ?

J'ai rajusté mes lunettes. Une fille surexcitée m'a infligé un coup d'épaule pour se faufiler au plus près des listes.

– PUTAIN, je l'ai ? Vous m'entendez, tous ? JE L'AI !

Willan est tombé à genoux dans la foule d'étudiants qui se pressaient autour des résultats de la première année de licence. Héloïse l'a enlacé et l'a gratifié d'un baiser sur le crâne.

J'ai plissé les yeux pour discerner les prénoms malgré ma myopie. Et c'est là que je l'ai vu.

Noah Moreau – première année – admis.

Comme quoi, les miracles existent bel et bien. Une bouffée d'euphorie m'a submergé. J'ai annoncé la bonne nouvelle à Willan, qui a bondi dans mes bras. Léon nous a félicités chaleureusement. Il ne s'était pas présenté aux partiels du second semestre mais voulait être aux premières loges pour nous soutenir dans cette épreuve. À la place, il avait travaillé et économisé pour son inscription en école d'art. Il avait finalisé son dossier mais n'aurait de réponse définitive qu'à la mi-été.

– On est des génies ! Des *putains* de génies ! a continué Willan, extatique. Des futurs avocats réputés !

Je l'ai trouvé un peu trop enthousiaste à en croire le 10,02 accolé à son admission en deuxième année, mais je n'ai pas répliqué. C'était notre heure de gloire. Nous avions bien le droit de rêver. Et puis, ma moyenne générale de 10,75 n'était pas glorieuse non plus.

J'ai directement appelé ma mère, qui a fondu en larmes dans le combiné. Elle a raccroché précipitamment pour annoncer la nouvelle au reste de la famille. À côté de moi, Héloïse affichait une mine ravie, mais son sourire ne montait pas jusqu'à ses oreilles.

– Tout va bien ? j'ai demandé.

– Je ne suis pas major de promo. J'ai été coiffée au poteau par cinq autres étudiants.

– Cela ne t'empêchera pas de réussir ta licence et d'être une brillante avocate, j'ai répliqué.

Dans le cas d'Héloïse, ce genre de déclaration semblait plus qu'approprié.

– Je sais, elle a répondu sans aucune hésitation. Mais accepter de ne pas être la meilleure... c'est difficile. Ce que tu m'as dit, ce jour-là... m'a ouvert les yeux. J'ai lâché du lest. J'aurais pu réviser davantage, mais j'ai annulé quelques-uns de mes impératifs pour passer du temps avec Willan. Et je ne regrette absolument rien.

– Tous au Ninkasi pour fêter ça ! a beuglé Willan.

On a pris une table sur la terrasse du bar, à deux pas de l'université. On a bu jusqu'à plus soif, jusqu'à ne plus sentir nos corps, jusqu'à ne plus être capables d'articuler deux mots. Mais nos sourires, eux, ne nous ont pas quittés de la soirée. Au moment où Léon commandait la quatrième tournée, un message m'est parvenu. Mon cœur s'est arrêté lorsque j'ai lu le prénom de l'expéditeur.

J'ai vu ton nom sur les listes d'admis.
Bravo, Noah. Tu peux être fier de toi.

J'ai voulu répondre quelque chose comme : « Merci. Et toi, les résultats ? » Mais mon cerveau et mes doigts n'étaient plus connectés à l'heure qu'il était, et le message que j'ai envoyé était tout autre :

Mericni et todkf
le réusintat?

Malgré ce cafouillage, pour la première fois depuis longtemps, je me suis endormi, profondément heureux.

Séance de psychiatrie 1

Noah

– Je me réjouis que vous vous soyez décidé à prendre rendez-vous, Noah.

– J... j'ai pensé que ça pourrait me faire du bien de parler... de tout ce qui s'est passé.

– Et vous avez eu raison. Que voulez-vous aborder ?

Haussement d'épaules gêné.

– Je ne sais pas par où commencer.

– Je conçois tout à fait qu'il est difficile de se confier à un inconnu. Ne vous inquiétez pas, l'exercice deviendra de plus en plus aisé au fil des séances. Et si vous commenciez par me dire comment vous allez ?

– Je vais bien. Enfin, je crois. Cela fait plusieurs mois que je n'ai pas eu de nouvelles d'Armelle. Excepté le message de félicitations qu'elle m'a envoyé pour l'obtention de ma première année. C'est encore douloureux, mais... moins qu'avant. Parfois, j'arrive même à penser à elle et à garder le moral. Des souvenirs joyeux me reviennent en mémoire.

– C'est une bonne chose. Même si votre relation ne s'est pas terminée dans les meilleures conditions, il est important de se remémorer tous les effets bénéfiques qu'elle a eus sur vous.

– Vous pensez que notre amitié est bel et bien terminée ?

– Je parle en l'état actuel des choses. Évidemment, il ne tient qu'à vous de raviver les cendres qui brûlent encore... ou de laisser le feu s'éteindre définitivement.

Silence songeur.

– Vous avez raison. Mais à chaque fois, c'est elle qui s'est enfuie. Elle m'a quitté. Elle m'a abandonné. Elle a étouffé ses sentiments à propos... de *nous*. J'ai passé mon temps à lui courir après. Aujourd'hui, c'est à elle de faire le premier pas.

– Pourquoi ? Est-ce simplement une question d'ego ?

– Si... si je dois être honnête, il faut avouer que je n'aurais pas la force de faire face à un nouvel abandon.

– Est-ce que vous lui en voulez ?

– Je crois. En fait, je le sais. *Oui*, je lui en veux.

– Qu'est-ce que cela vous fait de prononcer ces mots à voix haute ?

– Ça fait du bien. Mais en même temps, ça me rend triste. Parce que je ne veux pas la haïr. Je l'aime encore. Je crois que je l'aimerai toujours.

Silence.

– Et... j'ai encore envie de la voir. De discuter avec elle. Je m'inquiète toujours pour elle, malgré ce qui s'est passé. Je veux juste qu'elle soit heureuse, vous savez. Même si c'est loin de moi. Ça me rassurerait. Et peut-être que ça m'aiderait à tourner la page...

– Je croyais que vous n'aviez pas envie de tourner la page ?

– N... non. Je ne sais pas. C'est si confus dans ma tête. Je ne sais pas ce que je veux. Tout ce que je ressens lorsque je pense à Armelle, c'est... le *dor*.

– Le *dor* ?

– C'est... un mot qui n'a pas d'équivalent en français. Dans la langue roumaine, il désigne le manque de quelqu'un ou de quelque chose, mêlé d'un sentiment doux-amer.

– Je vois. Vous avez raison de nommer vos émotions. C'est une étape essentielle dans l'acceptation de vos sentiments.

– Et... Armelle ?

– Oui ?

– Vous la voyez encore, non ? Je veux dire... est-ce qu'elle va bien ?

– Vous savez que je ne peux pas vous le dire.

– Oui, bien sûr... excusez-moi.

– Voulez-vous me parler de quelque chose d'autre ?

– Je... je travaille sur ma timidité. Et j'ai fait beaucoup de progrès, vraiment. Je me sens mieux. J'ose prendre la parole en public. Ma phobie sociale n'est plus aussi contraignante qu'avant. Mais, d'un autre côté... je suis encore angoissé. Parfois, je... je repense à tout ce qui s'est passé. Tout ce que j'ai raté. Que des choses très négatives. Je suis incapable de me focaliser sur quoi que ce soit d'autre.

– Que voulez-vous dire par : « Ce que j'ai raté » ?

– C'est encore par rapport à Armelle. Je n'arrête pas de penser que, si j'avais réussi à trouver les bons mots... j'aurais pu l'aider à se sentir mieux. Au lieu de quoi, j'ai tout fait de travers. La dernière fois que je l'ai vue, je l'ai embrassée. Ça m'a paru une bonne idée sur le moment, un moyen de la retenir... Mais c'était une erreur. Une terrible erreur. J'aurais dû lui laisser le temps, la laisser respirer. Armelle déteste être brusquée. Si j'avais agi différemment ce jour-là...

– Vous n'êtes pas responsable de son comportement, Noah. Vous vous torturez inutilement. Ce qui est passé est passé. Vous devez vous tourner vers l'avenir.

Silence.

– Vous savez, il est fréquent que les proches d'une personne atteinte d'une maladie mentale, quelle qu'elle soit, développent un fort sentiment de culpabilité, accompagné d'un sentiment d'impuissance. On aimerait aider l'être aimé, mais on ne le peut pas toujours. C'est très difficile à accepter. Et pourtant, il est nécessaire, pour ne pas dire *essentiel*, de l'accepter.

Tapotement d'un stylo sur le bois du bureau.

– Vous savez, je pense qu'il sera très difficile de reconstruire quelque chose avec Armelle si vous ne vous débarrassez pas de cette culpabilité. Vous vous sentirez toujours responsable d'elle. Aussi louables que soient vos intentions, ce ne sont pas elles qui lui permettront de trouver une stabilité émotionnelle. Elle seule peut le faire. Et je n'ai aucun doute quant à sa capacité à rebondir et à trouver un équilibre qui lui permette de vivre sereinement. Vous devriez lui faire davantage confiance. Armelle est une adulte. Elle n'a pas besoin de vous.

Silence.

– Vous n'êtes pas responsable de son bonheur, ni de son malheur. Je vous propose de le répéter à voix haute.

– Je ne suis pas responsable de son bonheur, ni de son malheur.

– Quel effet cela vous procure-t-il ?

– C'est très... libérateur.

– Très bien. Je vais vous fournir une liste d'affirmations à répéter à voix haute, quand vous sentez que les émotions négatives sont sur le point de vous submerger. Couplée à des exercices de respiration, elle devrait vous permettre d'apaiser votre anxiété à défaut de l'annihiler totalement. J'aimerais également que vous travailliez sur ce sentiment de culpabilité. Nous ferons un point à la prochaine séance. Vous pensez que vous pouvez faire ça, Noah ?

– Oui. J'y arriverai.

JUIN

Chapitre 53

J'étais en train de fermer mon sac à dos quand une notification s'est affichée sur l'écran de mon téléphone. J'avais réussi à faire entrer tous mes vêtements dans une valise. Les affaires de Roméo occupaient la seconde. Ma première année de droit en poche, je m'apprêtais à retourner chez ma mère pour des vacances d'été bien méritées. Enfin, si on omettait le fait que j'avais déjà postulé à toutes les offres d'emploi de mon village pour financer mon prochain voyage. J'envisageais de partir seul avec mon sac à dos. C'était quelque chose que je n'aurais jamais osé faire l'année précédente. Quand j'avais exposé le projet à Mme Durieux, elle avait affirmé que c'était une excellente idée.

– MIAOOOOOU.

Dans sa cage depuis environ quinze secondes, Roméo hurlait déjà à la mort.

– Nous avons deux heures trente de voiture jusqu'à Cunlhat. Alors tiens-toi tranquille.

J'ai fini par ouvrir ma notification sous les feulements outrés de Roméo. Un nouveau mail.

Notre intérêt pour votre manuscrit.

Bonjour Monsieur,

Je suis responsable des romans aux éditions Didier Jeunesse et je viens de commencer à lire votre manuscrit, Celle que je cherchais.

Votre style est fluide, vous faites preuve d'une grande maîtrise dans la conduite de votre récit, le découpage, la construction des personnages.

Un roman choral est un projet ambitieux, surtout pour un premier roman, et vous relevez le challenge avec brio.

J'aimerais terminer ma lecture, mais je tenais à vous dire tout de suite mon intérêt. Est-il possible de vous appeler pour en discuter ? Pouvez-vous me donner votre numéro ?

Au plaisir d'échanger avec vous.
Mélanie.

Le téléphone s'est échappé de mes mains. Mes jambes se sont dérobées et je me suis écroulé par terre, sous le choc. Mon corps tremblait de la tête aux pieds.

– Miaou ?

Une fois la première vague de stupéfaction passée, j'ai récupéré mon téléphone pour relire le mail. Encore. Et encore. Jusqu'à ce que je sois convaincu qu'il s'agissait bien de la réalité et non d'une hallucination.

La roue tourne. Après la pluie vient le soleil. Et toutes ces citations positives débiles qu'on entend à longueur de journée. Je n'y croyais pas. Je n'y ai jamais cru.

Pourtant, elles disaient vrai.

Il faut croire que, parfois, les rêves se réalisent.

Chapitre 54

Ma mère a fondu en larmes lorsque je lui ai montré le message. Je commençais à croire que c'était un truc de famille, de pleurer à tout bout de champ. Les deux heures de voiture qui séparent Lyon de mon village natal n'ont été qu'une succession de hurlements extatiques et de torrents de larmes.

– Mais réponds-lui, enfin !

– Qu'est-ce que je réponds ?

– Je ne sais pas ! C'est toi, l'écrivain !

– Il y a forcément une erreur !

– Il n'y a pas d'erreur, Noah. Ce message t'est destiné !

– Elle n'a pas dit explicitement qu'elle voulait le publier. Ne nous emballons pas.

– Tu as raison. NE NOUS EMBALLONS PAS !

Elle a terminé sa phrase dans un rire extatique, tout en frappant sur le tableau de bord.

– Maman, concentre-toi, on va avoir un accident.

– Mais je *suis* concentrée !

– MIAOUUUUUUUUU.

– C'est quoi, cette odeur, Noah ?

– Je crois que Roméo vient de vomir…

Par miracle, on est arrivés jusqu'à la maison sans provoquer d'accident mortel. Je suis resté sur un petit nuage tout le reste de la journée. J'ai passé une heure à rédiger la réponse parfaite et à la relire un nombre incalculable de fois (j'étais persuadé que, si la moindre erreur orthographique se glissait dans mon mail, l'éditrice prendrait conscience de ma médiocrité et se raviserait instantanément).

Et, puisqu'une bonne nouvelle n'arrive jamais seule, le prénom d'Armelle s'est affiché sur mon téléphone alors que je libérais Roméo, qui découvrait pour la première fois le bonheur d'un espace vert.

Comment tu vas? J'aimerais beaucoup qu'on se voie pour discuter, un de ces quatre. Si tu en as envie. J'aimerais m'excuser pour tout ce que j'ai fait. J'espère que tu accepteras ma demande. Mais si tu ne réponds pas à ce message, je ne t'en voudrai pas.

Contrairement au message à destination de l'éditrice, je n'ai pas eu à réfléchir avant de rédiger une réponse :

Je suis chez ma mère pour l'été. Tu peux passer deux ou trois jours, nous avons une chambre d'amis. La maison est perdue au milieu de la campagne, mais c'est sympa.

J'adorerais.

JUILLET

Chapitre 55

Armelle devait arriver à 15 heures. Ma mère ne travaillait pas ce jour-là, et elle avait passé la matinée entière à récurer chaque pièce et à chasser le moindre grain de poussière pour « faire bonne impression à notre invitée ». Elle avait revêtu une de ses jolies robes à fleurs, de celles qui la faisaient se sentir « fraîche et pimpante ».

– Tu sais, Armelle est loin de faire attention à ce genre de détails. Tu verrais l'état de sa chambre...

– Peut-être, mais je tiens à accueillir mes invités dans les meilleures conditions !

J'ignorais où elle trouvait l'énergie pour s'agiter autant. Nous étions en plein mois de juillet et la chaleur était telle que j'avais l'impression de me liquéfier dès que je faisais un pas en dehors du périmètre d'action du ventilateur.

– Noah, ton chat a encore fait ses besoins sur le canapé ! C'est insupportable !

– Je sais, maman. Si seulement tu acceptais de lui laisser sa litière...

– Il n'a pas besoin de litière. Il y a un hectare de jardin, là-dehors, qui n'attend que lui pour accueillir ses déjections.

Roméo a poussé un miaulement sonore. Il avait perdu de sa fougue depuis que nous étions à la campagne. Je commençais à croire qu'il s'épanouissait davantage dans un 9 mètres carrés. Malgré mes efforts pour l'attirer dehors et lui faire découvrir les joies de la vie en extérieur, il refusait catégoriquement de mettre une patte dans l'herbe.

Quant à moi, ce retour aux sources me faisait un bien fou. Je redécouvrais le plaisir de dormir dans un lit deux places, de me prélasser dans une baignoire et de me dorer la pilule au soleil (et, accessoirement, de manger autre chose que des nouilles instantanées).

Quand je gagnerai suffisamment d'argent avec mes bouquins, je ne quitterai plus jamais mon village, j'ai pensé. Certaines personnes ressentent le besoin de partir à la conquête du monde. Moi, j'avais déjà tout mon univers à portée de main, et cela me convenait très bien. Je ne me voyais pas vivre autre part qu'entouré de ces collines boisées, de ces champs interminables et du doux ronronnement des tracteurs.

Mon téléphone a vibré. Une notification de notre tout nouveau groupe WhatsApp. C'était une photo de Willan et Héloïse, sur une plage des Caraïbes, en train de siroter des mojitos. Voir mes amis aussi épanouis m'a réchauffé le cœur. Léon avait déjà répondu avec une avalanche de petits smileys cocktails. J'ai envoyé un cliché de Roméo en train de faire la gueule en guise de réponse. Depuis la fin des cours, il ne se passait pas une journée sans que nous discutions ici. Et, même si j'appréciais de retrouver ma mère et la maison familiale, ils me manquaient terriblement. Tout comme Dario, qui s'était envolé à Las Vegas au début du mois pour assister aux championnats du monde de poker avec des membres de son club.

– Elle est arrivée ! J'ai entendu le bruit d'un moteur !

Ma mère a disparu dans la salle de bains, sans doute pour vérifier sa coiffure. Elle était encore plus anxieuse que moi. Et pourtant, j'avais toutes les raisons de paniquer : je revoyais enfin Armelle pour la première fois depuis des mois. Même si, en réalité, il ne s'était pas écoulé une seule journée sans que je pense à elle.

Je suis sorti pour l'accueillir et suis tombé sur une Harley-Davidson rutilante. Armelle est descendue de l'engin et a retiré son casque. Ses cheveux avaient bien poussé depuis la dernière fois. Elle était toujours aussi belle.

À l'instant où nos regards se sont croisés, tous mes sentiments sont remontés à la surface avec la puissance d'un bulldozer. Mon corps s'est relâché. J'ai eu l'impression d'avoir retenu ma respiration toutes ces semaines et que mes poumons se vidaient d'un seul coup.

– Content de te revoir, *son* ! Tu as bonne mine. L'air de la campagne te va à ravir !

Steven m'a tendu la main, son casque de moto calé sur la hanche. Je l'ai serrée avec enthousiasme. Il avait beaucoup bronzé, et son teint hâlé faisait ressortir davantage ses dents d'une blancheur éclatante.

– Bonjour ! Bienvenue ! a pépié ma mère en haut des marches menant à la porte d'entrée.

Steven m'a dépassé pour la rejoindre, et je suis resté seul avec Armelle. Elle s'est penchée pour me faire la bise. Son parfum au romarin m'a enveloppé. Et je jurerais que le *koi no yokan* m'a frappé de nouveau.

Je connaissais déjà Armelle. Et pourtant, j'avais l'impression de la redécouvrir. Elle semblait presque… *intimidée*.

– Venez, entrez ! Il fait beaucoup trop chaud pour rester dehors, en plein soleil ! Vous risquez d'attraper une insolation.

Armelle m'a suivi à l'intérieur. J'avais une conscience accrue de la proximité de nos bras qui se balançaient alors que nous marchions côte à côte. Ma mère s'est activée dans tous les sens en servant des verres de citronnade.

– Vous avez fait bon voyage ? Ce n'est pas un peu dangereux, la moto ?

J'ai levé les yeux au ciel face à cette remarque mais Steven, lui, ne s'en est pas offusqué. Il s'est lancé dans l'explication détaillée des consignes de sécurité auxquelles tout motard qui se respecte doit se plier. Ma mère l'écoutait avec attention, visiblement ravie.

– Miaou.

Nos quatre têtes se sont penchées sous la table, d'où émanait le miaulement. Les yeux d'Armelle se sont écarquillés lorsqu'elle a découvert qui s'y cachait.

– Roméo ? Mais... qu'est-ce qu'il fait là ?

J'ai entrepris de lui raconter le moment où sa maîtresse avait décidé de se séparer de lui à contrecœur.

– Noah est un merveilleux maître, est intervenue ma mère à la fin de mon récit. Très attentionné. Ce chat est un vrai rabat-joie, mais Noah ne perd jamais patience avec lui. Son abnégation impose le respect !

– *Of course.* Ça ne m'étonne pas de Noah, a enchaîné Steven.

– C'est vrai. C'est tout lui, a murmuré Armelle.

Nos regards se sont croisés. Encore. Et son visage s'est fendu d'un grand sourire, celui-là même qui dévoilait les dents du bonheur que j'aimais tant.

– Que dirais-tu de faire le tour de la propriété avec Armelle, Noah ? Pendant ce temps, Steven pourra me raconter d'autres anecdotes de ses voyages à moto !

Je me suis exécuté. J'ai commencé à faire le tour du jardin, mais Armelle s'est arrêtée devant les vieilles balançoires rouillées. Elle s'est assise sur celle de droite, et je l'ai imitée avec la seconde. Je me suis raclé la gorge. Maintenant que nous étions seuls, un sentiment de gêne s'était installé.

– Sympa, ta veste.

– Elle est à Steven.

Elle a donné un coup de pied dans l'herbe pour se donner un peu d'élan.

– Steven est cool, j'ai lâché.

– Ouais. Il est cool. J'ai peut-être mis un peu de temps avant de m'en rendre compte.

Elle a agrippé les cordes de la balançoire et j'ai pu constater que ses cuticules étaient toujours aussi malmenées. Certaines choses ne changent jamais.

– Alors... comment tu vas ? j'ai repris avec douceur. Tu as eu ton année ?

Elle a secoué la tête, faisant virevolter ses boucles.

– Je ne suis même pas allée aux examens. Je suis retournée vivre chez mon père en Bretagne un moment. Ça m'a fait beaucoup de bien.

– Oh... c'est super.

– Je projette de m'inscrire dans une école d'art, elle a enchaîné. Je pense que ça pourrait me plaire. Moins de réflexion, et davantage de création. Construire quelque chose de concret. Léon m'a parlé de celle à laquelle il a postulé et... je suis en train de finaliser mon dossier d'inscription. Il ne me reste plus qu'à récolter suffisamment d'argent pour financer la première année.

– Steven ne peut pas la payer ?

– Si. Il a d'ailleurs lourdement insisté pour s'en charger, mais... Tu sais, j'ai pris conscience de tout ce qu'il a fait pour moi ces derniers mois. Je lui ai piqué tellement d'argent, sans jamais le lui avouer. Ça, et d'autres objets. Ses montres. Ses clefs de voiture. Ses lunettes de soleil hors de prix. C'est une façon de me racheter. Je ne veux plus m'appuyer sur lui, désormais.

J'ai acquiescé, les mains croisées sur les genoux. Armelle a cessé son léger mouvement de balancier pour planter ses yeux dans les miens. Le tourbillon d'émotions que j'y ai perçu m'a cloué sur place. D'habitude, Armelle s'efforçait de maquiller ses sentiments, de les enfouir au plus profond d'elle-même, à un endroit inaccessible, même pour moi. Mais ce regard... ne masquait rien. Elle avait changé. Dans un sens, elle avait l'air plus *humaine*. Plus sincère. Et j'ai pu prendre conscience, sans qu'elle ait eu à prononcer un seul mot, à quel point elle regrettait tout ce qui s'était passé.

Elle a pris une grande inspiration, comme pour se donner du courage.

– Et... je sais que tout cela n'a pas d'importance pour toi, mais je tenais vraiment à te rendre toutes tes affaires. Elles sont dans mon sac. Y compris le premier exemplaire de l'*Encyclopédie des mots intraduisibles*, bien sûr.

J'ai repris la parole après un moment de réflexion.

– Tu sais... je pense que je peux t'aider pour tes frais d'inscription.

– Quoi ? Non ! Je refuse que tu dépenses un seul centime pour moi.

– Je te dois de l'argent.

– Q... quoi ?

Elle a cessé de se balancer pour tourner le visage vers moi.

– Quand j'ai accepté de recevoir ton aide pour rédiger mon roman, je t'ai promis 80 % de mes droits d'auteur. Je n'ai pas encore perçu d'argent sur la vente de mes livres, bien sûr, mais j'ai déjà un à-valoir. Et je compte bien tenir parole en te reversant ce qui te revient.

Sa bouche n'a cessé de s'ouvrir de plus en plus grand au fil de ma tirade.

– Mais... Noah... Tu... Je...

– Ouais, j'ai répondu, incapable de retenir le sourire qui s'épanouissait sur mon visage.

Armelle a abandonné sa balançoire pour se jeter dans mes bras, toute retenue envolée. Mon traître de cœur s'est emballé dans ma poitrine. Je l'ai enlacée, l'ai serrée fort contre moi, savourant le contact de ses bras autour de ma nuque. J'en avais rêvé si souvent. Armelle riait, le visage enfoui dans mon cou. Je jurerais n'avoir jamais entendu de son aussi mélodieux. Et mon rire s'est joint au sien, euphorique. Trop vite à mon goût, elle s'est détachée pour m'observer avec un air suspicieux.

– Tu ne me fais pas une blague, hein ?

– Je te jure que non.

Elle a secoué la tête à plusieurs reprises, puis a tiré un paquet de cigarettes de sa poche ainsi qu'un briquet.

– Tu en veux une pour fêter ça ?

– Non. Mon roman est terminé depuis longtemps. Alors... j'ai arrêté.

Je m'attendais à ce qu'elle affiche une mine contrariée, mais elle n'en a rien fait.

– C'est bien.

On est restés silencieux un long moment, le temps que chacun de nous se remette de ses émotions. Maintenant que j'avais lâché la bombe, je me sentais beaucoup plus léger. Puis Armelle a repris la parole, des trémolos dans la voix :

– Noah, je suis tellement désolée. Pour tout ce que je t'ai fait.

J'ai été tenté de l'interrompre, de balayer ses excuses, mais je me suis fait violence. J'avais besoin d'entendre ce qu'elle avait à me dire.

– J'ai été tentée tellement de fois de te recontacter, de te donner rendez-vous... et même si c'était difficile, je ne l'ai jamais fait. Car je sentais que je n'étais pas prête. Et ça n'avait rien à voir avec toi. J'étais trop fragile psychologiquement pour envisager une relation. Tu m'aurais pardonné, et je t'aurais de nouveau blessé, on se serait détruits mutuellement. Je ne pouvais pas le concevoir.

J'ai eu l'impression qu'elle appliquait un baume sur mon cœur. J'avais maintes et maintes fois imaginé nos retrouvailles, mais je n'avais jamais songé qu'elle puisse dire exactement ce que je souhaitais secrètement entendre.

– Et maintenant ? j'ai murmuré.

Elle a tiré une longue bouffée sur sa cigarette, avant de planter ses yeux droits dans les miens.

– Je veux me racheter. Je veux qu'on recommence depuis le début, toi et moi.

Elle a pris une grande inspiration, comme si elle s'apprêtait à se jeter dans le vide.

– Tu es la personne idéale, Noah.

– Tu mens.

– Je mens très souvent. Mais pas sur nous. C'est beaucoup trop sérieux. C'est peut-être la seule chose qui m'importe réellement.

J'ai quitté ma balançoire avec brusquerie pour faire les cent pas devant elle.

– Tu as dit que tu comprendrais qui était ton Grand Amour au premier coup d'œil. Si on exclut l'hypothèse improbable où tu m'aurais caché ton infirmité depuis le début de notre relation et où tu viendrais subitement de retrouver la vue, je suis presque sûr que tu as posé les yeux sur moi approximativement un million de fois.

Elle s'est levée à son tour et s'est postée devant moi, me forçant à m'immobiliser.

– Alors ce n'est qu'aujourd'hui que je t'ai *vraiment* regardé pour la première fois.

Elle s'est emparée de mes mains. Elles tremblaient. Les siennes aussi.

– Je ne sais pas où ça va nous mener. Pas du tout, même. Je suis incapable de te faire de belles promesses d'amour. Et ça me terrifie. Mais tout ce que je sais, c'est que dès que tu es près de moi, je me sens bien. Et que, quand tu n'es pas là, j'ai l'impression qu'on m'a arraché une partie de moi. Qu'à chaque fois que je tombe sur une vidéo drôle, j'ai envie de te l'envoyer. Que je brûle de débattre avec toi quand je lis un bouquin. Ou que je regarde un film. Que j'éprouve le besoin de te tenir la main dans la rue, de sentir ta peau contre la mienne. Que j'aime te voir sourire, et que mon cœur sursaute de bonheur quand je comprends que ce sourire m'est destiné. Que j'ai envie de compter pour toi, autant que tu comptes pour moi. Tout ça, je le sais. C'est une évidence. Et aujourd'hui, je préfère suivre ces évidences plutôt que de me concentrer sur tout ce que j'ignore encore. Et je crois même que, si on reste ensemble suffisamment longtemps, je finirai par trouver des réponses. Et si je ne les trouve jamais, ce ne sera pas grave. Parce que tu seras toujours à mes côtés.

J'ai ouvert la bouche, incapable de formuler la moindre pensée.

– Tu as perdu ta langue ?

– Tu... tu passes ton temps à me faire perdre mes mots, j'ai murmuré. Si j'avais gardé tous ceux que j'ai égarés en essayant de te parler, j'aurais pu écrire un roman. Même une trilogie. Ou une saga en quinze tomes.

– Ça tombe bien, parce qu'il t'en reste encore beaucoup à rédiger. Et tu auras bien besoin d'un mentor pour t'épauler.

Elle a pressé ses lèvres contre les miennes avec douceur, nos mains enlacées contre sa poitrine.

– *Merak*, j'ai murmuré contre sa bouche.

Elle s'est figée.

– C'est un mot qui signifie...

– Je sais ce que ça veut dire, Noah.

Après ça, nous n'avons plus parlé du tout. Et c'était merveilleux.

Note de fin

Si vous ou un de vos proches êtes en proie à des souffrances psychologiques, vous n'êtes pas seul·e·s. N'hésitez pas à demander de l'aide.

Numéro national souffrance et prévention du suicide, disponible 7 j/7, 24 h/24 :

31 14

Nightline, service nocturne d'écoute confidentielle et anonyme tenu par des étudiants formés à l'écoute active, de 21 heures à 2 h 30 du matin :

04 85 30 00 10

Écoute famille, Unafam : écoute téléphonique gratuite assurée par des psychologues, destinée aux personnes qui doivent faire face à la maladie psychique d'un proche (du lundi au vendredi, 9 h-13 h et 14 h-18 h) :

01 42 63 03 03

Remerciements

Ce roman a été le plus difficile à écrire, et de loin. Mais, comme pour les précédents, j'ai pu compter sur le soutien inconditionnel et les encouragements de celles et de ceux qui me sont chers.

Alors un immense merci à :
– Aurélie, ma bêta-lectrice, pour avoir supporté mes vocaux paniqués et mes éternels questionnements avec patience et bienveillance. Ton enthousiasme m'a touchée plus que tu ne pourrais l'imaginer. J'ai tellement hâte de te lire à mon tour ;
– Anaïs, *alias* nonote_art (le clin d'œil du dernier chapitre, c'était pour toi). Tu es le soleil de Bookstagram ;
– Paul Ivoire, Marion, Éliane, Sarah, Anael, Fabian. J'ai quand même squatté chez vous pendant la dernière ligne droite des corrections. Votre maison, c'est un peu ma résidence d'écriture préférée ;
– Toutes les personnes qui ont croisé ma route pendant ma première année de droit, même brièvement. Vous m'avez tous inspirée (à votre insu, j'en ai peur). Les étudiants de ma promo (série C). Les étudiants de la résidence du parc Blandan (promo 2018-2019). Les profs chiants (je ne citerai personne). Les profs cools (Mme Gazeau, je vous aime). Les potes qui n'en sont plus. Les jeunes bourrés croisés en soirée, en boîte de nuit, sur les quais, dans les toilettes des bars, partout. Vous êtes géniaux ;
– Camilia, Mathis et Nicolas, pour avoir rendu ma première année de droit aussi exceptionnelle. Je m'en souviendrai toute ma vie. Et même de Jean-Francis ;

– Nina et Ludivine, votre soutien m'est tellement précieux ;
– Seb, « mon ami réel, mon âme irréelle » ;
– Jacques Rapin (*alias* Jack) pour m'avoir tenue hydratée avec des cafés sur la terrasse de Mimizan pendant les corrections. *Keep the smile* ;
– La team Les Passeurs de Mots (Brice, Caroline, Pauline, Diamantino et Lucie) pour m'avoir accueillie pendant ma toute première résidence d'écriture à Cunlhat. Vous aurez noté le petit clin d'œil quant au village natal de Noah. C'est là-bas que ce projet est né ;
– Mélanie, qui ne m'a pas prise pour une folle quand je lui ai dit que je voulais écrire une romance contemporaine, à mille lieues de mes habitudes d'autrice ;
– Toute l'équipe Didier Jeunesse, pour son travail acharné sur ce nouveau titre. Camille, Lolie, Marie, Lauriane, Louise, Sonia, Éléonore... ;
– Ma famille, bien sûr ;
– Maman.

Et vive les cappuccino noisette !

C. L.

BIOGRAPHIE

Cassandre Lambert

© Myriam Lagarde

CASSANDRE LAMBERT est née en 2000 et a grandi dans la campagne lyonnaise dans une famille nombreuse. Étudiante à la faculté de droit, elle aime relever les défis sportifs et pratique la gymnastique en compétition depuis l'âge de dix ans. Fan de comédies musicales, d'Audrey Hepburn et des romans de Pierre Bottero, elle est aussi bookstagrameuse sous le pseudo @Cassyneverland. Aussi loin qu'elle s'en souvienne, elle a toujours écrit ! C'est durant de longues nuits blanches à la fin du lycée qu'est né son premier roman *L'Antidote mortel*. Un roman écrit « juste pour s'amuser », jusqu'au jour où sa mère lui a dit : « Cassandre, tu as beaucoup de talent... Tu ne voudrais pas l'envoyer à un éditeur, t'as peut-être une chance ? »

Trois personnages, et trois destins aussi liés qu'opposés. Au bout de leur route périlleuse, il faudra que justice soit rendue.

L'autrice équilibre suspense, rebondissements et courses-poursuites, maniant ironie dramatique et cliffhangers avec maestria.

Citrouille

La plume est fluide, la narration ensorcelante.

L'Amour des livres

À 20 ans, Cassandre Lambert cartonne avec un premier roman.

Le Progrès